i

为了人与书的相遇

Fragile Lives

打
开一颗心

[英] 斯蒂芬·韦斯塔比 Stephen Westaby————著

高天羽——译
张思宇——审读

一位心外科医生手术台前的生死故事
A Heart Surgeon's Stories of Life and Death on the Operating Table

广西师范大学出版社
·桂林·

FRAGILE LIVES: A heart surgeon's stories of life and death on the operating table

by STEPHEN WESTABY

© Stephen Westaby 2017

Illustrations © Dee McLean

This edition arranged with INTERCONTINENTAL LITERARY AGENCY LTD (ILA)

through Big Apple Agency, Inc., Labuan, Malaysia.

Simplified Chinese edition copyright:

2018 Beijing Imaginist Time Culture Co., Ltd.

All rights reserved.

著作权合同登记图字：20-2021-162

图书在版编目（CIP）数据

打开一颗心：一位心外科医生手术台前的生死故事 / (英) 斯蒂芬·韦斯塔比著；高天羽译. -- 桂林：广西师范大学出版社, 2018.11（2022.4 重印）

ISBN 978-7-5598-1077-9

Ⅰ.①打… Ⅱ.①斯… ②高… Ⅲ.①纪实文学－英国－现代 Ⅳ.①I561.55

中国版本图书馆CIP数据核字(2018)第165027号

广西师范大学出版社出版发行

广西桂林市五里店路 9 号　邮政编码：541004

网址：www.bbtpress.com

出版人：黄轩庄

全国新华书店经销

发行热线：010-64284815

山东韵杰文化科技有限公司印刷

开本：1230毫米×880毫米　1/32

印张：10.75　字数：246千字

2018年11月第1版　2022年4月第7次印刷

定价：56.00元

如发现印装质量问题，影响阅读，请与出版社发行部门联系调换。

这就是真实的心脏外科医生

张海波

北京安贞医院心外科主任医师

韦斯塔比医生是英国著名的心脏外科医生，曾经师从国际心脏外科先驱柯克林教授。初次读到《打开一颗心》这本书，有种非常熟悉的感觉，这里几乎是我们心脏外科医生每天工作和心情的缩写，非常真实，有时也确实非常残酷。所以，几乎没有时间阅读大部头的我，很快就读完了全书。

在韦斯塔比刚刚开始学习心脏外科手术的 20 世纪六七十年代，正值心脏外科起步和迅速发展的阶段。那个时候社会普遍认为能够做心外科手术的医生都有如神明，都用非常崇敬的眼光看待他们。是啊，看到开胸后跳动的心脏在药物和体外循环下停跳、手术后又苏醒过来的过程，就像目睹了一个生命的轮回，神圣、神奇的同时也意味着危险四伏。本书英文原名 *Fragile Lives*，直译是"脆弱的生命"，这是在治疗心脏疾病过程中，面对众多复杂和危重的心脏病患者，心脏科医生常有的体会。书中描写了几个失败的手术案例，令人印象深刻，也许对没有经历过心脏外科的普通大众来说，一些手术失败的场景甚至有恐怖和黑暗的感觉。但在作者的文字中，能够体会到外科医生无能为力的无奈和孤独。医学是科学，但是很多问题远没有研究清楚，很多领域还只是刚开始探索，个体化差异也常使意外事件相伴发生。

更多的手术病例是成功的，甚至有很多案例在一二十年前的当时是世界性、开拓性的工作。其中最吸引人的就是人工心脏辅助和心脏移植技术。各种心脏疾病的晚期都会进入到终末期心力衰竭的阶段，很多重症患者对各种剂量的药物都失去了反应。以往这些患者不可避免地要走向死亡。人工机械辅助装置比如HeartMate 系统（文中译为"心伴侣"）创造了很多奇迹，让自体心脏几乎不动的患者完全靠人工机械可以恢复正常的工作和生活。就像科幻作品中的机器人一样，维持生命的发动机竟然不是肉体，而是人工的机械，怎能不觉惊奇！当然，心脏移植也是如此，捐献者的心脏要被取下、离体，再安装到心衰患者体内，还能继续复苏跳动许多年，这些场景可能除了我们亲身从事这个行业的医生外，普通大众都会觉得有如幻想。需要指出，中国古代史传中记载了扁鹊的换心术，这可能是世界上最早关于心脏移植的记录，承载着人类对心脏移植这一充满想象色彩的神话的向往。

在将近 20 年前，韦斯塔比医生凭着创新性思维和勇于探索的勇气，即使面对甚至有些古板和苛刻的医院规章制度，仍然大胆果断地引进并创造新技术，使之在英国乃至欧洲都是率先使用，挽救了众多患者宝贵的生命。这些技术，还有书中描述的作者一些其他创新性手术方案设计及其异乎寻常、奇迹般的治疗效果，在韦斯塔比充满人文色彩的文笔下引人入胜。这并不是韦斯塔比在故意炫酷或夸大其词，实际上心脏外科医生每天都在面对个体化的心脏病患者，对每个患者都会有不尽一致的治疗和手术方案。只有每一个细节都能够顺利完成，手术治疗才能成功，毫不夸张地说，一丝一毫的细小疏忽都可能导致难以挽回的失败结局。韦斯塔比身为所在医院乃至全英国著名的心脏外科医生，也经常为了一个复杂病例手术十几个小时、甚至跨国二十几个小时连夜赶回医院，就是为了争分夺秒，最大限度地挽救生命。心脏外科医生某种程度上最能体现医生的人文关怀，几分钟的提前努力和一个细节都和一条生命、一个家庭走向幸福还是深渊息息相关。

对作为同样进行人工心脏辅助和心脏移植临床和研究的我来说，这些技术已经非常熟悉，但是很可惜在目前中国仍然只有体外膜肺氧合（ECMO）技术和 Impella 设备可以应用，而像 HeartMate、HeartWare 等更先进、更长时间使用的人工心脏设备仍然没有引进，可以想象面对众多晚期心衰患者，心脏外科医生难为无米之炊的困境。当然安贞医院是国内最早和最多应用 ECMO 和 Impella 系统的医疗机构之一，作为其心外科团队成员，就像韦斯塔比书中描述的那样，我已经在临床中目睹和完成了一些既往难以实现的奇迹，挽救了众多患者的生命。同时令人欣慰的是，在众多专家呼吁和政府相关部门的积极努力下，先进人工心脏辅助装置的国际公司已经有计划在中国开展这类昂贵的救命设备的临床使用，预计几年后中国的心衰患者就有条件使用这些先进设备，从而能够像韦斯塔比在书中描述的那样，从濒临死亡的境地恢复日常的生活。

顺便一提，韦斯塔比医生不但手术技术精湛，而且文笔细腻生动传神。他走遍世界进行学术交流和会诊手术，也领略了很多异域风情，他描写这些经历和景色，令人有身临其境之感。而他描写的英国心脏外科医生手术室里劳累时喝喝咖啡，下班后带着私人猎犬围着庄园的私人湖泊跑步放松，同样令人神往，这些一张一弛的片段都是国内医生难以企及的，希望今后中国的外科医生也有机会享受这难得的片刻休闲，然后才能更好地、元气满满地投入下一个挑战中。

2018 年 8 月

牛津医生奇遇记

王一方

北京大学医学人文学院教授

这本《打开一颗心》，讲的是"牛津心脏外科医生奇遇记"。

要知道，心脏外科可不是平凡学科，它是人工循环、呼吸，及麻醉、输血技术高度发达之后的二阶分科。最早的外科在创伤、感染等皮肤问题上逞能，在四肢骨折这样的肢体问题上显威，后来逐渐拓展到腹部——消化道外科、泌尿外科、妇产科手术。敢在心脏上动刀子，不仅需要职业勇气，还需要高精尖的技术与辅助设备。尽管不断有人尝试着把柳叶刀伸向心脏，但成功的案例却凤毛麟角。于是，19世纪外科泰斗西奥多·比尔罗特（1829—1894）曾断言："在心脏上做手术，是对外科医术的亵渎。"这条魔咒笼罩了外科整整50年。20世纪初，一位美国女医生海伦在这一领域初露头角，探索"蓝婴宝宝"（动脉导管未闭）的手术解决方案。1938年，哈佛大学波士顿儿童医院的格罗斯大夫完成了动脉导管未闭的结扎手术，开启了心脏外科的先河。1944年11月29日，一位名不见经传的布莱洛克在蓝婴身上实施主动脉与肺动脉的分流手术，获得巨大成功，顷刻间蓝婴的嘴唇变红，证明心肺循环得到重建——电影《神迹》（又称《天赐良医》）再现了这些历史奇迹。在这些先驱面前，1966 年进入医学院校就读的韦斯塔比算是晚辈，不过他也是名门之徒，他的导师是首创心肺机替代下心脏直视手术的美国大夫约翰·柯克林，应该说，他的心脏外科之路比起那些前辈来要顺畅惬意许多。

先说说韦斯塔比的"牛津"背景。说起牛津，中国读者心里首先浮现出来的往往是举世闻名的"牛津大学"，其实，牛津不仅有牛津大学，还有大大小小 30 所教育机构。它是位于伦敦西边两小时车程的一座小市镇，传说是古代牛群涉水而过的地方，因而取名牛津（Oxford），不是国际大都会伦敦，也不是伯明翰、格拉斯哥，实地一游，方知就是一个郊区小镇，如果替换一下定语，牛津医生也可以称为"小镇医生"。但是，不要以为小市镇就无大医院，就不出产名医。不像国内著名的大学、三甲医院都圈在中心城区，著名的梅奥诊所的中心院区就位于明尼苏达州一个也叫"罗彻斯特"的小镇上。因此，我们的牛津医生既不是国人心目中的牛津大学的医生，也不是技术能力有限的小镇医生，而是一位在心脏外科领域纵横捭阖 50 年的职业大腕。他不仅手术做得漂亮，还是许许多多心外奇迹的缔造者，也是一位运气大王，可以左右开弓双手自由进刀缝合，也可以逢凶化吉，还能左右逢源地展现职业风采，尤其不同凡响的是这位仁兄文笔纤细传神，是一位生命书写的高手，凡是亲历的疑难病案都是精彩绝伦的生命故事。不仅可以让医生同行，尤其是初入门径的青年医生从中感悟手术的神奇与忐忑，霞光与阴霾，也可让普罗百姓从心脏患者的疾苦过山车、生死旋转门里领悟生命无常的真谛。

"打开心脏"是心脏外科大夫的入门手艺，也是标准动作。不同于百姓口中的"开心"或"打开心扉"，这是一项高难度、高风险的职业操作，具有决定生死的神奇转圜意义，因此，心脏外科医生都有"惜生死""达生死"的徘徊与忧伤。但面对生命危局，千钧一发、命悬一线之际，不作为必死无疑，敢作为、勇作为也可能九死一生，还可能令家人背负巨大的情感、债务压力。手术室本是非常之地，既是解除病痛的地方，也是咀嚼苦难和孤独、遥望生死的地方。既是追求生命希望的地方，也是体验悲剧与悲情，思考生存意义的地方。还是烛照心灵，寻找信仰的地方。是人与神相遇的地方，是邂逅天使、对话上苍的地方。

再说"奇遇"。在韦斯塔比的职业生活中，"奇"常与"神""怪"连缀，有"神奇""奇人""奇术"，心摹手追，心随意动。"奇遇"，从乙醚楼到太平间，有布罗克勋爵旧靴子的加持，上帝就在患者肩头随时护佑；一定还有"怪病"，像是主动脉瓣严重畸形的马术爱好者，后来因妊娠而凸显危机；"怪人"，像是没有脉搏、没有血压的机械心脏人、电子心脏人，走廊里偶遇的穿越沙漠、逃出大屠杀的阿拉伯无名哑母病孩，全力施救却最后双双殉命；"怪招"，两颗心脏并联工作的手术方案……虽说心脏外科救助场景不是影视剧，但却时时上演着惊心动魄的生死大戏，心脏外科大夫的脑洞比影视编剧要大得多，患者在苦难过山车上的跌宕程度也比好莱坞大片刺激得多。

　　手术室里有一份特别的感悟：由神秘抵达圣洁，由信念、意志的圆满抵达过程、操作的圆满。患者命若悬丝，是那么脆弱，却又志如磐石般坚强。正是这样一份职业，令韦斯塔比感受到了某种无与伦比的愉悦，令他矢志不移。他将这份职业愉悦地命名为"肾上腺素效应"：一看见救护车驶入，一听见患者呻吟，一置身危机场面就兴奋无比，无论先前是多么疲惫，都会杂念全无，一心赴救，毫不迟疑。医生作家毕淑敏将这类外科行为称为"嗜血—兴奋"，一见到流血场面就神清气满，血脉偾张，跃跃欲试，积极向前。积极心理学家米哈伊将这份职业幸福解读为"心流效应"，也叫"沉浸效应"。"心流"就是许多人形容自己表现最杰出时那份水到渠成、不费吹灰之力的感觉，是外科医生的"陶醉"，运动员的"巅峰感受"，文学家、艺术家的"思如泉涌"。心流发生时，人必须投注全副精力，心无旁骛，意念因此完全协调和一，丝毫容不下无关的念头或情绪。此刻自我意识已消失不见，时光飞逝而不觉，但感觉却比平日强烈，生命获得极致的发挥，生活本身就变成目的。虽当时不觉得快乐，但任务之后回顾时，会心生感激与快乐之情。或许在我们身边的医学职场里时有抱怨，或抱怨患者（家属）无知刁蛮，或抱怨自己付出太多、收获太少，却没有像韦斯塔比那样从感恩、敬畏、悲悯中捕捉到难以言喻的心流效应。对于这样的中国同行来说，不能不说是一份心流缺失的职业"遗恨"，他们或许可以从韦斯塔比的职业生活中汲取点什么。从这个意义上讲，韦斯塔比的故事除了有拯救患者的镜鉴价值之外，还有救赎同行的别样功能。

说远了，还是细细品读韦斯塔比的故事吧。

2018 年 8 月

本书献给我的好孩子杰玛和马克，

还有我的孙女爱丽丝和克洛伊。

目　录

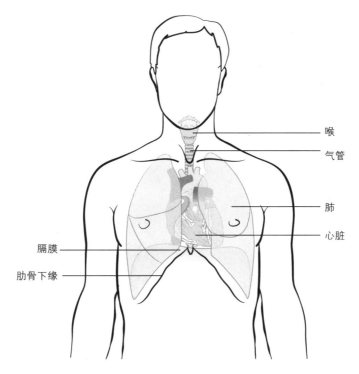

喉

气管

肺

心脏

膈膜

肋骨下缘

心脏和肺在胸腔的位置

前　言

　　伍迪·艾伦有一句名言："脑子是我第二喜欢的器官。"我对心脏也有这样的情感。我喜欢观察它，停止它，修复它，使它重新跳动，就像机械师喜欢掀开轿车的引擎盖修理引擎一样。当我终于明白了心脏的工作原理，接下来的事也就顺理成章了。毕竟我在年轻的时候当过艺术家，原先在画布上摆弄画笔，后来只是改成了在人类的肉体上摆弄手术刀。对于我，心脏外科是兴趣多于工作，喜悦多于辛苦，这是我拿手的活。

　　我的职业生涯有一条奇怪的轨迹。我念中小学时谦虚低调，上了医学院却变得十分外向；刚做医生那会儿雄心勃勃，后来又变成了一个内向的外科开拓者和教师。这一路上，常有人问我心脏外科到底有什么魅力。我希望接下来的这本书能把这个问题解释清楚。

　　但是在开始讲解之前，我还是想先介绍一下这个鲜活跳动的器官。每一颗心脏都是独一无二的，有的肥胖，有的苗条；有的

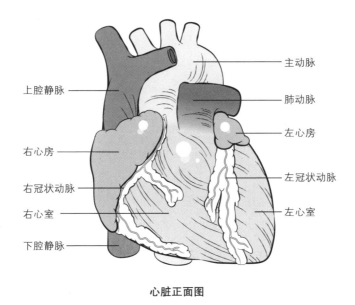

心脏正面图

厚实，有的纤瘦；有的跳得快，有的跳得慢。没有两颗心脏是相同的。我经手过 12000 颗心脏，它们大多病得厉害，搞得患者精神苦恼，胸部剧痛，总是疲倦，还会有程度可怕的喘不过气。

　　人类心脏最迷人的地方在于它的运动：它的节奏和效率。关于心脏运动的事实是惊人的：它每分钟搏动超过 60 次，泵出 5 升血液。换算下来，也就是每小时搏动 3600 次，每天 86400 次。每年它都要搏动超过 3100 万次，80 年里会搏动 25 亿次。每一天，心脏的左右两侧都要往身体和肺部输送超过 6000 升血液。这真是一项繁重的工作，需要巨大的能量才能完成。因此当心脏衰竭，就会产生严重后果。人类的心脏有如此惊人的成绩，我们又怎么能

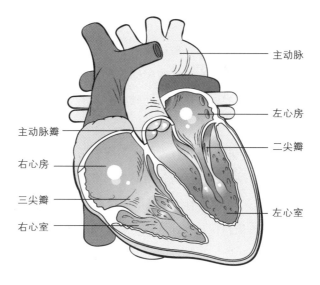

主动脉

左心房

二尖瓣

主动脉瓣

右心房

三尖瓣

右心室

左心室

心脏正面的心腔、瓣膜和主要血管

想象把它替换成一部机械装置呢？甚至替换成一颗死人的心脏？

　　我上学时在生物课上学到，心脏位于胸腔中间，由四个部分组成：两个集流室，左心房和右心房；两个增压室，左心室和右心室。在教科书的插图上，它们整齐地排列在一起，仿佛一座两层的房子，楼下是起居室和厨房，楼上是两间卧室。心脏的外面是松软且能够扩张的肺部，就像一座瑞士木屋的屋顶，持续补充血液中的氧气，排出二氧化碳。（我们大多数人还知道，一些别的化学物质也能随呼吸排出体外，特别是酒精，当它在血液中的含量超过肝脏的代谢能力时，我们就会呼出酒气。）

　　富含氧气的血液从肺部流出，进入左心房，一路流过四条不同的静脉，左右两侧各有两条。在心脏充血的阶段，也就是心舒期，血液通过二尖瓣（又叫"僧帽瓣"，因为形似主教的帽子），进入强有力的左心室。而在心室收缩的阶段，也就是心缩期，二尖瓣闭合，左心室内的血液通过主动脉瓣射入主动脉，再经由各条动脉流遍全身。

有趣的是，右心室却有着完全不同的工作方式。右心室的形状仿佛新月，贴在左心室旁，中间由"室间隔"分开。因为新月的形状，右心室在泵血时如同风箱。左右心室就这样协同工作着。心脏的这种节律很让我着迷，就像观看钢琴家的双手或是舞蹈家的双足。

但心脏真有这么简单吗？我母亲以前常从屠夫那里买来绵羊的心脏，它们价格不贵，味道也好，也很适合解剖。在剖开羊心的时候，我明白了心脏要比教科书上的插图更加复杂难懂，因为两侧心室的形状和肌肉结构是完全不同的。而且它们实际上也不是"左右"的关系，而更像是一前一后。其中左心室较厚，呈圆锥形，靠环状的肌束来收缩和旋转。现在我们可以想象左心室的真实工作方式了：当强有力的心肌收缩变厚时，它内部的腔室就会变窄变短。而当心肌放松，也就是处于心舒期时，左心室又舒展开来，主动脉瓣随之关闭。舒展的腔室变宽变长，将血液通过二尖瓣从心房吸入。就这样，在每一个收缩和舒张的周期，心室都先变窄、团紧、变短，接着再扩张、舒展、放长。这真像一曲阿根廷探戈，但它和真正的探戈相比又有两个重大分别：第一，一个心动周期的时长不到一秒；第二，这支舞会永远跳下去。

　　身体里的每一个细胞都需要"生命之血"和氧气。缺了这两样，身体组织就会以不同的速度死去，先是脑，最后是骨头。组织死亡的速度取决于每个细胞需要的氧气量。当心跳停止，脑和神经系统不到 5 分钟就会损坏，接着就是脑死亡。

第一章

乙醚厅

谢谢您来接我的班，今夜酷寒，我心中不适。

——威廉·莎士比亚，《哈姆雷特》第一幕第一场

生与死，胜与败，希望与绝望，这些状态之间只有一线之隔，只要多死几个肌肉细胞、血液中的乳酸高出分毫、脑部稍稍肿胀，就会使人从前一种状态进入后面一种。举着镰刀的死神盘踞在每一个外科医生的肩头，死亡永远是最后的结局。人死不能复生。

1966年11月，我18岁，正在查令十字医院的医学院读第一学期，开学还不到一个礼拜。学校位于伦敦中心，和医院只隔了一条街。当时的我想要亲眼看看一颗生机勃勃的跳动心脏，而不是解剖台上的一块黏糊糊的死肉。学校门卫告诉我，街对面的医院每周三会做心脏手术，我想看的话就该去乙醚厅，爬上没有人去的顶楼，找到屋檐下方的一道绿门。他还警告我不要被抓，因

为临床前学生是不许去那里的。

那天下午，时候不早，天色已经暗了。河岸街上细雨蒙蒙，我出发去找乙醚厅。那原来是老查令十字医院手术室上方的一座式样古旧的铅灰色玻璃穹顶。自从入学面试之后，我就再也没踏进过医院那道神圣的大门。我们这些学生只有通过解剖学、生理学和生物化学三门考试后，才能够赢得这份殊荣。于是，我没有通过正门的希腊式柱廊进入医院，而是从亮着蓝灯的急诊室溜了进去。我找到一部电梯，那是一只摇摇欲坠的旧铁笼子，是用来把设备和尸体从病房送到地下室的。

我担心自己来得太晚，手术已经结束，那道绿门也已经锁上。幸好并没有。穿过绿门是一条落满灰尘的昏暗过道，里面堆着老旧的麻醉机器和废弃的手术器械。在不到十米外，我看见了穹顶下手术室的灯光。我站立的地方是一间旧手术室的参观廊，下面不到 3 米就是手术台。一层玻璃满怀敬意地将参观廊与手术台上的紧张场面隔开。参观廊里有一道栏杆，还有一条弧形的木头长凳，一代代外科学生扭动的背部把它磨得十分光滑。

我坐下，双手扶住栏杆。四下没有别人，只有我和死神。透过蒙了一层水汽的玻璃，我费力地朝下方望去。这是一台心脏手术，病人的胸腔还开着。我边走边寻找最佳的视点，最后在主刀医生的正上方停下。他是个名人，至少在我们医学院是。他长得又高又瘦，仪表不凡，手指修长。在 20 世纪 60 年代，心脏外科手术还是激动人心的新鲜事物，能做这项手术的就那么几个人，彼此离得很远。受过这方面专业训练的人也不多，他们往往是老练的普通外科医生，先去某家率先开展心脏手术的医疗中心访问，然后自告奋勇在自家的医院开展新项目。他们必须紧张快速地学习，代价则以病人的性命来计。

　　两名手术助手、一名洗手护士 * 正挤在敞开的伤口上方，急速递送着手术器械。接着我看见了：那是他们目光的焦点，也是我的兴趣焦点——一颗跳动的人类心脏。严格地说它不能算跳动，只是在蠕动。心脏通过插管连着心肺机，一组成圆柱形的碟片在槽中转动，槽里盛的是富含氧气的血液，一只粗制的滚压泵正在挤压管子，促使这些生命之血回到病人体内。我仔细望去，依然只能看见那颗心脏，病人全身都盖着绿色的手术巾，在场的人谁也看不到病人的脸。

　　主刀医生不停地在两只脚之间切换重心。他穿着一双硕大的白色手术靴，为了防止袜子沾血，那个年代的外科医生都穿这种靴子。手术团队已经置换了病人的二尖瓣，但那颗心脏仍在为脱离心肺机而挣扎。这是我第一次看见一颗跳动的人类心脏，就连我这新人也看得出来，它太虚弱了，那鼓胀的样子像一只气球，虽然还有脉动，但已经不在泵血。我背后的墙壁上有一只盒子，上面标着"对讲机"。我打开开关，眼前的这一幕有了声响。

　　在一片放大了的嘈杂背景声中，我听见主刀医生说了一句："我

---

* 亦称"器械护士"。须在手术台上传递手术工具给医生，有时甚至在一些小手术中充当助手。相比于巡回护士，洗手护士须身穿洗手服／刷手服，因而得名。（本书脚注均为译者和编辑编者添加，后同。）

们最后再试一次。加大肾上腺素，通气，然后关掉心肺机看看。"

一片寂静，人人都在看着这个挣扎的器官为最后一线生机而奋斗。

"右冠状动脉里有空气。"第一助手说，"给我一根排气针。"他将针头推进主动脉，泛着泡沫的血液从伤口渗出。接着，病人的血压开始好转。

看到时机出现，主刀医生转头对灌注师说："关掉心肺机！这是我们最后的机会！"

"心肺机已关闭。"灌注师回答。他音调平平，不像有多少信心的样子。

心肺机一关，病人的心脏就全靠自己了。左心室正将血液泵往身体，右心室将血液泵往肺部，两者都在苦苦支撑。麻醉医生期盼地盯着监护仪，看着上面的血压和心率。几位医生都知道这是最后的机会，他们沉默着从心脏上拔掉插管，然后缝合创口，每个人都巴望着它能强健起来。心脏先是无力地颤抖了几下，接着血压开始缓缓跌落。有什么部位在出血，血量不大，但出个不停。出血点在心脏背面，他们够不到的地方。

将心脏抬起的动作使它发生了纤颤。它又开始蠕动了，就像一袋软虫扭个不停，这不是正常的收缩，因为缺乏协调的心电活动。它在白费力气。麻醉医生看了一会儿监护仪才发现这个异常。"是VF！"他喊道——我后来明白，"VF"意思是心室纤颤（ventricular fibrillation）。"准备电击。"他接着说。

主刀医生已经料到这个，把除颤器的电极板紧紧贴上病人的心脏。"30焦耳。"呲啦！没有起效。"加到60。"

呲啦！这一次心脏除颤了，但接着它就呆在了原地，完全没有心电活动，仿佛变成了一只湿漉漉的棕色纸袋子。用我们的话说，这叫"心脏停搏"。

血液继续流入胸腔，主刀医生用手指捅了捅心脏，左右心室都收缩了几下。他又捅了捅，心律恢复了一些。"太慢了，给我一针管肾上腺素。"他接过注射器，毫不手软地从右心室扎到左心室，针头中射出一股清澈液体。接着他用修长的手指按摩心脏，想把这股强力兴奋剂推进冠状动脉。

感恩的心肌立刻有了反应。接下来的一幕和教科书上写得一模一样：心率开始加快，血压开始飙升，它越来越高，几乎到了冲破缝合线的危险境地。接着，就像是慢镜头，主动脉上插管的部位破了一个口子。哗啦！就像间歇泉喷射，猩红色的血液直喷到手术灯上，几名医生也给溅了一身血，绿色的手术巾也浸湿了。有人小声说："坏了。"他说得太保守——这场战斗，他们输了。

还没等他们用手指堵住创口，心脏就已经流空了血。血从手术灯上一滴滴落下，几道红色的溪流在大理石地面上流动，粘住了他们的橡胶鞋底。麻醉医生发疯似的朝静脉里挤压血袋，但已经不起作用了。生命的气息迅速消逝。当注入的肾上腺素效力减退，这颗肿胀的心脏像气球一样鼓起，再也不动，永远停止了。

几个医生在绝望中默默伫立。每周都是如此。接着主刀医生离开了我的视野，麻醉医生也关掉呼吸机，等待心电图变成一条平线。他从病人的气管中拔出管子，然后也从我的视野中消失。

病人的脑已经死亡。

就在几米开外的地方，雾气笼上了河岸街。下班的人们匆匆走进查令十字车站躲雨；辛普森餐厅和鲁尔斯餐厅*里，有人终于吃完了午餐；华尔道夫酒店和萨伏伊酒店内，酒保正在摇晃鸡尾酒。那些皆是生机，这里只有死气。手术台上刚刚有人孤独地死去。不再痛苦，不再气短，不再有爱，也不再有恨。什么都不再有了。

灌注师把机器推出手术室。在服务下一个病人之前，它还要用几个小时来拆分、清洗、组装和消毒。只有洗手护士还待在原地，接着麻醉护士也进来了，她刚刚在安慰等候室里的下一位病人。两个人摘下口罩，默默站立了片刻。周围所有表面都洒满了黏稠的血液，病人的胸腔也依然敞着，但她们好像都不在意。麻醉护士的手探到手术巾下，握住了病人的手掌。洗手护士从病人脸上拉下浸透鲜血的盖布，把它甩到一边。这时我看见了，那是一名年轻女子。

她们都不知道我就在上层的乙醚厅里。没有人看见我进去，除了死神，而现在它也带着病人的灵魂离开了。我在长凳上轻轻挪动，想看清女子的面孔。她的眼睛睁得很大，凝视上方的穹顶。她肤色苍白，但颧骨精致，秀发乌黑，仍看得出是个美人。

和两个护士一样，我也不能离开。我要看看接下来会发生什么。她们从病人的裸体上揭下血淋淋的手术巾。我在心中无声地呐喊：

---

* 河岸街辛普森餐厅（Simpson's-in-the-Strand, 1828— ）和鲁尔斯餐厅（Rules, 1798— ）都是伦敦的老牌餐厅，主打英国传统风味和高端宴聚。

把撑开她胸骨的丑陋牵开器也拿走，让那可怜的心脏回到原来的位置吧！当她们终于撤掉牵开器，她的肋骨缩了回去，那可怜的没有生命的器官重新被盖住。它平躺在那里，空了，败了，上方只有一道可怕的深深裂缝，分开了她两只浮肿的乳房。

对讲机依然开着，两名护士交谈起来。

"她的孩子怎么办？"一个说。

"大概是给人收养吧。她没结婚，父母也在伦敦大轰炸的时候死了，她没有别的亲人了。"一个回答。

"她住在什么地方？"

"在白教堂一带，可能皇家伦敦医院还不能做心脏手术吧。她在怀孕的时候得了重病，是风湿热。生的时候差点死掉。也许那样倒好呢。"

"孩子现在在哪儿？"

"大概还在病房，得让护士长来安排了。"

"护士长知道她死了吗？"

"还不知道，你去告诉她吧。我找人来帮忙把这里收拾一下。"

她们的口吻那样平淡无奇。一个年轻女人死了，留下一个孩子举目无亲。再没有爱，也没有温暖，她就这样在手术室里那些缠着管线、泡着鲜血的机器之间永远消失了。我对这一幕准备好了吗？这是我要追求的吗？

两名护士生进来清洗遗体。我认出她们是我在周五晚的新生舞会上见过的两个女孩，都来自受人尊敬的私立学校。她们带了一桶肥皂水和几块海绵，开始擦洗她的身体。她们拔掉了血管插管和导尿管，但是看得出还是很害怕那道切口和它下面的东西。切口仍在不停流血。

"她动的是什么手术？"和我跳过舞的那个女孩问道。

"看样子是心脏手术。"另一个回答，"大概是瓣膜置换术吧。可怜的姑娘，才和我们差不多大。她妈妈肯定伤心坏了。"

她们在切口上盖了一块纱布吸血，然后用胶带封好。洗手护士回来了，她谢了两个女孩，说工作完成得很好。接着她又叫外科住院医师进来关闭切口，准备把遗体送去太平间，因为所有死在手术台上的病人都要送到验尸官那里尸检。这个年轻姑娘的身体还要切开一次，从颈部切到耻骨，所以眼下关闭她的胸骨或是缝合那几层胸壁根本没有意义。住院医师拿了一根大针和几段粗线，把她像缝邮包那样缝了起来。她的切口边缘仍旧张着，向外渗着血清，邮包可比这要整洁多了。

现在是晚上六点半左右，我本来说好了去路边那家酒馆和橄榄球队的人一起买醉的。但是我怎么也走不开，仿佛被眼前这个空壳、这具皮包骨头的尸体吸住了。我从没见过这个病人，现在却感觉跟她很熟了似的。毕竟我陪她度过了她这一生中最重要的时光。

三个护士用力给她穿上了一件浆得很白的拉夫领寿衣，在背后系上扣子，然后用一根绷带固定好她的脚踝。她已经因为尸僵而有些变硬了。两名护士生带着善意和尊重完成了这项工作。我知道将来会再和她们见面，也许到时候可以问问她们此刻是什么感觉。

现在只剩下我们两个了，我和遗体。手术灯依然照在她脸上，她的眼睛直直地盯着我。她们为什么不给她闭上眼睛呢，就像电影里演的那样？透过那两只扩散的瞳孔，我能望见镌刻在她脑海中的痛苦。

　　根据我偷听到的零星对话，再加上一点医学知识，我大致描绘出了她的生平故事：她今年20多岁，出生在伦敦东区。父母在德军轰炸中丧生时，她肯定还只是一个小孩子。带着那些战争景象和巨响留下的创伤度过童年，她总害怕一切会分崩离析，只留下她孤单一人。她在贫困中长大，患上了风湿热，那是单纯由链球菌引起的咽喉痛，但会诱发破坏极大的炎症。风湿热在贫困拥挤的地区相当常见。也许她有几个礼拜关节肿痛。她不知道同样的炎症发展到了心脏瓣膜。那个年代还没有这方面的诊断测试。

　　她患上慢性风湿性心脏病，成了大家口中的病孩子。她或许还得了风湿性舞蹈病，身体不受控制地抽动，步态不稳，情绪混乱。她怀了孕，这是干她这行常有的风险。这让情况更加糟糕，因为她那颗患病的心脏必须更加辛苦地工作。她开始呼吸困难，浑身浮肿，但总算熬到了生产的时候。也许皇家伦敦医院成功地为她接了生，但是也发现了心力衰竭的迹象。心脏有杂音，是二尖瓣关闭不全。他们给她开了心脏病药物地高辛，想让她的心跳强健一些，但是她没有遵医嘱服药，因为那药让她恶心。很快她就浑身乏力，呼吸困难，没法再照顾孩子，就连平躺都做不到。她的心力衰竭越发严重，前景很不乐观。他们推荐她到城里找一位外科医生，那是一位真正的绅士，穿一套晨礼服，裤子是细直条纹的。他和蔼而富有同情，说只有在二尖瓣上动手术才能治好她的病。但结果并非如此。手术终结了她悲哀的生命，东区又多了一个孤儿。

搬运工来的时候，手术灯已经关掉很久了。太平间的推车（一口装着轮子的铁皮棺材）给拖到手术台边上并排放着。她的四肢已经僵硬，身体被随随便便地拖进这只人肉沙丁鱼罐头，脑袋"砰"地撞了一下，令人心里一揪。然而再也没有什么能伤害她了。我终于不用跟她对视，松了一口气。搬运工在棺材上罩了一块绿色毛毯，让它看起来像是一部普通推车。他们走了，去把她锁进冰柜。她的孩子再也见不到她，也永远不会有妈妈了。

欢迎来到心脏外科的世界。

＊ ＊ ＊

我还坐在原地，手臂搭着栏杆，双手撑着下巴，从乙醚厅的穹顶望向空荡荡的手术台的黑色橡胶表面。在我之前，一代代预备外科医生都曾在这里观望。乙醚厅是一座上演角斗赛的环形剧场，人们来到这里，俯瞰一幕幕生死戏剧。如果当时有人和我一同观看，分担这可怜女孩的死和她孩子的悲惨命运带来的冲击，这景象或许还不会那么残忍。

几个助理护士带着拖把和水桶进来了，她们要抹掉她最后的痕迹——干结在手术台周围地面上的血，迈向手术室门口的血脚印，麻醉机和手术灯上的血。到处都是血，现在她们正小心翼翼地擦掉。一个瘦小的女孩抬起头来擦手术灯，正好看见穹顶下的我，看见昏暗中我苍白的面孔和凝视的眼神。她吓了一跳，我知道自己该走了。但是我看见手术灯的顶上还有一点血迹，除我之外没人能看见。它粘在那里，已经变成了黑色，好像在说："我的一部分还在这里。记住我。"

绿门在我身后关上，我走进那部颤巍巍的电梯。她的遗体刚才就是从这里送去太平间，放进一只冷冷的冰柜里。

尸检通告贴在医学院门廊的公告板上。尸检的对象一般都是老年病人，要是有年轻人也都是吸毒成瘾者，交通事故死者，跳地铁自杀的，或者是心脏手术失败的病人。我看见她也在名单里，时间是周五上午。她名叫贝丝，不是"伊丽莎白"，只是贝丝*，今年26岁。准是她。尸检那天，遗体会从医院地下室的太平间里推出，装进铁皮箱子，由一个滑轮系统在轨道上拖行。箱子经过地下通道进入医学院，然后上电梯送进解剖室。我该去吗？该去看她的肠子和脑子被挖出，看她已死的心脏被切片，告诉大家她是如何在泉涌般的猩红色血泊中死去的吗？

不，我做不到。

那天在乙醚厅里，贝丝给我上了相当重要的一课：不要纠结。要像她的主刀医生一样，手术完了立即走人，明天再救别的患者。罗素·布罗克爵士（Sir Russell Brock）是那个年代最有名望的心脏外科医生，他对病人死亡的态度出了名地直率，他说过："今天的手术名单上有三个病人，我不知道哪一个能活下来。"这样说好像太麻木了，甚至有些残忍，但在当时，纠结于病人的死亡是一个危险的错误，到今天依然如此。我们必须从失败中学习，争取下一次能有所改进。如果沉迷于悲伤或者悔恨，只会带来无法承受

---

* "贝丝"是"伊丽莎白"的昵称。

的痛苦。

　　我在之后的职业生涯里常常思考这个问题，当时我的兴趣转向了心脏外科中的一个艰难领域：给心脏有复杂先天畸形的婴儿和幼儿做手术。有的小患者还在蹒跚学步，他们开开心心来到医院，一只手抱着泰迪熊，另一只手牵着妈妈。他们嘴唇发紫，小胸脯不停起伏，血液黏稠得就像糖浆。他们从来不知道健康的生活是什么样子，而我的任务就是努力给他们健康。我要让他们拥有粉红的皮肤、充沛的精力，将他们从迫近的厄运中解放出来。我诚心诚意做着这件事，但有时也会失败。那时我该怎么做？和哭泣的父母一起坐在黑暗的太平间，握着一只没有生命的冰冷小手，责备自己不该冒这个险吗？

　　心脏手术都有风险。既然做了外科医生，就要一意前行，决不回望。一台手术做完，就接着治疗下一个病人，我们总是期盼更好的结果，从不怀疑。

第二章

卑微的开始

勇气就是做你害怕的事。如果你不害怕，就谈不上勇气。

——爱德华·V. 里肯巴克，《纽约时报》

1963年11月24日

我是乘着二战后的第一波婴儿潮来到这个世界的。我出生在斯肯索普战争纪念医院的产科，生日是 1948 年 7 月 27 日，狮子座。斯肯索普是个好地方，我在那里一直生活到 18 岁。那是一座钢铁城市，也是下流笑话的长期笑料*。

我亲爱的母亲在漫长而痛苦的分娩之后筋疲力尽，但是她很高兴有了第一个孩子，从惨烈的产房把我安全带回了家。我这个粉红健壮的儿子，从刚刚张开的肺叶深处发出嘹亮的哭声。

---

* 斯肯索普（Scunthorpe）中的 -cunt- 是英语中的脏字，尽管这不是正常分出的音节（应为 Scun-thorpe）。

我母亲是一位聪慧的女性，举止文雅，富有爱心，很受大家欢迎。战争期间，她在城里的商业街上打理一家小小的银行。就算其他柜台前面都空着，老顾客们也喜欢到她那里排队，对她倾诉自己的烦恼。我父亲16岁加入英国皇家空军，和德国人作战，战后在我们当地的合作杂货店找了一份工作，努力改善一家的生活。那段日子很不容易。

我们当时穷得要命，住的是肮脏的公房，房门号是13号。那种房子的墙上都挂不了画，因为灰泥会掉下来。房子的后院有一间波纹钢板防空棚，我们用来养鹅养鸡。厕所在房子外面。

我的外祖父母就住在街对面。外婆为人亲和，处处护着我，只是身子很弱。外公在炼钢厂工作，战时是我们这一片的防空队员。每到发薪日，他总会带我到厂里领工资。我对厂里的景象着了迷：白热的铁水倒进铸模，男人们戴着扁帽，光着上身，大汗淋漓地往锅炉里加煤，蒸汽列车喷着火焰，在轧钢机和矿渣场之间叮叮当当来回行驶，到处都是飞溅的火星。

外公耐心地教我用硬笔和软笔画画。当我画出烟囱上方的红色夜空、一盏盏路灯和一道道铁轨时，他就坐在一旁抽着忍冬牌香烟。外公一天要抽20支烟，加上一辈子都在烟火缭绕的炼钢厂工作，实在不利于养生。

1955年，我们有了第一台电视机，那是一只十寸的方盒子，播放画质粗糙的黑白节目，只能收到一个台，就是BBC（英国广播公司）。电视大大扩展了我对外部世界的认识。就在那一年，剑桥大学的两位科学家克里克和沃森描述了DNA的分子结构。在牛津大学，医学家理查德·多尔（Richard Doll）发现了吸烟和肺癌之间的联系。有一档名叫《你的生命在他们手中》（*Your Life in Their Hands*）的节目宣布了一则激动人心的消息，它从此改变了我的人生。消息说，美国的几位外科医生靠一部新机器补好了一颗心脏上的破孔，他们管它叫"心肺机"，因为它能替代心脏和肺发挥功能。电视里的几位医生穿着拖到地面的白大褂；护士们穿着上了浆的考究制服，戴着白色帽子，很少说话；病人以僵硬的姿势直挺挺地坐在床上，床单都折了回去。

节目里介绍了心脏手术，还说伦敦哈默史密斯医院的外科医生很快也会试着做一台，同样是修补心脏上的破孔。我这个7岁孩子在电视机前看得入了迷，简直像被催眠了一样。就在那一刻，我决定要做一名心脏外科医生。

10岁那年，我通过了本地文法学校＊的入学考试。这时的我已经是一个安静、顺从而怕羞的少年了。老师把我归进了"前途光明"的一类，督促我用功学习。我天生有艺术才能，但这时只能从艺术课上退出，专心主课。不过有一件事是明确的：我有一双灵巧的手，我的指尖和大脑直接相连。

一天下午放学之后，我和外公还有他的高地梗犬"威士忌"一起到市郊散步。走上一座山丘之后，他忽然停下步子，抓住自己的衬衫领口。他的脑袋垂了下来，皮肤变得惨白，大汗淋漓，气喘

＊　英国中学的一种，提供大学预备课程而非职业训练，对学生的学业表现要求更高，
　学生必须通过成绩筛选才能入学。

吁吁，像一棵砍倒的树那样瘫软在地上，说不出话来。我看见了他眼中的恐惧。我想跑去找医生来，但是外公不许。他不能丢掉工作，即便他已经 58 岁了。我只好搂着他的脑袋，直到痛苦平息为止。这次发作持续了 30 分钟，等他恢复之后，我们才缓缓走回家。

外公的病我母亲早就知道一些。她告诉我，他骑车去上班时，常会"消化不良"。外公不情愿地放弃了自行车，但他的健康并没有改善多少。他的症状更加频繁了，就连休息时也会发作，爬楼梯时发作得尤其厉害。他受了寒气胸口就不舒服，于是我们把他的旧铁床搬到火炉跟前，还把便桶放进屋里，省得他还得往外走。

他的脚踝和腿肚都因为积液而肿得厉害，必须穿更大的鞋子，每次系鞋带都成了一项艰巨的任务。从那时起，他变得不太外出，只在床和火炉前的一把椅子之间挪动几步。我常常坐在他身边，给他画几张素描，好让他的心思从这恶劣的症状上分散一会儿。

我到今天还记得 11 月那个阴沉潮湿的下午。那是肯尼迪总统在达拉斯遇刺的前一天，我从学校回家，看见外祖父母家的屋外停着一辆黑色的奥斯丁希利。*那是医生的车，我知道这意味着什么。我透过水汽凝结的前窗朝屋里张望，但窗上拉着帘子，于是我绕到屋子背面，从厨房门口悄悄走了进去。我听见了抽泣声，心沉了下去。

起居室的门半开着，透出昏暗的灯光。我定睛朝里望去，只

---

* 肯尼迪遇刺于 1963 年 11 月 22 日。Austin-Healey 是英国 20 世纪 50—70 年代的跑车品牌，后"奥斯丁"并入罗孚（Rover），罗孚在本世纪初又为南汽集团收购。

看见医生站在床边，手里拿着一只注射器。我的母亲和外婆站在床脚，搂紧彼此。外公面如死灰，胸口不停起伏，脑袋向后仰着，嘴唇发青，鼻子发紫，里面滴出发泡的粉红液体。他痛苦地咳嗽一声，喷出带血的泡沫，溅落在床单上。接着，他的脑袋歪到一边，睁大眼睛注视墙壁，目光落在写着"祝福这一家人"的海报上。医生在他的手腕上搭了搭脉，然后轻声说："他去了。"一股平静与释然的氛围降临房间。痛苦结束了。

死亡证明上说死因是"心力衰竭"。我避开大人的视线，悄悄走进外面的防空洞，和小鸡坐在一起，悄悄地崩溃。

那之后不久，外婆诊断出了甲状腺癌，肿瘤开始封堵她的气管。医学上有个术语叫"喘鸣"，专门描述肋骨和膈肌努力将气体送过狭窄气道时发出的咝咝声，我们听见的就是这样的声音。她去了60多公里外的林肯医院接受放射治疗，然而射线烧坏了她的皮肤，使吞咽更加困难。医生建议给她做气管造口术，这给了我们一些希望。但是手术开始之后，医生却发现气管变窄的面积太大，无法在下面找到造口的地方。我们的希望破灭了，只能眼睁睁看着她痛苦挣扎，直到死去。要是他们允许她使用麻醉安乐死就好了。在这之后的每天晚上放学后，我都会坐到她身边，尽我的努力让她舒服一些。很快，阿片类药物和二氧化碳麻醉模糊了她的意识。她在一天夜里安详地走了，死因是大面积脑出血。外婆终年63岁，是我的祖父母辈中最长寿的一位。

我16岁那年在炼钢厂找了份工作，学校放假时就去上班。但是，一次卸料车和拉铁水的柴油火车相撞之后，他们就解雇了我。

我发现医院在招临时搬运工，就争取到了一份手术室里的搬运工作。手术室里分成几个完全不同的群体，每一个都需要好好对待。病人们穿着病号服，为准备手术而禁食，战战兢兢，缺乏尊严。对待他们就要和蔼友善，安慰尊重。年轻护士友好风趣。年资较高的护士自大专横，公事公办，对我的要求是闭嘴听话。麻醉医生不喜欢等别人。外科医生态度傲慢，眼里根本看不到我，至少起先是这样的。

我的一项工作是将麻醉了的病人从推车搬上手术台。我事先总要读手术清单，了解每个病人接受的是哪类手术。然后，我会调整上方的手术灯，使灯光正好照在切口上（作为画手，我对解剖很感兴趣，也知道一点各个器官的位置）。渐渐地，外科医生们开始注意我，其中几位甚至问起我的兴趣。我告诉他们有一天我要当心脏外科医生。没过多久，他们就允许我参观手术了。

我很喜欢在夜里工作，因为急诊病例多：有人断了骨头，有人破了肠子，还有人动脉瘤出血。动脉瘤出血的病人大都死去了，护士为他们清洁遗体、穿上寿衣，我负责把他们从手术台上抬起来，放到铁皮太平间推车上，每次都发出"扑通"一声闷响。然后我再把遗体推到太平间，堆进冷库。我很快就熟悉了这份工作。

我第一次去太平间，免不了是在死一样寂静的夜里。那是一幢没有窗户的灰色砖楼，和医院主楼是分开的。老实说，想到里面的东西我还是怕的。我转动钥匙，打开了那扇沉甸甸的木门，门后面就是太平间了。我进了门，可是怎么也找不到灯的开关。幸好事先领了一只手电筒，我壮了壮胆，跟着摇晃的光柱走了进去。

手电在黑暗中照出绿色的塑料围裙，锋利的器械和光亮的大理石地板。房间里弥漫着一股死亡的气息——至少我认为死亡的气息是这样。终于，手电照到了一个电灯开关，我打开了头顶的几盏氖灯。这并没有让室内的气氛轻松多少。我看见墙上有许多方形的金属门堆叠起来，从地板一直排到天花板——这就是冷库了。我需要找一只冰柜把尸体放进去，但不知道哪一只是空的。

有的门上插着一张硬纸卡片，上面写着人名，我心想那里面一定是有人了。我找了一扇没有名字的门，扭动把手，但里面赫然现出一个裸体的老太太，身上盖着一条白色亚麻被单——一具无名尸体。真倒霉。我又试了第二层的一扇门。这回运气不错，里面是空的。我拉出滑动的铁皮托盘，把吱吱作响的升降机推到带来的尸体旁边。这东西要怎么操作才能不让尸体掉到地上？用皮带、手摇柄和一把蛮力。我放好尸体，然后把托盘重新推进冰柜。

太平间的门还敞开着——我可不想被独自关在里面。我快步出门，推着吱嘎作响的推车回到医院主楼，准备去装下一位"乘客"。我心想，病理学家可真不容易：要在那种环境里度过一半的职业生涯，在大理石的解剖台上挖出死者的内脏，他们是怎么做到的？

后来，我哄一个老太太病理学家让我旁观了尸检过程。虽然我之前就见过病人被手术弄得面目全非，或者遭受可怕的重创，但是一开始旁观尸检还是令我不太适应：一具具年轻的年老的尸体从喉咙切到耻骨，内脏掏空，头皮从左耳切到右耳，拉下来盖住面部，就像一只只剥了皮的橘子。一把摇摆据（胸骨锯）锯开颅骨，仿佛敲破一只煮熟的鸡蛋。接着，一个完整的人脑就暴露在我的眼前。这一团柔软的、灰色的、布满褶皱的东西，它是怎么支配我们人生的呢？这样颤巍巍的一团胶体，外科医生又到底是怎么给它动手术的呢？

我在那间昏暗荒凉的解剖室学到了许多东西：我明白了人的身体是何等复杂，生与死的界限是何等微妙，病理学家的内心又是何等的冷静超然。病理学是容不下感伤的。他们对死者或许有一丝同情，但对尸体的亲近是绝对没有的。我却在心里替来这里的年轻人难过：那些婴幼儿和少男少女，有的得了癌症，有的心脏畸形，他们有的注定要度过短暂而痛苦的一生，有的因为一场悲惨的事故而突然丧命。看见一颗心脏，你要忘记它是爱和奉献的源泉；看见一个脑子，你也不要把它视为灵魂的容器。忘记这些，统统切开。

很快我就能辨别尸体上一些常见的迹象：冠状动脉血栓形成，心肌梗死，风湿性心脏瓣膜，切开的主动脉，还有扩散到肝脏或肺部的癌细胞。烧焦或腐烂的尸体气味很坏，这时就要在鼻孔里涂满维克斯软膏，好让嗅觉神经轻松轻松。在所有死因里，我觉得自杀是最令人伤心的。我把这个感想说给老太太听，她叫我"要做外科就要克服这种想法"，还说等我到了可以喝酒的年龄，心里就不会这么沉重了。我注意到酒精是外科医生放松消遣的首选之一，这一点在他们夜间急诊的时候尤其明显。然而我能说他们不对吗？

我开始怀疑自己到底能不能考进医学院。我在学业上并不出色，数学和物理都念得很辛苦。在我看来，这两门学科才是测量智力的真正标杆。不过我生物学得很好，化学也过得去。最后我通过了好几门考试，都是些从来用不上的学科，像是拉丁文和法国文学、附加数学和宗教研究之类。这些我认为都是努力的结果，和智力无关，但也正是努力让我得以搬出公房。另外，在医院打杂的这段时间也开阔了我的眼界。我还没有出过斯肯索普，就已经了解了生命和死亡。

我开始在医学院里寻找自己的位置，每到学校放假就回医院兼职。我当上了"手术部助理"，成了一名清理血液、呕吐物、骨屑和粪便的专家。这是一个卑微的开始。

我意外收到了剑桥一所著名学院的面试通知，一定是有人替我说了几句好话，但我到现在都不知道是谁。剑桥的街道上满是生机勃勃的年轻学子，他们穿着长袍，用私立学校的口音大声交谈，个个看上去都比我聪明得多。教授都是饱学之士，他们戴着眼镜和学位帽，骑车经过卵石铺成的路面，去学院晚餐会上喝了葡萄酒再喝波特酒。我一下想到那些浑身污垢的炼钢工人，他们戴着扁帽，围着围巾，在灰霾中沉默地骑车回家，晚餐只有面包和土豆，饭后或许喝一杯世涛黑啤。我的心沉了下去。这不是我该来的地方。

面试官是两位杰出的研究员，面试地点是一间四壁镶着橡木的书房，窗外就是学院里最大的方院。我们都在磨得很旧的皮革扶手椅上坐下。面试氛围相当轻松，没有人谈到我的出身。我满以为他们要问我"为什么想学医"，结果根本没问，我白准备了。他们倒是问了我为什么美国在不久前入侵越南，有没有听说美国士兵可能患上什么热带病。我不知道越南有没有疟疾，于是答了"梅毒"。

　　这让气氛热络了起来，尤其当我说这对健康的危害或许比不上燃烧弹和子弹的时候。他们接着问我，雪茄烟会不会是丘吉尔死亡的原因（那时他刚刚过世）。我对吸烟的话题早有准备，于是不假思索地说了一大串：吸烟会导致癌症、支气管炎、冠心病、心肌梗死和心力衰竭，烟民的尸体在解剖室里有什么样的特征。"问我看过尸体解剖吗？看太多了。"我还在解剖后清理过脑子，肠子和体液。"谢谢。"他们说，"我们会在一两周后通知你结果。"

　　接着我又给叫去了查令十字医院，它坐落在河岸街上，位于特拉法加广场和科文特花园之间。建立这家医院的初衷是服务伦敦中部的贫苦市民，它在战时做出了杰出贡献。我很早就到了，但面试是按姓氏字母排序的，所以我照例又是最后一个。我焦虑地拨弄着大拇指，打发漫长的等候时光。一位和蔼的护士长用茶水和蛋糕接待面试者，我和她礼貌地交谈了几句，问了问医院在战争期间的情况。

　　面试在医院的会议室里举行。我坐在会议桌的一头，另一头坐着总面试官，他是一位杰出的外科医生，来自名医云集的哈利街，身上穿一件晨礼服。坐在他身边的是一位以脾气暴躁闻名的苏格兰解剖学教授，系列剧《医生当家》（Doctor in the House）就是根据他的事迹改编的。我挺起腰杆坐在一张直背木椅上——这里可容不得松松垮垮的坐姿。他们先是问我对这家医院有多少了解，我答得很好——这要感谢上帝，或者刚才的护士长，也可能两位都该感谢。接着他们又问了我打板球的纪录如何，会不会玩橄榄球。问完这些，面试就结束了。我是今天最后一个面试对象，他们早不耐烦了，对我也没有掩饰。

我在路上闲逛着，经过市场上花花绿绿的摊位和繁忙的酒馆，走到了科文特花园。这里众生云集：流浪汉、妓女、街头艺人、银行业者、到查令十字医院就诊的病人，各色人等会聚；黑色的出租车和鲜红的伦敦巴士在河岸街上穿梭往来。我在人群和车流间漫步，不经意走到了萨伏伊酒店的气派大门前。我不确信自己有没有胆量进去——当然，我身上穿着面试的正装，头上涂了百利牌发乳，模样应该够精神了。正在犹豫之际，那位一尘不染的看门人替我做了决定。他把旋转门一推，一声"先生，请进"将我迎了进去。这是接纳的标志。我从斯肯索普一脚踏进了萨伏伊。

我踌躇满志地穿过大堂，经过萨伏伊烧烤餐厅，半路上只稍停片刻，仔细看了看那份镀金边框的菜单。太贵了！我继续向前，奔着美国酒吧的招牌走去。这一路上贴满西区明星的卡通画、照片和画像，上面都有签名。酒吧门口没人排队，因为这时才下午5点。我坐上一只高脚凳，鬼鬼祟祟地吃了几块免费饼干，开始仔细阅读鸡尾酒单。我还是第一次喝酒，完全不知道该点什么，但侍者已经站到身旁，我只能匆匆决定："请来一杯新加坡司令。"一杯下肚，就像打开了一个开关，我的人生从此变了。当时要是再点一杯，我是绝对找不到查令十字车站的。

就在同一个星期，查令十字医院的医学院给我寄来了一封信。我在父母焦急的环绕下拆开了信封，仿佛是在拆解一枚炸弹。他们给了我一个入学名额。什么条件？只要通过生物、化学和物理考试就行了，考几分没有要求。查令十字是一家小规模医学院，每年只招 50 个学生，但是学院虽小，校友里却有不少值得追随的大人物，像是动物学家托马斯·赫胥黎、探险家戴维·利文斯通等等。我是家里第一个大学生，第一个立志成为医生的人，希望也会是第一个心脏外科医生。

第三章

布罗克勋爵的靴子

> 他已经当了一年医生，总共看了两个病人……不对，好像是三个。对，是三个。他们的葬礼我都去了。
>
> ——马克·吐温

想通过皇家外科医师学会的考试，成为会员，最好的办法就是在医学院的解剖教室里做解剖演示员。向新生讲授解剖中的细节，帮助他们一片一片地分解尸体，从一具完整的死尸上拆分出皮肤、脂肪、肌肉、肌腱和器官，这样就能透彻地了解人体，通过考试了。学生会领到一具油腻腻的死尸，它们躺在铁皮推车上，都做了防腐处理。每具尸体供六个学生使用；他们入学不久，心灵还很敏感。他们排队进入解剖教室，穿着浆得雪白的大褂，带着崭新的解剖器械——手术刀、剪刀、钳子和钩子，全都卷在一块亚麻布里。孩子们个个年轻，鲜嫩得就像青草。就像刚开始的我。

我给一组组新生轮流鼓劲，帮他们维持学习的动力。有少数

人撑不下去。花费无数个小时分解尸体，这并不符合他们对医学
的憧憬。为了让他们坚持下去，我会尽可能给他们一些建议，比
如多喷点香水，不要不吃早饭，解剖的时候尽量想些别的事情——
足球、购物、性生活，什么都行。我会告诉他们，学这门课，及
格就行，别让尸体挡你的路。这些建议只对一些学生有用。还有
一些会做噩梦，梦见他们解剖的尸体夜里来找他们。

我的第一次外科考试要求掌握解剖学、生理学和病理学——
这些学问并不能让你掌握手术的技术。在伦敦有一些应试课程，
教课的都是从前的考官，他们反复向你灌输考点，教给你医学院
希望你掌握的知识。这些课程的宗旨是花钱上课就给过，只要不
是傻子，都能通过考试。但是即便如此，也还有 2/3 的考生不及格。
我第一次应考时也没通过。

在这片单调乏味的求学氛围中，皇家布朗普顿医院打出了招
募"外科住院医师"的广告，申请者"最好"是皇家外科医师学
会的成员，但也不强求。我能申请上吗？我才刚刚通过第一轮考试，
还要努力至少三年才能全部考完。但是现在申请对我并没有损失。

虽然希望不大，我还是得到了这份工作，几周后就到布朗普
顿上班了。医院给我分配了两位导师，一位是马蒂亚斯·帕内
特（Matthias Paneth）先生，他是个仪表堂堂的德国人，身高一米
九八；另一位是克里斯托弗·林肯（Christopher Lincoln）先生，
新上任的小儿心脏外科医生，身高与帕内特相当。初见面时，我
觉得这两人的性格截然不同，但各有各的可怕之处，直到比较熟
悉了才不再害怕。在查令十字医院做住院医师的那段脚不沾地的

日子里，我明白了一件事：要跟上医生的节奏，就必须把一切都写下来。医生说出的每一条命令或要求，都要原原本本地记录。一旦忘记什么，就有大麻烦了。于是，我不论走到哪里都带着一块笔记板。这让帕内特先生忍俊不禁，他后来总喜欢问我："韦斯塔比，这个你记下了吗？韦斯塔比，那个你记下了吗？"

我这本外科日志的开篇就写得惊心动魄。当时帕内特团队在门诊后给一个病人预约了手术，那是一位来自威尔士的身材矮小的老太太，要接受二尖瓣置换术。老板帕内特自己要先看两个自费病人，于是请我先开始手术。我换上蓝色刷手服，相当得意。不仅如此，我还在一只打开的储物柜里发现了一双白色橡胶手术靴，已经磨得很旧，脏兮兮的。我本可以穿一双新的手术鞋，但还是满怀渴望地穿上了这双被丢弃的二手靴。为什么呢？因为靴子后面的带子上写着"布罗克"的字样。我要继承布罗克勋爵的靴子啦。

那时，温布尔顿的布罗克男爵已经有 70 岁，不再亲自手术了。帕内特隐约跟我提过原因，说他"总是因为无法做到尽善尽美而失望"。在我念医学院时，他已经是皇家外科医师学会的主席，还兼任学校外科学系的主任。而今天我将名副其实地踏上他的足迹。我大步走出医生更衣室，径直走进手术室，向大家介绍了自己。

老太太躺在手术台上。洗手护士已经用碘伏溶液给她消了毒，用几张湖绿色的亚麻手术巾盖住了她的裸体，现在正不耐烦地在大理石地板上踢踏她的手术鞋。任劳任怨的麻醉医生英格利希大夫（Dr English）和主灌注师正在麻醉机旁下象棋。我看出大家都已经等候了一段时间，于是戴上口罩，迅速刷手上台。想到自己的技术终于能够发挥，我实在有些跃跃欲试。

我仔细确定了两处解剖标志——脖颈底部的胸骨上窝和胸骨最下方的剑突。从上到下笔直一划，就能将两者精心地连成一线——这就是此次的手术切口。老太太因为心力衰竭，显得瘦弱憔悴。她的皮肤和骨骼之间已经没有多少脂肪，不用电刀也能切开。另外那名外科助理医师这时还没到场，我不等他了，直接开始手术。我想叫护士们对我刮目相看。

我拿起摇摆据试了试，"嗡嗡"几下，听声音够锋利的。于是我大着胆子用它锯开脖颈下方的骨头。灾难发生了：切口中央先是溅出一点带血丝的骨髓，接着就忽然涌出大量暗红色的血液。坏了！我瞬间惊出一身汗。护士长看出情况不对，迅速绕到第一助手的位置。我抓起吸引器准备吸血，但她已经开始下令了："压住出血点！"

英格利希大夫从棋盘上缓缓抬起头来，对眼前的忙乱好像无动于衷。"给我拿一单位血。"他平静地吩咐麻醉护士，"再给门诊部的帕内特先生打个电话。"

我知道问题出在哪了：是骨锯撕开了右心室。但怎么会呢？按说胸骨后面有一片组织间隙，心脏周围的心包里还有一些液体，骨锯应该碰不到心脏才对。护士长看透了我的想法——之后的六个月里，她还要看透许多次。"你知道吧，这是再次手术。"她这表面是在陈述，其实却在询问。

"不，我当然不知道！"我暴躁地答道，"上次的倒霉切口在哪儿啊！"

"上次做的是闭式二尖瓣扩张术，切口在胸部侧面，在乳房下面就能看见。帕内特先生没有告诉你吗？"

到这个当口，我已经决定闭嘴了。现在要紧的是行动，不是推卸责任。

再次手术时，心脏和它周围的组织会因为炎性粘连而接合在一起，心脏和它周围的心包之间也就没有了间隙。比如这个病例，老太太的右心室是贴在胸骨的内表面上的，一切都糊在了一起。更糟的是，她的二尖瓣因为风湿而变得很窄，导致肺动脉压力升高，右心室扩张。这台手术的目的是换掉病变的二尖瓣，而我却一开始就搞砸了。真有我的！

按压没有控制住出血。血液依然从胸骨后面大量涌出，而这时胸骨还没有完全锯开呢。病人的血压开始下降，她是位矮小的女士，没有多少血可流。英格利希大夫开始给她输血，但并没有解决问题。这就好比往排水管里补水，刚刚输进去就流走了。我是外科医生，止血是我的责任，而想要止血，我就必须看到出血点才行。

我的汗水滴进了病人的伤口，也沿着我的双腿流进布罗克勋爵的靴子。老太太的血没过手术巾，滴到靴子的白色橡胶上。一名巡回护士已经刷手上台，协助我们。这时的我已经不再胆大，我再次举起骨锯，叫护士长把手拿开。我瞄准脖子下方，对着胸骨还连在一起的最厚的部分，在一片血泊中锯了下去。接着，我们再次按住出血的部位，英格利希大夫也不停输血，血压终于回升了一些。

当血压下降时，出血的速度也随之变慢。我抓住这个机会，把心脏与胸骨内表面充分分离，然后塞进一只金属的胸骨牵开器，把胸腔撑开来。这下我终于看清楚了：撕裂的右心室正在从伤口喷出里面的血液。当一切都像这样粘成一团时，骨骼切开的边缘就会在心肌上划出大口子，有时还会造成不可挽回的后果。算我走运，她的心脏还没有完全撕裂——不过也差不多了。

这时我自己的心脏也在咚咚直跳。我看出了问题所在：右心室的游离壁上有一条参差不齐的伤口，长5厘米，幸好离主要的冠状动脉还有一段距离。当我打开牵开器，护士长本能地用拳头压在了伤口上，血终于止住了。英格利希大夫又通过输液管补充了一单位血，老太太的血压回升到80毫米汞柱。待命的洗手护士分开了连接心肺机的几根长塑料管，好让我们随时使用。不过现在心脏暴露得不多，还没到用的时候。我最紧迫的任务还是缝合出血的伤口。作为外科住院医师，我缝合过皮肤、血管和肠胃，就是没缝过心脏。

护士长告诉我应该用什么缝合线，还说最好来回多缝几道，不要一道一道地缝，因为这样速度较快，缝合效果也比较好。"结不要打得太紧。"她补充说，"要不然线会切进肌肉里。她身子弱，下手要轻。现在开始缝合，或许还能赶在帕内特到这儿把你的脑袋拧下来之前缝好。"

病人的心脏每跳动一次，都有血液从右心室涌出，要精确缝合实在不容易。眼下我的手套外面已经在淌血，里面也被汗浸湿了。

在这种状态下缝合几乎是不可能的。

英格利希大夫见状大声说道:"用纤颤器!让心脏停跳两分钟!"

纤颤器是一种电气设备,它能引起我们在正常情况下绝对不想见到的现象:心室纤维性颤动——心脏不再泵血,而是一味颤抖,无法在正常体温下向脑部输送血液。心室纤颤超过四分钟,脑就会开始受损。

英格利希大夫向我保证道:"只要在两分钟后再为她除颤就行了。如果到时候还没缝好,我们就等两分钟,然后再让她室颤一次。"

我感觉自己仿佛成了一具提线木偶,正由几名老练的艺人操纵着。我觉得他的建议挺有道理,于是将纤颤器的电极放到我能看见的那块心肌上面,英格利希大夫接着打开了开关。心脏随即停跳,开始颤抖起来。我随即以最快的速度缝合。就在这时,帕内特先生出现在了手术室门口。他在心脏监护仪上看见室颤,立刻想到了最坏的情况。但是我没分心,继续埋头缝合。到英格利希大夫宣布两分钟已到的时候,我已经快要把伤口两边的肌肉拼接起来了。我继续工作到了第三分钟,终于伤口闭合,再打个结就完成了。

我把除颤器的电极板放到尽可能靠近病人心脏的位置,说了声"开始除颤"。没有动静——原来电极板还没有接到机器上,一个小失误。嘀嗒声中,时间一秒秒过去。终于,我的耳边传来了期待的"呲啦"一声。心脏静止了一小会儿,接着再次纤颤起来。

帕内特大步走了进来,他身上还穿着讲究的休闲装和户外鞋,手术帽和口罩之类的一概没有。他看了看手术巾下那块颤抖的心肌，然后提出了一条显而易见的建议："加大电压！"又是"呲啦"一声，室颤消失了，心脏有力地跳动起来。

帕内特咧嘴一笑，然后问我："有什么要汇报的吗，韦斯塔比？你应该知道二尖瓣不在右心室吧？我还以为你挺聪明的呢。"说完他冲护士长挤了挤眼睛，然后向众人宣布他要喝下午茶去了，别让韦斯塔比胡来。

我定了定神，判断了一下形势，然后打上了最后一个结。虽然经过我一番折腾，这颗心脏看样子仍在正常工作。血到处都是，在我的手术衣上，在布罗克勋爵的靴子上，大理石地板上也积了一汪。好在病人的血压已经正常。今天的仗我们打赢了。

我望向护士长，只看到口罩上方那对冷静的蓝色眼睛。我伸过手去握她那双沾满鲜血的橡胶手套，感谢她救了病人，也救了我。到帕内特先生来接手的时候，已经好像什么都没有发生过一样，他只对心脏正面多缝的几针开了几个玩笑。我很想对他怒吼："你他妈的怎么不告诉我这是再次手术？！"接着我意识到，大概他不记得了，毕竟他在门诊看这位病人是在好几个月以前。

剩下的步骤进行得很顺利。英格利希大夫和灌注师继续下棋，我举着吸引器吸血，帕内特切下畸形的二尖瓣，换上一片结构玲珑的人工瓣膜，又缝了许多针。

外科住院医师的活是干不完的。那天夜里我一直坐在重症监护病房，等着老太太恢复意识。我一边拼命祈祷她的脑部没有受伤，一边寻思她白天要是因为出血过多死在手术台上，我会有什么感受。我会有勇气继续求学吗？我的外科生涯会不会在这一天结束？

从成为英雄到一无所有，两者间只有一条极细的分界线。但我总算是熬过来了。现在我只想要她快点醒来。

老太太的丈夫和女儿在她床边陪夜。她丈夫问我手术是否顺利。我圆滑地回答："嗯，相当顺利，帕内特先生的技术很好。"完全没提我把手术搞砸的事。

仿佛接到命令一般，老太太张开了眼睛。我浑身一阵轻松。她的丈夫女儿都一下站了起来，好让她直视天花板时能看见自己——因为插了呼吸管，她还只能仰面平躺。他们伸出手，去握她的手。那一刻我明白了一件事：对我来说，心脏手术或许会成为每天的工作；但对病人和家属来说，这是一生才有一次的事，是一场惊心动魄的历险。做医生一定要善待病人。

* * *

心脏手术好比流沙，一旦进入就会越陷越深。我每次离开医院都很不情愿，因为我不想有重要的事情发生时我不在场。我在林肯先生的那些小病人的小床边坐了无数小时，耳朵听着监护仪上的滴滴声，眼看着他们的血压先是下降，接着又在我的努力下再度上升，盼望血不要再滴进引流管。

我的下一次惨败来得很快。圣诞节前的一个周六晚上，我们一班住院医师在杯盘狼藉的午餐之后去酒馆喝酒。布朗普顿医院没有急诊部，所以也很少有夜间紧急手术，在周末夜里就更少了。但在灌了一肚子世涛之后，我们却忽然接到总台的调度，说有一架美国空军飞机已经从冰岛起飞，机上搭载了一名在车祸中受伤的年轻男子，他的主动脉壁有一处撕裂。帕内特先生正赶回医院手术。这下麻烦了：一是伤口的位置，二是我们肚子里的那些啤酒。倒不是里面有多少酒精的问题，这点酒精我们早习惯了；麻烦的是在四小时的手术时间里，我们要撒几次尿的问题。我是肯定跑不了的，因为帕内特需要两个助手。我不可能在膀胱胀满的情况下集中精神，但我也不想像一个抽搭搭的小学男生那样举手上厕所，那样太丢人了。

就在高级专科主治医师跑去安排手术室时，我脑子里盘算了几种方案。在手术期间接一根导尿管和一只引流袋怎么样？但是想到给自己插导尿管我就犯难，在腿上绑一袋子尿液肯定也不舒服。接着我忽然想到了一个办法：用布罗克勋爵的手术靴！这双靴子很深，一只就能盛一升多。再接一根保罗管（Paul's tubing，一种薄壁橡胶管，曾经用来给失禁的男病人导尿），我就不会像自己插导尿管那么容易膀胱感染了。

我去病房找管子。管子盘成一卷，使用时切下需要的长度就行。我切下了我的腿部内侧那么长的一段。有了这个，我立马赶到外科更衣室，因为我想在老板进来前做好一切准备——拿好记事板，穿好白靴子，腿上用胶带贴好管子。我刚准备好这身行头，从希思罗机场赶来的救护车就呼啸着驶来，比我们预想的早了很多。战斗机可真够快的。

到午夜时分，我们已经切开男子胸部左侧的肋骨，里面很快开始出血。帕内特刚从一个圣诞聚会上给叫回来，情绪很暴躁。不出我预料，我们肚里的啤酒很快显出了效果，我的医师同事开始躁动起来，他两腿不停挪动，注意力也不在手术上了。终于他憋不住去上厕所，于是我站到了第一助手的位置。我用力咳嗽几声，好掩盖走路时鞋子里的哗啦声。他回来后，我依然站在他的位置，因为我的膀胱一点没觉得不舒服，虽然右脚的那只靴子越来越满。又过了20分钟，那个主治医师又忍不住去上了一趟厕所。

这时病人已经度过了危险期，帕内特却很恼火："他这是怎么回事？刚才去酒馆了？一直在喝？"

"这个我真不知道，帕内特先生。我一晚上都在图书馆用功呢。"我一边回答，一边等着被天降的一道雷劈死。结果什么都没发生。

"干得好，韦斯塔比。"帕内特说，"你来关闭胸腔，这次换他来协助你。咱们下周一见。"

手术后我倒掉证物，陪年轻男子去了重症监护病房。没人知道我的秘密。

反正已经睡不着觉，我干脆坐在儿科重症监护病房喝起了咖啡。我一边和那里的护士们闲聊，一边看着一个个小人躺在舒适的培养箱里，在这个圣诞夜努力求生。我们这些外科见习医生个个长期睡眠不足，不过说老实话，睡觉也没多大意思，那是我们偶尔周末放假时才做的事。我们都是对肾上腺素上瘾的人，始终亢奋，始终渴望行动。从流血的病人到停搏的心脏，从手术室到重症监护病房，从酒馆到派对，这就是我们的生活。

睡眠不足下，是外科医生的变态人格在勉力支撑——不畏压力，善于冒险，去掉共情。渐渐地，我也加入了这个只对少数人开放的俱乐部。

第四章

贫民窟男孩

天才是百分之一的灵感加上百分之九十九的汗水。

——托马斯·爱迪生

那是 1979 年 10 月，我正在伦敦北部黑尔菲尔德医院的胸外科团队做高级专科主治医师。每一个接受心脏外科训练的人都必须学会对肺和食道动手术，这就必然涉及癌症，而癌症特别让人沮丧。很多时候，病人的癌细胞已经扩散到身体其他部位，大多数病人的预后*都很不好，所以他们自己也很低落。另外，癌症治疗还有单调的一面。我们面临的选择很直接：不是摘掉半个肺就是摘掉一个肺，不是摘掉左肺就是摘掉右肺，不是切除食道上半段就是切除食道下半段。每种手术都做过一百遍之后，就没什么

---

* 医学名词，指对于某种疾病发展过程和最后结果的估计。

好兴奋的了。

不过，偶尔还是会出现一两个更有挑战的病例。比如马里奥，他是一位42岁的意大利工程师，在沙特阿拉伯参与了一个重建项目。他是个快乐、顾家的男人，去沙特工作是为了赚够钱买房子。为此，他必须忍受沙漠中的炎热空气，在吉达市郊外的一组大型工业建筑里一连辛苦劳作几个小时。接着，灾难发生了。当他在一处封闭区域工作时，一只巨大的锅炉突然毫无预警地爆炸，向周围喷出大量高压蒸汽。蒸汽烫伤了马里奥的面部，也烧坏了他的气管和支气管内壁。

爆炸的冲击几乎当场要了他的命。烫伤的组织死了，坏死的黏膜从他的支气管内壁整块整块地脱落。这些碎块必须用老式的硬质支气管镜去除。那是一根长长的铜管，一头装着一只灯泡，使用时从喉咙后部插入，由喉进入气道。

为了防止窒息，马里奥必须定期接受这样的清理，几乎天天都要。但是，将支气管镜在他的喉部伸进抽出变得越来越困难。很快他的喉部就布满伤痕，支气管镜再也无法通过，他必须要接受气管造口术，也就是在颈部开一道口子，帮助他呼吸。然而，坏死的支气管内壁很快被炎症组织取代，大量细胞开始封堵气道，就像钙质水垢封堵了水管。他呼吸困难，身体状况也无情地恶化。

我接通了从吉达打来的电话。照看马里奥的烧伤科医生解释了他的危险处境，问我们有什么建议。我只提了一条：把病人用飞机送到希思罗机场，然后我们再想办法。建筑公司支付了医疗运送的费用，第二天他就到了。这时我的老板已经到了职业生涯的黄昏期，他很乐意让我多承担一些在我自信范围之内的工作——也就是所有的工作。我不害怕。但这对一个中年男人是一场灾难。我请老板和我一起检查他的气管，然后订出治疗方案。

马里奥看上去糟糕极了。他艰难地喘息着，大量感染的泡沫从气管造口管中溢出，发出可怕的咕噜声。他面色深红，烧伤很严重，坏死的皮肤一块块脱落，向外渗着血清。他的气管里里外外都烧坏了，脆弱而充血的组织堵塞了整条气管，马上就要令他窒息。被我们麻醉之后，他的样子安详了不少。

我一边看着他陷入无意识，一边吸掉从他颈部洞口分泌出的带血黏液。我把呼吸机的管子接到气管造口管上，然后挤压黑色的橡胶气囊给他供气。因为支气管里的阻塞物，他的肺部已经很难扩张。我决定将硬质支气管镜通过常规路线直接塞进他的声带和喉。这无异于吞剑表演，但不是通过食管，而是通过气道。

我们需要看到整条气管的全貌，还有左右两根主支气管。要做到这一点，必须把他的头部仰到合适的角度，让喉后部的声带暴露出来。我们的动作很小心，生怕敲掉他的牙齿。以前，这项技术都是在病人接受肺部手术后、有意识的情况下使用的，那时我总是先用吸引器把病人的气道分泌物清理干净，因为理疗师总是人手不够。那真是一项粗野的技术，但总比病人被黏液淹死要好。

我操纵硬质支气管镜穿过牙齿，探到舌头根部，然后向下观望，寻找那一小块软骨——那就是会厌，它负责在吞咽时保护喉的入口。用支气管镜掀开它的尖角，你就会看见闪着白色光泽的两条声带，中间有一条竖直的缝隙，那就是通向气管的门户。这个步骤我已经重复过几百次，有时是为了给肺癌患者做活检，有时是为了取出花生。可是现在，病人的喉部烧伤，声带也因为发炎肿成了两根香肠，支气管镜根本伸不下去。马里奥的生命现在完全依赖气管造口了。

我站到一旁，将支气管镜放到牙齿上固定，让老板看了看情况。他咕哝一声，摇了摇头："再多用点力推一推，我看情况也不会更糟了。"

我对准了应该是竖直缝隙的地方，将支气管镜推了进去。肿胀的声带分开了，支气管镜撞到了气管造口管。我们将这个通气装置连上支气管镜的侧面，把气管造口管拔了出来。一般情况下，我们可以看见整段气管，一直到它分叉出两根主支气管的地方，但在这个病例身上绝不可能。不断增殖的细胞已经几乎把气道堵死了。我小心翼翼地把支气管镜继续向下推进。我一边用吸引器抽出瘀血和剥落的组织，一边通过支气管镜的顶部把空气送进去。我希望能看见烧伤的尽头。直到进入两根主支气管一半的地方，我们才终于看到健康的气道壁。但就在这时，受伤的气道壁又渗出血来。

马里奥那张鲜红的面孔已经变成紫色，随着时间一分分过去，颜色越来越深。老板接过我的工作，他顺着管子向内注视，偶尔将长长的支气管镜往下一送，好看得再仔细些。情况已经岌岌可危，我一时想不出什么方案。不能呼吸，人就会死。幸好，出血渐渐停了，抽出一些黏液之后，气道也比刚才通畅了。我们把气管造口管塞了回去，重新给他连上呼吸机。他的两侧胸膛还在起伏，两侧肺部也仍在扩张。这本身就是一次胜利，但他能否继续好转，却值得怀疑。我和老板都认为情况很不乐观。

两天之后，马里奥的左肺萎陷了，我们把同样的步骤又做了一次。情况还是那么坏，气道内的组织不断生长。他连着呼吸机，意识完全清晰，但也非常痛苦。

窒息是最悲惨的死法。我不由想起了外婆，想起她如何被甲状腺癌慢慢绞杀。医生也说过要为她做气管造口术，后来却放弃了，于是她只能靠着枕头坐在床上，夜以继日地艰难喘息。我记得自己曾经设法帮她。为什么就不能把管子再放深些，越过阻塞的区域呢？为什么就不能把气管造口管做得再长一些呢？这是一个简单的想法，却总有人告诉我这不可能。

根据我在支气管镜里看到的情况，马里奥的情况和我外婆几乎完全相同。他需要一样东西来疏通他的整个气管和两根主支气管，不然他就没几天好活了。我们不能老是用支气管镜来替他疏通气道，这不是长久的办法。死神即将赢得这场战役，他的镰刀就要落下。

身为坚定的乐观主义者，我问自己还有什么别的办法。我们能做一根分叉的管子来替代受损的气道吗？老板认为不行，因为它会被分泌物堵住。如果这样可行的话，之前肯定已经有人在癌症病人身上试过了。接着我又想到一个点子——美国麻省的波士顿有一家名叫"胡德实验室"（Hood Laboratories）的公司，他们生产一种硅橡胶管，上面伸出一根侧枝用来做气管造口。这种管子称为"蒙哥马利T形管"（Montgomery T-tube），是以发明它的耳鼻喉科医生命名的。也许我该找这家公司谈谈，把我的问题跟他们解释一下。

当天下午给马里奥做支气管镜时，我测算了用多长的管子才能伸到他主支气管的健康区域。当天晚上，我给胡德实验室打去电话。这是一家小小的家族企业，很乐意帮忙。他们确认从前没有人试过这个法子，答应为我制作分叉的管子，好伸进马里奥的整根气管和两根主支气管。我说我要得很急，结果不到一周他们就把货送来了。没有附发票，说是很乐意为这个独特的病例出一份力。接下来，我就得研究怎么把这东西放进去。

我需要用导丝把这根管子分叉的两头同时塞进两根支气管。但是导丝太锋利，可能损坏柔软的硅橡胶，我需要一种钝而无害的材料来完成这项工作。我们以前曾用弹性橡胶做成的探条来扩张狭窄的食管。现在我可以用两根最细的探条穿进我定制的这条"T-Y管"，并把它们分别穿进两根Y形分支。我可以将两根探条插进受伤的气管，分两次插进两根支气管，然后再把T-Y管套安装在探条上就位。我将这项技术一步步画出来给其他胸外科医生看。他们一致认为这绝对值得一试：如果不用一些疯狂的新方案，马里奥一定会死。

第二天，我们将马里奥带进手术室。先取出气管造口管，再通过他烧伤的喉部插入硬质支气管镜。这一次我尽力减少出血。我们用外科手段扩大气管造口，好方便T-Y管插入，然后再借助支气管镜，在直视下将两根探条分别插入右左两根主支气管。每两个步骤之间，我们都为他大力通入百分之百的氧气。一切都很顺利。我在硅橡胶管上涂了一层情趣润滑液，然后用力插了下去。

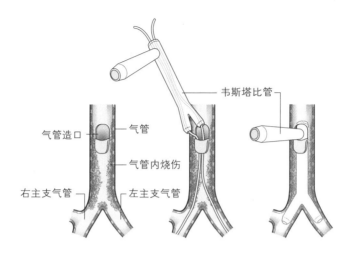

气管造口　　气管

　　　　　气管内烧伤

右主支气管　　左主支气管

韦斯塔比管

韦斯塔比气管插管术

它的两根分管在气管分叉处分别进入了两根支气管，不断深入，直到再也推不动为止。进去了。比性爱还美妙。老板帕内特把心一横，将支气管镜抽回到了喉部。

　　接着他像一个爱尔兰人那样喊了起来："乖乖不得了！看看这个，韦斯塔比，你他妈真是天才！"在支气管镜下，原本破烂不堪的气管已经换成一根干净雪白的硅橡胶管，它的左右两根分管正好放进了两根支气管，没有扭结，没有压缩，再往下就是干净健康的气道了。

　　这时，马里奥的脸已经因为缺氧而发青。我们都在为手术成功而激动，竟然忘了给他通气。于是我们开始拼命为他吹进氧气。好在通过这副宽敞的橡胶气道，他的肺已经能够轻易扩张了。这是一次前所未有的尝试。这办法能否持续奏效，我们还不知道，只有时间能告诉我们答案。这完全取决于马里奥是否足够强壮，能否从管子里把分泌物咳出来；也取决于我们能否将分泌物吸出，通过水平的分管给他通气。等到他的喉和声带消了肿，我们就可以用一个橡胶塞把这根分管封住。到那时，他就能用自己的喉呼吸和说话了，如果它能够恢复的话。未来还有太多未知，但至少现在，马里奥已经安全，能够呼吸了。当他在 15 分钟后醒来时，他的症状已经大大缓解，真是太好了！

我本该为想法奏效而兴奋，但是我没有。当时我的精神很苦闷。我刚刚有了一个美丽的女儿杰玛，却不能和她一起生活，因为我住在医院里。这在内心深处折磨着我。为了填补空虚，我开始狂热地对所有能接手的病例开展手术。我总在工作，内心却一直躁动不安。

在此期间，马里奥也顺利康复了，虽然他还发不出声，生活有些困难。他能从管子里咳出分泌物，保持它的畅通——之前人人都认为这不可能。接着他出院回到了意大利的家里。令人欣慰的是，胡德实验室开始批量生产这种 T–Y 形支架，还称它为"韦斯塔比管"（Westaby tube）。我们常用它来帮助那些下气道有堵塞危险的肺癌病人，使他们不必像我的外婆那样忍受绞窄之苦。为什么当年在她需要帮助、我备受煎熬的时候，就没有人来为我们做这些呢？

我始终不知道韦斯塔比管总共生产了多少套，但是我知道它在胡德实验室的产品清单上待了许多年。我最初的手绘图纸发表在一本胸外科杂志上，成为医生的指南。后来继续做胸外科手术时，我依然用它来解决复杂的气道问题。我往往将它作为临时的过渡手段，直到放射疗法或抗癌药物使肿瘤缩小。这是我外婆留下的贡献。不久之后，我又得到一个少有的机会，将这种人工气道配合我擅长的呼吸机，一起使用了一回。

＊　＊　＊

那是 1992 年，我受邀去南非开普敦参加一次研讨会，纪念克里斯蒂安·巴纳德（Christiaan Barnard）开展世界首例心脏移植手术 25 周年。会上，杰出的小儿心脏外科医生苏珊·沃斯卢（Susan Vosloo）要我去看一个两岁的孩子，他是红十字儿童医院收治的患儿，已经在那里住了几个星期。小病人名叫奥斯林（Oslin），住在开普敦机场和市区中间一块辽阔的贫民窟里，那是一亩连着一亩的铁皮屋、木棚和帐篷，水是半咸的，几乎没有卫生设备。尽管如此，他仍是一个快乐的小家伙，油桶、铁罐和木块都是他的玩具。他不知道还有别样的生活。

一天，他家的煤气罐出了故障，在棚屋里发生爆炸，点燃了墙壁和屋顶。奥斯林的父亲当场死亡，奥斯林的面部和胸部也严重烧伤。更糟的是，他还像马里奥一样，吸入了爆炸产生的炙热空气。红十字儿童医院的急诊部救了他一命，他们抢在他窒息之前给他插管通气，还用静脉输液和抗生素为他治疗烧伤。小家伙不会被外部的烧伤杀死了，但烧坏的气管和主支气管却仍足以致命。要是不用支气管镜反复清理气道内的死肉和分泌物，他就难逃窒息的命运。不但如此，他的面部也严重毁坏，眼睛几乎失明，也无法吞咽食物，只能吞咽自己的唾液。他们直接往他的胃里接了一根管子，喂他流食。

当时，苏珊恰巧在期刊上读到一篇文章，里面介绍了马里奥的伤情和我设计的管子。虽然奥斯林比马里奥小得多，她还是问我能不能做些什么帮帮他。我第一次见到小家伙时，他穿着一件大红色的汗衫，一头浓密的黑色卷发，正在病房里背对着我骑一辆儿童自行车。苏珊叫了一声，他回过头来。看到他的面孔，我倒吸一口冷气：他的头皮前面没了头发，也没了眼皮，只剩下白色的巩膜、一只严重烧伤的鼻子和两片嘴唇。他的脖子上布满挛缩性疤痕，脖子中间有一根气管造口管。他喉咙里发出的声音令人心碎，那是一种从浓稠黏液中挤出的咝咝声，先是吸气时一声长长的杂音，再是用力吐气时一声尖厉的气喘。这简直比恐怖电影还要恐怖，悲惨得令人难以相信。我的第一个念头是："这可怜的孩子，他应该和爸爸一起炸死。那样也比现在仁慈多了。"

奇怪的是，他看起来很快乐，因为他在爆炸前还从来没骑过自行车。我跪到地板上和他说话。他的眼睛正对着我，但我不知道他能不能看见我的脸，因为他的角膜是浑浊的。于是我牵起他的小手握在手里。这当口，我没法做到客观。我一定得帮他，即使我不确定该怎么帮他。我们会想出办法来的。

这时我已经是牛津的心脏外科主任了，必须赶回医院去做手术。开普敦没有韦斯塔比管，即使有也肯定无法植入，因为成人使用的型号太大了。我能不能说服波士顿的胡德实验室做一副小点的？大概可以，不过时间大概不够——要是奥斯林在接下去的两周里感染肺炎，那他肯定会死。

第二天我就要飞回希思罗了，所以我没有到港口去吃午餐，而是要苏珊带我去看了奥斯林生活的镇子。开普敦是全世界我最喜欢的城市，但这时我看到的却是以前从没见识过的一面：连绵数千英亩的穷苦和堕落，走在这里最好有武装保镖的陪同。过几周我会再来，等我有了合适的管子和合适的手术策略——飞机上的时间我一直在思考这些问题。我很快在脑子里想通了一切，没等飞机在希思罗机场降落，我就已经列出了详细的手术方案。

我在三周后回到了那家儿童医院。当地发起了帮助奥斯林的募捐活动，他们也打算支付我的出诊费用。但是钱对我并不重要。我是一心想帮这个男孩，仿佛他是世界上最重要的孩子。我猜想有数千名越南儿童因为燃烧弹遭受了同样的苦难，但是我没见过他们。我只见过奥斯林，我关心他。红十字儿童医院的医生和护士也关心他。也许整个开普敦都在关心他。当我乘出租车从机场到达市区时，我看到一根根路灯柱上贴着"英国医生飞抵南非挽救贫民窟垂死男孩"的新闻公告牌。仿佛在叫我别有压力。

我在医院里第一次见到了奥斯林的母亲。煤气罐爆炸时她正好在外工作，逃过了一劫。眼下她显得很消沉，几乎不怎么说话，只是签署了手术知情同意书，同意书的内容就连我也没怎么看懂。

我们在第二天上午做了手术。我在术前修剪了成人用的韦斯塔比管，将两根支气管分管、用作气管造口的 T 形部件和放置在声带下方的顶端都改短了。但是即便这副改短了的成人管，也依然无法插进这个两岁儿童布满疤痕的气管里。我的目标是围绕着管子重建他的主气道。如果成功的话，他就会拥有比事故前更粗的气道。

显然，在重建手术期间他无法自主呼吸或用呼吸机通气，于是我们决定用心肺机为他供氧。这意味着我们要像心脏手术那样切开他的胸骨。这台手术的难点在于从胸部正面的切口进入整个气管和主支气管，而这些结构都位于心脏和几根大血管的正后方。

手术前，我已经在牛津的解剖室里对一具尸体成功操练过一遍。只要在主动脉和相邻的腔静脉周围束一根悬带，就能将它们拉到两边，露出心包的背面，这就像拉开两幅窗帘后看见窗外的一棵树一样。然后再在主动脉和腔静脉之间竖切一刀，就能让气管下部和两根主支气管都露出来。

我的计划是将这些受损的气道切开，放入改短了的 T–Y 支架，然后我们再修补切开的气道正面，并用奥斯林自己的一片心包来盖住支架。这就好比在一只磨损的外套袖子上缝一块手肘补丁。就是这么简单。他的气道会在支架周围愈合，等到组织全部长好，并在硅橡胶管的周围定型，我们或许就能将这副义体取出了。总之这就是我的计划——也许更实在的说法是我的"幻想"，但是除我之外，谁也想不出更好的办法了。

切口从奥斯林的颈部——就在喉的下方——开始，向下一直延伸到胸部末端的那块软骨。由于他身子消瘦，无法进食，体内没有脂肪，所以电刀径直切到了骨头，接着我们又用骨锯锯开了胸骨。我切掉他多肉而累赘的胸腺，然后切到发炎气管的上半段，整个过程，呼吸机都在通过气管造口管给他通气。在拿掉造口管、暴露气道的其余部分之前，我们先要给他连上心肺机。金属牵开器撑开他那布满疤痕的小小胸腔，露出更大的一块心包纤维。我切下它的正面，准备待会儿用作气管补丁；我看见他那颗小小的心脏正欢快地搏动着。我很少看见这样一颗正常的儿童心脏，我见到的大多是畸形而挣扎的病态心脏。

当我做好切开气管的准备时，我们启动了心肺机。这下肺部空余下来，我们就能把受污染的气管造口管从清洁的术野中取出了。从造口向内看去，损伤的情况一览无余。可怜的奥斯林简直是在用一根污水管呼吸。我用电刀切开了整条气管，然后继续切开两条主支气管。我差不多切到了能够切开的最底位置，才终于看见了正常的气道内壁。大量浓稠的分泌物从堵塞的气道中涌出，我们将感染组织从内壁刮除，内壁不出所料地出血了。

好在电刀终于止住了出血，于是我们将洁白发亮的 T–Y 管塞进奥斯林的气道，又在上面盖了一块他自己的心包。我最后调节一次这个橡胶圆筒的长度，使它的长短正好合适，然后缝合那块心包，把植入物包在里面。这个结构必须是气密的，要不然呼吸机就会把空气吹进他颈部和胸部的组织，让他像个米其林轮胎人那样膨胀起来。我们将这副崭新的呼吸管连上呼吸机，然后朝他的小小肺部吹气。没有漏气。他的左右肺都能正常地鼓胀收缩。手术室里一片兴奋。这个高风险的策略生效了。

奥斯林的心脏脱离心肺机搏动起来，肺部开始自由起伏，呼吸机需要提供的压力也比之前小了许多。我们的麻醉医生小声说：

"真不可思议，我绝对想不到这会成功。"我关闭了心包后壁，盖住修补的地方，然后吩咐住院医师放置引流管，关闭切口。

透过手术室的窗户，我们看见奥斯林的母亲坐在等候室，她的脸上仍没有表情，身子因为恐惧而僵硬。我本以为她听到手术成功的消息会反应强烈，但她的情绪已经耗尽，表露不出释然的表情。她只是伸出手，紧紧握住了我的手。她轻轻说了声"上帝保佑你"，接着两行泪水沿着她布满痘疮的脸颊蜿蜒流下。无论如何，我祝愿她以后生活得更好。

重症监护病房的人很高兴能把奥斯林接回去。他们的大多数病人都是来做心脏手术的贫民窟孩子，有几个护士也生活在同样的环境里。他们过去几周一直在照料奥斯林和他沮丧的妈妈，眼看着母子俩的状况越变越糟。而现在，"英国医生"飞到南非来挽救"贫民窟男孩"，并成功把他救活了。我很自豪。我想我现在该在落日余晖中打马而去。

奥斯林一天天恢复，已经能通过脖子里面的白色橡胶管自由呼吸。他还是不能说话，但是移植了新的角膜。在呼吸的同时能够看见，他已经心满意足。这个小家庭搬到了城市外围较好的社会福利住房里，房子很简陋，但很干净，也比以前安全。奥斯林的身体还不稳定，一次胸部感染就会要他的命，因而在手术后的前几个月里，我经常打电话到开普敦去了解他的情况。他恢复得不错，他妈妈在服用抗抑郁药，也好一些了。于是我不再打去电话。

18个月后，我收到红十字儿童医院的一封信。奥斯林在家里死了，谁也不知道究竟是怎么回事。世上的事，有时就是一滩烂污。

第五章

无名女子

我梦见我的小宝宝又活了，之前她只是身子冷了。我们在火炉前给她按摩，她就活了过来。后来我醒了，身边没了宝宝。

——玛丽·雪莱（《弗兰肯斯坦》作者）

这女子有一种勾人心魄的美，两道炽热的眼神就像激光，和它们相比，沙漠的酷热都不算什么（那里的白天可有 50 摄氏度）。当她注视我的双眼，仿佛发送了一道讯息——眼到眼，瞳孔到瞳孔，网膜到网膜——直接送入我的大脑皮层。当她手捧一卷破烂褓襁站在我的面前，我完全明白了她的意思："请救救我的孩子。"但是她从不开口，一句话也没对我们说过。我们连她叫什么都不知道。

* * *

那是在 1987 年的沙特阿拉伯王国。我当时年轻无畏，自认为英勇无敌，自信得膨胀，牛津还刚刚任命我做主任医师。那我跑到沙漠里干什么？因为心脏手术是要钱的。之前我们努力工作，在牛津建起一个心脏中心，医治了许多排队的心脏病人。然而在短短五个月内，我们就花光了一年的预算，于是管理层又把中心关了。倒霉的还不是病人？医院告诉几个心内科医生，以后病人还是要送去伦敦。

就在我被关在手术室门外的前一天，我接到一个电话，对方是一家富有声望的沙特心脏中心，服务整个阿拉伯地区的病人。他们的主刀医生请了三个月的病假，他们想找个临时代理，要求能同时做先天性和成人心脏病手术——这种人属于极端珍稀品种。我当时并不在意，但第二天就来了兴趣。三天之后我跳上了飞机。

当时正值主马达·阿色尼月，是中东的"第二个干燥月"。我从来没有体验过这样的炎热，猛烈的热气从不停歇，名为"夏马"的热风卷着沙子吹进城里。*不过那家心脏中心还是很好的。我的医生同事会集了各路人才，有的是在海外受训过的沙特男人，有的是为获得经验从大医学中心轮转过来的美国人，还有的是从欧洲和大洋洲组团来挣大钱的医生。

护理就很不同了。沙特妇女不做护士，因为沙特人对这门职业怀疑而不敬，沙特文化也禁止妇女从事护理，因为干这行需要与异性混在一起。因此这里的女护士都是外国人，她们大多只签一两年的合同，在这里享受免费食宿，不用缴税，等存够家乡的

---

* 主马达·阿色尼月是阿拉伯历的第六个月，在 1987 年是当年公历 1 月 31 日至 2 月 28 日。夏马风是中东地区春夏季的西北季风。

房贷就会离开。她们不能开车，乘公车时只能坐在后排，在公共场合要把身体完全遮起来。

这个新的工作环境让我很感兴趣：宣礼塔上反复传来礼拜的号召，医院里总有一股檀木、焚香和琥珀混合的诱人气味，阿拉伯咖啡烘烤在平底锅上，或是和豆蔻一起煮沸。这是一个截然不同的世界，我告诫自己决不要越过界限——这是他们的文化，他们的规矩，违反者会受到严厉惩罚。

这也给了我独一无二的机会，可以接触任何你能想到的先天性心脏异常病例。大量的年轻病人因为风湿性心脏病从遥远的乡镇转到这里治疗，他们大多接触不到我们西方人习以为常的抗凝疗法或药物。这里的农村医疗还停留在中世纪水平，我们在治疗中不得不有所创新和发挥，修补他们的心脏瓣膜，而不是用人工材料替换。我现在还记得当时的想法：每一个心脏外科医生都应该去那里历练历练。

一天早晨，一位年轻聪明的小儿心内科医生来手术室找我，他来自梅奥诊所，美国明尼苏达州一座世界闻名的医学中心。他的开场白是："我有个有趣的病例，你想看看吗？你以前肯定没见过这样的。"紧接着又说："可惜呀，你恐怕也做不了什么。"还没等看过病例，我就决心证明他想错了，因为对外科医生来说，罕见的病例永远是挑战。

他把 X 光片贴上灯箱。这是一张普通的胸腔 X 光片，上面的心脏呈现为灰色的阴影，但在受过专门教育的人看来，它仍能透露关键信息。很明显，这是一个幼童，他的心脏扩大，而且长到了胸腔错误的一边。这是一种罕见的异常，称为"右位心"——正常心脏都位于胸腔左侧，他的却相反。另外，肺部也有积液。不过单单右位心并不会造成心力衰竭。他肯定还有别的毛病。

这个热情的梅奥心内科医生是在考验我。他给这个18个月大的男孩做过心导管检查，已经知道病因了。我提了一个富有洞见的猜想，卖弄说："以这个地区来说，可能是鲁登巴赫综合征。"也就是说，这颗右位心的左右心房之间有一个大孔，二尖瓣也因为风湿热而变得狭窄，这是一个罕见的组合，使大量血液灌入肺部，身体的其他部分却处于缺血状态。我赢得了梅奥男的敬意，但我的猜测还差了一点。

他又提出带我去心导管室看血管造影片（在血流中注入染料，再用X光片动画揭示解剖结构）。这时我已经烦透了他的测试，但还是跟着去了。在病人的左心室里，主动脉瓣的下方有一个巨大的团块，位置十分凶险，几乎截断了通向全身的血流。我看出这是一个肿瘤，不管它是良性还是恶性，这个婴儿都活不了多长时间。我能摘掉它吗？

我从来没见过有人在右位心上动手术。做过这类手术的年轻外科医生很少，多数永远不会做。不过我很了解儿童心脏肿瘤。我甚至就这个课题在美国发表过论文，这位小儿心内科医生也读过。在这个领域，我算是沙特境内的专家。

婴儿身上最常见的肿瘤是反常的心肌和纤维组织构成的良性团块，称为"横纹肌瘤"。这往往会导致脑部异常，引发癫痫。没有人知道这可怜的孩子是否发作过癫痫，但是我们都知道这颗梗阻的心脏正在要他的命。我问了男孩的年龄，还有他的父母知不知道他的病情有多严重。接着，他的悲惨故事展开了。

男孩和他年轻的母亲是红十字会在阿曼和也门民主人民共和国的交界处发现的。在炙热的沙漠中，母子俩瘦骨嶙峋，浑身脱水，已经快不行了。看样子是母亲背着儿子穿越了也门的沙漠和群山，疯狂地寻找医学救助。红十字会用直升机将他们送到阿曼首都马斯喀特的一家军队医院，在那里，他们发现她仍在设法为孩子哺乳。她的奶水已经干了，她也没有别的东西喂养儿子。男孩通过静脉输液补充了水分后，开始呼吸困难，诊断结果是心力衰竭。他母亲也因为盆腔感染而严重腹痛，高烧。

也门是个法外之地。她在那里受过强暴、虐待和残害。而且她是黑人，不是阿拉伯人。红十字会怀疑她是在索马里遭人绑架，然后被带到亚丁湾对岸卖作奴隶。但是由于一个不寻常的原因，他们也没法确定她的经历：这个女人从不说话，一个字也不说。她也没有显出什么情绪，即使在疼痛中也没有。

阿曼的医生看了男孩的胸腔 X 光片，诊断出右位心和心力衰竭，然后就把他转到了我所在的医院。梅奥男想看看我能不能施展魔法把他医好。我知道梅奥诊所有一位优秀的小儿心脏外科医生，于是我试探性地问这位同事丹尼尔森大夫会怎么做。

"应该会做手术吧。"他说，"已经谈不上有什么手术风险了，不做的话只会越来越严重。"我料到他会这么说。

"好吧，我尽量试试看。"我说，"至少要弄清楚这是什么类型的肿瘤。"

关于这个孩子，我还需要知道些什么？他不仅心脏长在胸腔里错误的一边，就连腹腔器官也全部调了个儿。这种情况我们称为"内脏反位"。他的肝脏位于腹腔的左上部分，胃和脾脏则位于右边。更棘手的是，他的左心房和右心房之间有一个大孔，因此从身体和肺静脉回流的血液大量混合。这意味着通过动脉流向他身体的血液含氧量低于正常水平。要不是因为皮肤黝黑，他或许已经获诊为蓝婴综合征，也就是动脉中混入了静脉血。真是复杂的病情，就连医生都觉得头疼。

在这里钱不是问题。我们有最先进的超声心动图仪，这在当时还是激动人心的新技术。设备使用的是侦测潜艇的那种超声波，一名熟练的操作员能用它绘出心脏内部的清晰图像，并测出梗阻区域的压力梯度。我在他那小小的左心室里看见了一幅清晰的肿瘤图像，它的样子光滑圆润，就像一枚矮脚鸡的蛋，我敢肯定它是良性的，只要摘除，就不会再长出来。

我的计划是消除梗阻，关闭心脏上的孔，从而恢复它的正常生理机能。这是一个雄心勃勃的计划，理论上简单直接，但是对一颗前后颠倒、长在胸腔错误一侧的心脏来说却相当费力。我不想中间出什么岔子，于是做了每次境况艰难时都会做的事——我开始绘制详细的解剖图。

这台手术做得成吗？我不知道，但我们非试不可。就算不能把肿瘤完全切除，对他也依然有帮助；但如果开胸后发现那是一颗罕见的恶性肿瘤，那他的前景就很不妙了。不过我和梅奥男都确信这是一颗良性的横纹肌瘤。

该和男孩还有他母亲见面了。梅奥男带我去了儿科加护病房，男孩还插着鼻饲管，他很不喜欢。他母亲就在儿子小床边的一只垫子上盘腿坐着，她日夜守护在儿子身边，始终不离。

看到我们走近，她站了起来。她的样子完全出乎我的意料：她美得令我震惊，像极了大卫·鲍伊的遗孀，那个叫伊曼的模特。她有一头乌黑的长直发，消瘦的手臂环抱在胸前。红十字会已经证实了她来自索马里，是一名基督徒，所以她的头发并没有包起来。

她手指纤长，握紧包裹儿子的襁褓。这块珍贵的破布卷替男孩遮挡炽热的阳光，在沙漠的寒夜里给他保暖。一根脐带似的输液管从襁褓中伸出，连到输液架和一只吊瓶上，吊瓶里盛着乳白色的溶液，里面注满葡萄糖、氨基酸、维生素和矿物质，好让他细小的骨骼上重新长出肉来。

她的目光转向了我这个陌生人，这个她听人说起过的心脏外科医生。她的脑袋微微后仰，想要保持镇静，但颈底还是沁出一粒汗珠，蜿蜒地流到胸骨上窝。她焦虑起来，肾上腺素正在涌动。

我试着用阿拉伯语和她沟通："Sabah al-khair, aysh ismuk?"（早上好，你叫什么名字？）她没说话，只是望着地板。带着卖弄的心情，我继续问道："Terref arabi?"（你懂阿拉伯语吗？）接着是"Inta min weyn?"（你是哪里人？），她还是不作声。我走投无路了，终于问道，"Titakellem ingleezi?"（你会说英语吗？），"Ana min ingliterra"（我从英国来）。

这时她抬起头来，大睁着眼睛，我知道她听懂了。她张开嘴唇，但还是说不出话。原来她是个哑巴。边上的梅奥男也惊讶得说不出话来，他没想到我还有这项语言技能；他不知道的是，我几乎只会说这几句阿拉伯语。这位母亲似乎很感谢我的努力，她的肩膀放了下来，心里松开了。我想对她表达善意，想抓起她的手安慰她，但是在这个环境里，我做不到。

我示意要检查一下男孩，她同意了，只要孩子还抱在她手里就行。当她掀开亚麻的褓褓，我不由吃了一惊。这孩子瘦得皮包骨头，肋骨一根根地凸在外面。他身上几乎没有一点脂肪，在胸壁下方，我能看见那颗古怪的心脏在搏动。他呼吸很快，好克服肺部的僵硬；凸起的腹部注满了液体，扩大的肝脏赫然显现在与常人不同的一边。他的肤色与母亲不同，我猜想他父亲是个阿拉伯人。他那深橄榄色的皮肤上盖了一层奇怪的皮疹，我似乎在他眼中看见了恐惧。

母亲爱惜地将亚麻布盖回他脸上。她在这世上已经一无所有，除了这个男孩和几片破布、几枚戒指。我心中不由升起了对母子俩的一股怜悯。我的身份是外科医生，但此时的我却被吸入了绝望的漩涡，客观和冷静都消失了。

那段日子我总是带着一只红色听诊器。我把它放到婴儿的胸膛上，尽量表现得专业。我听见一阵刺耳的汩汩声，那是血液挤过肿瘤，再通过主动脉瓣流出的声音。我还听见积液的肺部发出劈啪的啰音，甚至空空的肠道发出咕咕声。这是人体奏出的不谐杂音。

我又问她："Mumken asaduq?"（"能让我帮助你吗？"）她似乎答应了，嘴唇动了动，眼睛也望向我。我觉得她轻声说了一句"Naam"（好的）。我努力解释治疗方案：孩子的心脏需要动个手术，这能让他恢复健康，也能让他们母子过上更好的生活。她的眼睛里涌出了泪水，我知道她听懂了。

可我又该怎么说服她签署知情同意书呢？我们找来了一个索马里口译，把我的话重复了一遍，但是她依然没有回应。我努力解释手术的复杂之处，她却好像没听见似的。这台手术的名称是"右位心的左心室流出道梗阻疏通术"，为了我的利益，后面跟了一个短句："高风险病例！"这使我在手术失败时不必担责，至少在纸面上是如此。我告诉母亲，这是男孩唯一的生存机会，她只要在同意书上确认就行了。但是对她来说，这一笔签下的却是自己的全部生命，是她活下去的唯一理由。终于，她从我手中接过钢笔，在同意书上潦草写了几下，我叫梅奥男连署，然后自己也签了字。我始终没看文件，而是直直地望着她的眼睛，寻找许可的神情。这时的她，皮肤闪烁着汗水，肾上腺素喷涌，身体因焦虑而发颤。

我们该走了。我告诉她手术会在周日进行，到时会有最好的儿科麻醉医生来协助我。然后我用英语和阿拉伯语对她说了再见，以表示我仍在努力与她沟通。

那是周四下午，第二天就是沙特的周末了。我的同事们计划带我去沙漠，到夜空下的沙丘上露营，以此逃开城市的压抑生活。车队在傍晚出发，空气中的灼热刚刚开始退去。我们驶出公路，吉普车蹚着黄沙一里一里地费力前行。他们这里有个规矩：绝对不能只开一辆车进沙漠，否则车子一旦抛锚，人就完了。就算离医院只有 30 公里，你也肯定回不去。

沙漠的夜清澈寒冷。我们围坐在篝火四周，一边喝着私酿酒，一边看流星。一支贝都因人的驼队在不到两百米远的地方静静走过，利剑和 AK47 在月光下闪着寒光。他们甚至没和我们打招呼。

我的心中升起一阵不安：那个母亲到底是怎么穿过这片沙漠的？她要在夜间行走，在白天寻找掩蔽，既要带水，又要背孩子，她一定是为希望所驱使，除此没有别的动力。无论手术多么艰难，我都一定要救活孩子，要看着母子俩都强壮起来。

这台手术绝不简单，我到这时还不确定该怎么对付肿瘤。要到达梗阻区域，唯一的办法是将左心室的心尖敞开，但那样又会削弱它的泵血功能。我一遍遍在头脑中预演着手术步骤，每次总是回到同一个问题："出了差错怎么办？"使用传统的外科方法，这颗右位心提出的技术难题几乎是不可逾越的。如果把男孩送去美国，由一位经验更加丰富的医生主刀，结果会好一些吗？我看不出这样做的理由。因为他身上这种病理学组合很可能是独一无二的，即使别处有更好的团队，他们也不可能有多少经验。我的团队已经够好，设备也很精良，都是金钱能够买到的最好的东西。所以我就是最合适的人选，难道不是吗？

就在这当口，我仰望着银河，脑中灵光一现。我忽然想到一个显而易见的切除肿瘤的法子。那或许是一个离谱的想法，但我已经有了方案。

到了周六，我召集麻醉团队和外科团队一起讨论这个病例，用图片向他们展示男孩罕见的身体结构。然后我做了一件不同寻常的事：我知道手术室里不能感情用事，尤其在给一个可能无法幸存的病人动手术时，保持超然的态度可能是最好的，但我依然把这对母子令人心碎的故事告诉了他们。听完我的讲述，每个人都同意如果我们不介入，孩子一定会死，但他们也担心这颗右位心上的肿瘤无法开展手术，这种担心很有道理。我告诉他们，只有试了才知道行不行，这时我依然没有透露手术方案。

我在公寓里度过了一个炎热躁动的夜晚，头脑飞速运转，非理性的念头让我不安。如果我人在英国，还会冒这个险吗？我决定手术到底是为了病人还是为他母亲——甚至是为我自己，好借此机会发一篇论文？如果手术成功，谁又来照顾这个奴隶女孩和她的私生子？这男孩是个累赘。在也门，他会被丢在一丛灌木下面喂狼。他们要的是这个母亲。

清晨时分，号召祷告的呼声结束了我的不安。当我从公寓步行来到医院，外面已经有 28 摄氏度了。母亲和男孩早晨 7 点到手术楼，进了麻醉室。母亲一夜没睡，始终把孩子抱在怀里，护士们整晚都担心她会放弃、逃走。她留下了。但她们还是担心她不愿把孩子交给医生。

虽然有麻醉前用药，但医生开始麻醉时，孩子还是尖叫着扑打手臂。这情景对母亲而言很可怕，也让麻醉团队颇难对付，但在小儿外科手术中相当常见。面罩中的麻醉气体终于让他减少了抵抗，我们趁机往静脉里送进一根插管，再让他失去意识。他的母亲还想跟到手术室去陪他，最后被护士拖了出去。原始的情绪终于从她面具般缺乏表情的脸上喷薄而出——这比她遭受的任何肉体之痛都更难忍受。但即便如此，她依然沉默着。

我平静地坐着，一边看这场混乱平息下去，一边享受着早餐浓郁的土耳其咖啡和椰枣。咖啡因让我精神集中，但也强化了我的责任感：要是男孩死了怎么办？那样她就会失去一切，只剩下孤零零一个人。

一名澳大利亚洗手护士走过来要我检查设备，那是我在沙漠的黑色夜空下想出那个激进方案后特意订购的。这方案我过会儿就向团队透露。

男孩躺在手术台闪亮的黑色胶垫上，瘦小的身躯看上去实在可怜。他没有一般婴儿肥嘟嘟的样子，两条皮包骨头的腿因为积液而肿胀。这是心力衰竭患者才有的矛盾现象——肌肉已经被积液取代，体重却还维持原样。他已经不必自己挣扎呼吸，凸出的肋骨随着呼吸机的工作一起一伏。现在每个人都明白他母亲为什么要拼命保护他了。我们看得到他的心脏在胸腔的错误一侧搏动，而在鼓胀的腹部下方，和常人相反的一侧显出了肝脏的浮肿轮廓。他身上的每一样东西都长反了，这对旁观者来说很新奇，对我们这些医生却是一道艰巨的难题。我在美国参观过一台右位心手术，还有一次是在大奥蒙德街医院。眼下是我自己的首次尝试。

他的脸颊上还有几道刚才和母亲痛苦分离时留下的干涸盐渍。以前有人问我做手术焦不焦虑，我是怎么回答的？"才不，又不是我躺在手术台上！"虽然我现在也不算焦虑，但我毕竟是在一个陌生而危险的环境里做一台没有验证过的手术，我能感觉到背脊上淌下的汗水。牛津显得那样遥远。

当那具羸弱的小身子被蓝色手术巾遮起来时，在场的人都松了一口气。手术巾上只开了一个长方形的口子，露出他胸骨外面的深色皮肤。他现在已经不再是个孩子，只是外科手术的一道难题了。然而当手术室的门口传来那位心碎母亲的撞击声时，我们的心还是沉了下去。她挣脱了看住他的人，跑了回来。在稍微阻止了一番之后，他们允许她坐在手术室外面的走道里。她今天已经受了太多苦，不能再给拖走一回了。

回到手术室。手术刀从左到右沿着他的胸骨划了一道，鲜红的血滴滚落到塑料手术巾上。电刀很快止住了血，它切到白色的骨头，咝咝作响，让我想起《现代启示录》里的一句台词："我最喜欢早晨闻到燃烧弹的气味了。"男孩的胸口升起一缕白烟，显示电凝的功率太大了。我提醒操作员，我们是在给一个孩子做手术，不是选举教皇，麻烦他把电压调低一些。

心力衰竭产生的腹水向上顶住了膈膜。我在男孩的腹腔上开了一个小孔，浅黄色的液体像尿液一般涌了出来。吸引器嗡嗡作响，往引流瓶里灌了差不多半升，他的腹部才平伏下去——真是减轻体重的快速方法。骨锯像解开拉链似的锯开了胸骨，骨髓溅出来，一点点落在塑料手术巾上。右侧胸腔打开了，露出一团坚硬、粉红、充满积液的肺部。胸腔里溢出了更多积液，必须要换一个吸引器瓶。这下谁都不再怀疑这个孩子的病情有多严重了。

等不急要看那颗先天畸形的心脏，我切掉了多余的胸腺，划开了罩在心脏周围的心包。我心中升起一股兴奋与期盼之情，就像在圣诞节拆一个惊喜包裹。

在场的每个人都想在动手前好好看看这颗右位心，于是我退后一步，放松一分钟。我的方案是挖掉尽可能多的肿瘤物质，好打开主动脉瓣下方的狭窄通道，再关闭房中隔上的孔。我下令连接心肺机，然后用心脏停搏液停下了排空的心脏。它变冷了，弛缓地静静躺在心包底部。我轻轻捏一下心肌，感受到了心壁下方那个橡胶般的肿瘤。这时我已经确信不能够用传统方法切除它，如果纯粹为了探究的目的剖开他的血液循环所依赖的心室，也没有意义。于是我告诉自己："动手吧。"开始B方案。那是我灵光一现的成果，以前大概没人试过。灌注师开始将他的体温从37摄氏度下调到28摄氏度。小家伙可能要在心肺机上连接至少两个小时。

这时我已别无选择，只能向团队其他成员交代B方案的内容：我打算把男孩的心脏从胸腔内挖出，放到一只盛满冰块的弯盘上保持冷却，然后在工作台上对它手术。那样我就可以把这东西翻来覆去，随意操弄了。我自认为这是个聪明的想法，但我的动作一定要快。

这个过程相当于将一颗供体心脏取出，然后再缝回捐献者体内。我以前做研究时曾经移植过大鼠微小的心脏。这个男孩的心脏虽然结构异常，但体积比那个大多了，应该不成问题。于是我在主动脉上横切一刀，切口就在冠状动脉的起点上方，接着我又切断了主肺动脉。我将这些血管往自己这边拉扯，使心脏背面的左心房顶部暴露相出来。我的手术刀贯穿左右心房，但没有切断那些来自身体和肺的大静脉。接着我把左右心室向上抬起，把大部分心房留在原地。然后，就像对待一颗供体心脏那样，我把这块冷而弛缓的肌肉放到冰块上。

这下我可以在左心室的流出部分看见肿瘤了。我把它切割出来，在中间挖出一条通道，使它不再梗阻心脏。这个肿瘤的质地如同橡皮，符合良性肿瘤的特征，这让我感到乐观：看来我们做对了。我的两个助手都呆在原地，仿佛被这个空空的胸腔催眠了一般，都不能好好协助我了。这颗心脏脱离供血越久，重新植入时就越容易衰竭。说老实话，和这些规培医生比，还是那个澳大利亚的洗手护士机灵得多，我于是要她来协助我。她好像天生就明白我的要求，为手术保证了必要的节奏。

这时我有些犹豫了：到底是该见好就收，还是将手术进行到底？可是我想告诉男孩的母亲，我成功地把肿瘤摘除干净了，于是继续切除室间隔上那部分肿瘤，它就位于心脏的电力布线系统附近。我知道室间隔在正常心脏上的位置，但是在这个病例身上，位置就不太明确了。30 分钟后，我又向两根冠状动脉直接注射一剂心脏停搏液，好使心脏保持冷却弛缓。又过了 15 分钟，切除完成了。

我将男孩的心脏放回体内，把两侧心室与心房袖对齐，然后开始缝合。我相当自得，投给期刊的论文已经打好了腹稿。这个再植入的过程还关闭了心房间的那个孔，也就是说，运气不错，我治好他了。

手术到这个步骤绝对不能出错，因为一旦手术结束、心脏起搏，这些缝合线就再也无法修改了。两侧心房已经缝合，接着就是缝合主动脉，让血液重新流入冠状动脉。心脏即将重新搏动，我们也可以升高男孩的体温了。现在唯一剩下的就是重新连接男孩的主肺动脉。这时两个助手也自如一些了——当心脏返回它原来的位置，就又是他们熟悉的领域。

一般来说，一颗儿童的心脏恢复了血流，它很快就会自行开始搏动。然而这一颗却启动得太慢了。不仅如此，我还注意到它的心房和心室正以不同的节律搏动。这说明两者之间的传导系统出了故障，这可不妙，毕竟一个协调的心律要高效得多。麻醉医生也在心电图上发现了这一点，不过他暂时没有说话——经过冷却之后，传导系统的确可能休眠一阵，接着会自行恢复。

我们等了十分钟，情况还是没有好转。一定是我在切除肿瘤时割断了传导束。见鬼！这下他非得装起搏器了。这让我对另一个问题也焦虑起来：一颗移植的心脏也会失去与脑的神经联系，这些神经负责在体育锻炼或血量变化时自动提高或是降低心率。这颗心脏既被切断了神经联系，又损失了电传导系统，这下麻烦大了。

我刚才的狂喜、乐观和自得迅速消失，那位年轻母亲的形象重新回到我的脑际。但现在不是开小差的时候。他的几个心腔里还有空气，得排走才行。我把一根空的针管插进主动脉和肺动脉，空气从里面咝咝地泄了出来。当空气进入最高的右冠状动脉时，右心室膨胀开来，停止了搏动。

我们还要在心肺机上再连15分钟才能消除这个影响。这段时间里，我在右心房和右心室上放了几个临时起搏电极。我们先调控他的心率，再让心内科医生给他装上永久起搏器。渐渐地，他的心脏功能开始好转了。梗阻消失，肺部也消除了充血，他的人生已经摆脱了心力衰竭和呼吸困难——至少我是这么希望的。

男孩的心率只有每分钟 40 跳，还不到正常速度的一半。我们用外部起搏器把它加快到了 90 跳，但这时心脏的背面开始涌出血液。我估计是刚才缝合的地方在不断渗血，于是我让灌注师关掉心肺机、排空心脏，同时我把心脏抬起来检查缝合口。没问题，看样子缝得很好，没有渗漏。

但是 30 秒后当我们重启心肺机时，更多血液渗了出来。我检查了主动脉和肺动脉上的缝合口，也没有发现渗漏。最后是我的第一助手在主动脉上找到了出血点，原来是排出空气的针头把主动脉扎了个对穿，在它的背面留下了一个小孔。这不是什么大问题，等到凝血恢复就好了，于是我们将男孩和心肺机分开，然后关闭了他的胸腔。

我还没来得及品尝胜利的滋味，几个成人心内科医生就传来了一条消息：他们刚刚收治了一名在高速车祸中受伤的年轻男子。他当时没系安全带，胸口重重撞上了方向盘，送医时人已休克，血压也无法通过液体复苏恢复。

把他转诊过来的医院给他拍了 X 光胸片，显示胸骨骨折，心影增大，颈静脉也出现扩张，说明他的心包内有高压血液。不仅如此，超声心动图也显示他的右心房和右心室之间的三尖瓣严重反流，这正是他的血压持续走低和严重休克的原因。他们说男子需要紧急手术，问我能否现在就过去看看。

我当然很担心抛下这个男孩，但是我别无选择。离开手术室时，我发现那位母亲正盘腿坐在走廊里，看上去孤零零的，分外凄凉。她已经在这里等了五个小时。不知道为什么她就是无法与人沟通，一腔情绪在体内积聚太久，我感觉她快要崩溃了。他们终于拿走了她手里的那卷破布。她见到我，一下跳了起来，脸上现出恐慌的表情。手术成功了吗？我无须开口说话。我们目光交会，瞳孔对着瞳孔，网膜对着网膜。我的一个微笑就已足够：你的儿子还活着。

去他的礼仪，去他的围观的心内科医生，我现在非向她表露感情不可了。于是我伸出一只黏乎乎的手，心想她是会跟我握手还是远远躲开。我的善意举动化解了紧张的气氛。她抓住我的手，控制不住地摇晃着。

我把她拉到身边，紧紧抱住她，就像在说："你已经安全了，我们不会让任何人伤害你。"当我松开双臂，她仍然紧紧抱着我，开始不由自主地啜泣。她的情绪像浪潮般在医院走廊里一波波地倾泻，我的几个沙特同事都尴尬地站在周围，默不作声。我花了一番工夫让她平静，那几个医生越来越焦急，他们还有个重伤病人在等待手术。

我告诉她，她的儿子很快就能离开手术室，他会躺在一张重症监护病床上出来，身上连着输液管和引流管，我说这可能会吓到她。我还说，她当然可以跟着他走，但是不能干预。这次我依然感觉她能听懂英语，但是为了防止误会，一个心内科医生又把我的话用阿拉伯语重复了一遍。接着我们离开，去查看那名受伤男子的超声心动图，那是对他各个心腔做的超声波检查。

此时这名重伤病人已经快要死了。他的三尖瓣撕裂了，这是一种罕见的高速减速性损伤，在强制系安全带的英国从未出现过。

他的右心室被折断的胸骨扎得粉碎，抵到了后面的脊柱上，导致血压迅速上升，胀破了三尖瓣。现在心脏每次收缩，倒流的血液和顺流的血液几乎一样多，只有很少一部分流到了肺部，加上心包淤血，心脏已无法充满血液。我们把这种情况叫作"心包填塞"。

我看完片子之后立刻做了决定，不必再浪费时间查看病人了：我只要替他打开胸腔，缓解压塞，可能的话再修补他的三尖瓣。我们必须迅速为他连接心肺机，好恢复脑部供血，纠正他那糟透的代谢状态。这时，有人在我身后轻轻说了一句："别忙，这人是个疯子，他把对方司机给撞死了。"我没说话。判定责任不是我的工作。我大步走回手术室，半路上遇到了正在前往儿科重症监护病房的那一小支队伍。监护仪上的心率快速而有规律，我很放心。这次，那位母亲目光没有躲闪，她在和我擦身而过时伸出了手，我也伸出手和她握了握。

我本该陪着男孩待在重症监护病房，至少要陪伴手术后的前两个小时，等到确信他稳定了才能离开。但是现在我做不到。很快那个重伤病人就被推到手术台上接受救治。他的脸撞得毁了容，胸壁上也有大片瘀伤，折断的胸骨边缘又正好和一处阶梯畸形[*]重叠。但这里没有什么不能用针线修复的。

几分钟内，我就打开他的胸腔，从里面舀出了几团血块放到弯盘里。这改善了他的血压，但他的右心室看上去就像一块拍打过的牛排（收缩情况也不比一块牛排好到哪去），右心房则像要爆

---

[*]　骨折断端的重叠位置可摸到阶梯状畸形。

炸一样。于是我把心肺机的管子直接接到了大静脉上。当我们开始心肺转流术时，他的心脏挣扎着排空了血液，像一条湿漉漉的鱼一样在心包底部摆动着。他安全了——刚好来得及。

我在右心房上直接划了一刀，破裂的三尖瓣出现在我眼前，那样子就像一幅撕裂的窗帘。我像缝破布一样把它缝合，很容易就修补好了。为测试缝合效果，我用一只球形注水器给右心室注水。没有反流。于是我关闭心房，拿掉圈套器，让心房重新注满血液。我的工作完成了。这块拍打过的牛肉表现得意外地好，轻轻松松脱离了心肺机。到这时，我已经累坏了。我让两个助手修补折断的胸骨，关闭胸腔。这人肯定能活到进监狱的那天。

日头西沉，结束了酷热而艰难的一天。我一时间心满意足：今天完成了两台"惊险"手术，都是心脏外科医生在整个职业生涯中都很少会遇到的棘手病例。我想来杯啤酒、许多杯啤酒，但这个国家没有啤酒。我心想，那位母亲不知道是否快乐了一些。毕竟她达成了她想做的——给垂死的孩子治病。

我没有从重症监护病房那里得到任何消息，这说明那个男孩的情况应该挺好。我错了。这时他们已经遇上了麻烦。不知什么原因，几个医生搞乱了临时起搏器，使发生器发出的电流刺激与心脏的自然节拍产生了耦合，造成了纤颤，并立刻引发了那种不协调的蠕动节律——那是死亡迫近的前兆。

为了恢复心律，他们开展了体外心脏按压，直到一台除颤器被带到病床边。然而剧烈的胸部按压又使起搏器的电线从心房上脱落，虽然第一次除颤成功了，但是先心房、后心室的起搏并没有维持住。现在只有心室可以起搏了。这导致他的心输出量骤减，肾脏也停止生产尿液。男孩的情况不断恶化，然而始终没有人来告诉我，因为我当时正在治疗另一个严重病例。可恶！

在这整场溃败中，那位可怜的母亲始终待在病床旁边。她眼看着他们猛按儿子的胸腔，又眼看着电流使他小小的身子从床上弹起、痉挛。还好他只被电击了一下就除颤了。然而除颤后的嘀嘀声并没有给她多少宽慰，和儿子一样，她也一步步落入了深渊。

我看见她时，她正紧紧捏着儿子的小手，眼泪从脸颊上滚落。之前护送他从手术室出来时她是那么快乐，而现在又是这么凄凉——我也一样。我已经明白：那些重症监护医生根本不懂心脏移植的生理学原理。

他们又怎么会懂呢？他们从没参与过心脏移植手术，所以也不明白将心脏从人体中取出会切断它的正常神经联系。他们以每分钟100跳的速度起搏这颗血量不足的心脏，同时还用大量肾上腺素鞭策它，想以此抬高血压。这使通向肌肉和器官的动脉发生收缩，他们只关心血压而不是血流，再次造成了代谢紊乱。

在重症监护病房看护男孩的护士看起来很急，她很高兴我能过去。那是一位干练的新西兰人，她显然不太满意监护室医生的表现。她一见到我就说："他停止排尿了，他们却什么都不做。"接下来的一句更直接："你要是不小心看着，他们可要毁掉你的成果了！"

我把手放到男孩腿上，这是判断心输出量的最好方法。按理说他的双脚应该是温暖的，还应该摸得出强有力的脉搏。但现在它们却是冷的。他需要的是舒张的动脉、较小的血流阻力和较低的氧气需求量。于是我完全修改了他们的治疗。这下护士高兴了，那个监护室主治医师却生气了，给值班的主任医师打去了电话。这样也好。我在电话里告诉那个主任医师从家里赶过来讨论病例。

我们已经走到了康复和死亡之间的那根细线上。病人的生死取决于专家的手段，取决于我们在之后的每一分钟、他每一次心跳期间的作为，我们必须对各种强力药物做平衡的调配，最大程度上发挥这颗可怜的小心脏的泵血能力。因为长时间连接心肺机，男孩的肺部已经发炎硬化，血液中的氧气含量因此持续下降。他的肾脏也开始衰竭，需要透析疗法：将一根导尿管插进腹腔，然后用浓缩液体让毒物通过他自己的细胞膜析出。我需要一个信得过的人来做帮手——梅奥男。我准备去值班室休息一会儿，那是住院医师睡觉的地方，离重症监护病房有两分钟路程。

那位母亲不肯放我走。她的眼睛紧盯着我，泪水从高高的颧骨滑落。她强烈的分离焦虑几乎就要把我拉住，但这时我已经耗尽了体力，也害怕男孩要是死了该怎么办。她在世上已经没有别的亲人。虽然我想表现得和善，但现在该退后一步了。你可以说这是职业的态度，也可以说我在自我保护，也许两样都有。于是我要她放心，说梅奥诊所的医生就快到了。接着我就走了。

午夜早就过了。值班室窗外是重重屋顶，活动室连着可以仰望夜空的阳台。这里的风景比不上夜晚的沙丘那么壮丽，但也很不错了。值班室供应果汁、咖啡、橄榄和椰枣，还有阿拉伯糕点。最棒的是还有一架望远镜，可以观星。我茫然地望向天空，希望能望见英格兰，望见家乡。最重要的是，我小小的家庭。

我努力让大脑休息。梅奥男知道我明天早上还要给几个婴儿做手术，所以他们不到万不得已不会给我打电话。我急切地想见到那孩子身体好转，想摸着他暖暖小小的腿，看金黄色的液体流进导尿袋。我还想见到他的母亲露出幸福的神情，把儿子重新放进破布的襁褓里。

我瘫倒在床上，昏睡过去。在梦中，那一对深邃的眼睛还在紧盯着我，哀求我救救孩子。

拂晓时分，宣礼塔上的召唤声把我叫醒。时间是五点半。重症监护病房昨晚没有打来电话，这让我有了一点谨慎的乐观。今天的几台手术都很容易：用一块补片修补心脏上的缺孔，仔细缝合，然后就此治愈，终身不会复发。父母欢天喜地。

很快我又想到那位母亲。不知道她现在心境如何？我端着茶杯走上屋顶，看炽热的朝阳费力地爬上天空。现在的空气还凉爽新鲜，气温也还可以承受。

到6点钟，梅奥男打来电话。他暂停片刻，重重呼吸几下，说："抱歉用坏消息叫醒你，男孩在3点刚过的时候死了。很突然，我们救不回来。"接着他不再说话，在沉默中等我发问。

我在行医生涯中常常接到这样的电话，这一次却使我分外悲伤。我问了他事情的经过。他说男孩先是抽搐，这可能是因为代谢紊乱，体温过高。他抽搐得相当剧烈，无法用巴比妥类药物控制。这时他血液里的酸和钾含量依然很高，因为透析还没有开始。接着就是心脏停搏，他们没能把他救回来。梅奥男一直犹豫要不要用坏消息叫醒我，他说他很同情我的损失。

他很有心。那么，那个女子呢？他们想让我过去和她沟通吗？梅奥男认为这起不到什么作用。整个抢救过程中，她还是守在孩子的小床边上。得知孩子死亡时，她情绪狂乱，失去理智，现在依然十分痛苦。他们把小床抬到了重症监护病房外的一个单间，给她抱着孩子哀悼的私密空间。所有那些导尿管、引流管和起搏电线都要留在原处，等待尸检。我听了很难过：这个没有生命的婴儿，身体的每个口子都伸着塑料管，这样一个孩子，她怎么抱得下去？

这就是心脏外科手术。对我是办公室里的又一天，对她却是世界末日。

她像磁石一般吸引我，我却必须远离她。再过一个小时，我就要回到手术室，以最好的状态挽救另一个婴儿，那位母亲和她一样深爱自己的孩子。真是份见鬼的工作！我这个睡眠不足、心灵破碎的人，居然要在世界的另一头为小小的婴儿们做手术。

我打电话给成人重症监护病房，询问那个重伤病人的情况，就是那个鲁莽驾车、撞死另外一个司机的男人。他倒恢复得不错。他们正准备唤醒他，给他撤掉呼吸机。真是讽刺。我想到那个男孩，只希望他能取代这个男人活下来。不能这么想。外科医生应该公正客观，不该有人性的好恶。

我带着绝望的心情去食堂，瞥到那个愁苦的儿科主治医师正在大口吃着早饭。我的第一反应是不想见他，但这不是他的错。做手术的人是我，我后悔没有在孩子身边整夜值守。那个主治医师看到我时，我感觉他有什么事一定要对我说。

　　他告诉我，那母亲从房间里失踪了，还带走了死去的孩子。没有人见到或是听到她离开，之后也再没有人见过她。我只说了一声"可恶"。我不想继续这场谈话。我猜想她是趁夜色溜走的，就像她当初逃离也门，但上次带的是一个孩子，这次带走的却是一具没有生命的襁褓。眼下不知道她去了哪里，我为她焦急不已。

　　噩耗传来时，我正在为一例室间隔缺损做缝合。沙特方面的职工来医院上班时发现了他们：两具没有生命的躯体，躺在塔楼底部的一堆破布中间。她从孩子小小的身躯上拔掉了输液管和引流管，然后纵身跃入虚无，到天堂里追赶他去了。眼下他们都被送进阴冷的太平间，在死亡中再也不分离。身为医生，这是百分之两百的死亡率。

　　如果这是小说，大多数作者写到母亲自杀、在塔楼底发现两具尸体，就会结束这场悲剧。这是两条脆弱生命的毁灭式结局。然而真实的心脏外科手术不是肥皂剧。工作还未结束，太多问题还没得到解答。经我手术的病人，尸检我都会参加。这首先是为了保护我自己的利益：我要确保病理学家明白我在手术中做了什么，为什么要那么做。其次，这也是学习的机会，能让我看看哪一步可以做得更好。

　　因为每一天、每一刻都要和死人相处，在太平间工作的人都和常人不太一样。这一点我在斯肯索普战争纪念医院的时候就知道了。那里的技术员工作起来就像屠夫，他们把尸体开膛破肚，取出内脏，锯开颅骨，捧出脑子。这家医院的太平间由一个年老的苏格兰病理学家说了算。他的模样很光鲜：绿色的塑料围裙，白色的威灵顿长靴，袖管卷起，嘴角叼着香烟。他一边对自己咕哝，一边记录我那个重伤病人撞死的人的死因：颈部折断，脑出血，加上主动脉破裂——都是高速撞击造成的伤害。我对于他是个陌生人，因为外科医生不会常常光顾太平间，那些走穴的医生也很少有兴趣从自己的失败中总结教训。

那天早晨有七具赤裸的尸体，分别摆放在七块大理石板上。我的目光立刻被那对母子吸引了，他们并排躺在两块大理石板上，还没开始解剖。我向那位苏格兰人解释说我时间很紧。他脾气暴躁，但很配合，在一个技术员的协助下开始了工作。严格地说只有那孩子是我的病人。他的头部先撞到地面，头骨撞裂，脑子像掉在地板上的果冻一样碎开了。他没有出多少血，因为他在坠楼时已经死亡。我问了一个关于脑部的重要问题：这孩子有结节性硬化症吗？这种脑部疾病往往与心脏的横纹肌瘤一起出现，它会造成痉挛，有可能促使了他死亡。

我自己动手拆掉缝合线，打开了他胸部的切口。我之前猜想他的起搏电线脱落了，我猜得对吗？这一点已经很难判断，因为他母亲在他死后把电线都拔了。但线索还是有的：一个血块从右心房边上噗嗤一声掉了出来。从其他任何一个方面来看，这台手术都是成功的：肿瘤几乎完全摘除，梗阻也缓解了。苏格兰人把这颗心脏丢进一罐福尔马林液中，作为罕见标本放到了架子上。

技术员急切地维持着工作进度，将腹腔剖开，取出了孩子的内脏。孩子的所有器官都前后颠倒，漂浮在心力衰竭产生的积液里，但其他方面都很正常。死因：先天性心脏病——动过手术。这时又来了一个技术员，他把脑子和内脏塞回腹腔，缝合了男孩的身体。补好头部的裂口之后，男孩被装进一只黑色塑料袋。故事结束了。技术员将大理石板上的血液和体液冲洗干净，男孩短暂而悲剧的一生就再也不剩一丝痕迹。这世上也没有人会为他下葬。

我的目光被那位母亲乌黑而破碎的身体吸引，它现在赤裸地横放在相邻的石板上，那样消瘦，却依然透出自尊。不幸中的万幸，她那美丽的头颅和修长的脖子没有损坏，曾经炯炯有神的眼睛现在大大睁着，但眼神已经黯淡，只是定定地望着天花板。她的伤不用解剖就看得出来：一双胳膊折断了，两腿可怕地扭曲着，腹部因为肝脏创伤而隆起。从这么高的地方掉落没人活得下来，她也知道这一点。如果男孩能活下来，这一切将多么不同！看见孩子带着一颗健康的心脏长大，她会多么幸福！我看着技术员把头皮盖到她脸上，然后用一把圆锯去掉头盖骨，揭开了下面的悲惨记忆。她为什么从不说话呢？

就像一场考古发掘，重要的线索慢慢浮现出来：她的左耳上方有一处愈合的颅骨骨折伤口，硬脑膜和下面的大脑都受到了破坏。其中就包括大脑皮层上负责说话的布洛卡区。苏格兰人将她柔软的脑子切成薄片，伤口更加显明：它一直延伸到脑的深处，割断了通向舌头的神经。这都是她在索马里遭遇绑架时留下的伤口，她能活下来真是幸运。这伤口也是她始终不曾说话的原因——她能理解语言，却无法反馈。

我已经见得够多了。我不想再看她被挖出内脏、生命之血溅在太平间的石板上，我也不想看到她破裂的肝脏和折断的脊椎。她死于内出血，但我记得当时心想，她还是死于致命的头部伤比较仁慈。她最好在索马里就死掉,这样就不必再到也门南部受苦了。我感谢苏格兰人的配合，然后回到手术室里我的那方天地。我希望今天会好过一些，我等不及要做点好事了。

第六章

两颗心的男人

> 成功的心脏外科医生是这样一个人：当别人要他说出三位世界顶尖的外科医生时，他很难说出另两位是谁。
>
> ——登顿·库利[*]

　　我遇见罗伯特·贾维克[†]是相当意外的一件事。1995年，我前往得克萨斯州的圣安东尼奥参加美国胸外科医师学会举办的会议。在阿拉莫闲逛时，一个做心血管产品的经理请我对一款新产品发表意见。他带我参加了一次公司会议，会上一位工程师的大名我早有耳闻，他就是罗伯特·贾维克。

　　要我评价的产品是一部小型涡轮泵，功能是将血液送入严重

---

[*]　登顿·库利（Denton Cooley，1920—2016），美国心脏外科名医，曾完成世界首例人工心脏移植手术。

[†]　罗伯特·贾维克（Robert Jarvik，1946— ），美国科学家、企业家，曾参与研发贾维克7型人工心脏。

的周围动脉疾病患者的腿部。这家公司的职员都去和客户吃饭时，贾维克到我跟前说："到我宾馆房间来一趟，我给你看点有趣的东西。"我对男人提出的这类邀请总是相当戒备，这一次却来了兴趣。

他先在浴室的水池里放满水，然后从公文包里取出一只小小的塑料容器。它看上去像一只装三明治的盒子，里面有一只拇指大小的钛质圆筒，圆筒上连着一根人工血管，还有一段包裹着硅胶的电线。他把钛质圆筒放进水池，又将电线连上一只电话机大小的控制器，然后打开开关。呼的一声，这家伙飞快地运行起来。

这只小小的续流泵每分钟能搬运大约 5 升水，水流通过人工血管重新进入水池，没有一点噪声或振动。贾维克在许多年前就开始研制一台左心室增压泵，想造出一台"功能强大，又好似不存在"的设备。

我对他说："这东西泵水是很好，但如果放进血流，会搞得红细胞凝结或破碎。"我这话说得很笨，就好像这个问题他从没有想过，也没有处理似的。但我随后接了一句聪明话："不过我很愿意和你一起测试，我们不用受美国食品药品监管局（FDA）的管辖。如果测试下来效果不错，很快就能在英国应用，这要比你在这里拿许可快多了。"

这话说得有些大意，于是我接着问他是否已经在和美国的某家医疗中心合作了。他说他正在和巴德·弗雷泽（Bud Frazier）一起测试这件产品。巴德·弗雷泽是得州心脏研究所的移植服务主管，也是机械辅助循环装置在美国的头号提倡者。贾维克告诉我弗雷泽也来参加会议了，问我要不要介绍我们两个认识。然后我们就一起去找他了。

巴德是百分之百的得州人，头戴牛仔帽，脚蹬牛仔靴，身穿讲究的休闲装。他很有魅力，却又显得低调，除了身为外科医师，他还是一位古书收藏家。他表示了对这台新泵的信心——它现在叫"贾维克 2000"（Jarvik 2000），如果实验研究顺利，预计会在2000 年植入人体。他问我要不要去得州心脏研究所看看植入了这种血泵的小牛，我答应了。得州心脏研究所的动物实验室令我印象深刻，其先进程度要远远超过我治疗人类的机构，里面放满了复杂的现代装备，每一件都是我的病人绝对不可能享受的。

走进牛舍时，我看见几头小牛在欢快地嚼着干草。监护仪显示叶轮的转速是每分钟 1 万下，大约输送 6 升血液，这已经超过了一个病人在休息时需要的血量。巴德递给我一只听诊器，好让我听听涡轮在血液中发出的微弱而持续的呜呜声。

我想错了。它并没有破坏血细胞，就算没有血液稀释疗法，它也不会使血液凝结。我的眼前出现了一片新的天地。这部装置能够治好因为心力衰竭而垂死的病人，成为里程碑式的进步吗？推动进步的机会已经摆到了我的鼻子底下。我一把抓住了它，主动要求返回牛津在绵羊身上试验贾维克 2000。

邂逅了贾维克和巴德之后，我满怀信心地回到牛津，幻想着一个庞大的跨国项目即将开展：休斯顿的巴德，纽约的贾维克心脏机构……还有牛津的我。我感觉浑身轻飘飘的，仿佛不用飞机就能飞回伦敦了。但是又经过一番思索，我却不那么乐观了。毕竟我既没有研究基金，也无法使用大型动物实验室。我有的只是坚定的决心和成功的愿望。

在之后的几个月里，我从几位慈善家那里募集了足够启动项目的经费。这时剑桥已经有了一个猪心移植项目，牛津也在研究微型人工心脏——两所大学的较量势均力敌。我们很快证实了休斯顿方面的猜测：没有脉压的持续血流是安全且有效的。这改变了人工血泵的整个设计理念：它们不必再模仿正常人类心脏的搏动功能了。

看到这个研究项目的蓬勃势头，我觉得我们终于可以在牛津开展心力衰竭的外科治疗了。英国有成千上万名已经无法治疗的心力衰竭患者，然而每年的心脏移植手术还不到 200 例。许多病人的肾功能和肝功能发生了退化，被认为病情过重，无法接受移植。他们的生命会以"姑息治疗"的名义被药物终结。而在我看来，这些症状严重的病人都应该用血泵来终身辅助治疗；那些机械装置是现成的，不用等到有人死了，再半夜用直升机把他捐献的心脏忙乱地运送过来。我内心又膨胀了，暗暗决心要把牛津建成机械辅助循环的国家中心。

在休斯顿，巴德已经着手给患者植入比较传统的搏动式心室辅助装置，好让他们挺过找到供体心脏之前那段时间。热力心脏系统公司（ThermoCardiosystems）的心伴侣泵（HeartMate pump）就是这样一种"移植前过渡治疗"手段，它能按照一定的节律注满并射出血液，以替代患病左心室的功能。这部装置的外观像一只圆形的巧克力盒子，体积很大，无法放进胸腔，只能放置在用腹壁做成的"口袋"里。装置中伸出一根硬电缆，连接外部电池和控制器。这根"生命线"上还有一个排气孔，它随着泵血过程发出持续的咝咝声，隔一条街都能听见。

患者在植入心伴侣辅助装置以后还要在医院里逗留很长一段时间，为了得到供体心脏，他们平均要等245天，那些O型血的病人甚至要等更久。这个过程相当费钱，对病人心理的打击也很大。不过随着经验的积累，休斯顿团队开始有了放病人出院的信心。不仅如此，他们还认为这种机械血泵可以替代心脏移植。

那时，巴德知道FDA不会认为这是一种永久性疗法。他打电话到牛津找我，说我们既然已经在贾维克2000有了合作，要不要一起用心伴侣泵验证"终身辅助"（Lifetime Support）的概念？研究对象就用享受英国国民保健服务（NHS）的病人。热心系统公司将免费提供心伴侣泵，这将为那些被心脏移植机构拒绝的绝症病人带来一线生机。这些人稍一用力就气喘吁吁，身体因为积液而浮肿，整天困在家中无法外出。他们可以说已经是活死人，虽然也活不了多久了！

这正是我期待已久的机会。我飞到休斯顿参观了一部植入装置，还见了几个心脏移植候选人，他们都在医院里带着这部装置生活。巴德问我是否愿意协助一台植入手术，我第一时间就欣然答应下来。患者是一座中西部大学的橄榄球运动员，他感染了一种病毒，就此从原来的阳刚男儿变成了带病之身，从运动健将变成了虚弱之人。这可怜的小伙子身材消瘦，体内积水，他的生命正无法解释地消逝。他的女朋友坐在病床边，似乎不知道该说什么。换作是你，又能对一个需要人工心脏的人说什么呢？

　　她是橄榄球队的啦啦队长，人很漂亮，但是看着自己的英雄就要死去，她已无心喝彩。她是眼看他日渐衰弱的，先是失去球队的位置，然后又从大学退学。然而他们耽搁了太久才意识到他的情况是因为疾病，而不是像某些人怀疑的那样因为吸食了消遣性毒品。现在她该怎么办？是扔下他继续求学，还是守在他身边，等待心脏移植这种希望最大的疗法？有时生活像个混蛋，而我们也很少停下来想一想另一面的死亡是什么样子。我想这也是对的，因为想也没什么用。

　　手术室里，几个护士帮主刀医生穿好手术衣、戴好手套，然后在病人身上做了标记、盖好手术巾，露出他的整个胸腔和上腹部。这具曾经涌动着肱二头肌、胸肌和腹肌的躯体，现在只剩下了皮包着骨头，肿大的肝脏在肋下鼓起。心力衰竭太可恨了。真该让那些不愿资助我们研究的小气鬼站到手术台边上看一看。

　　巴德从小伙的颈部一直切到腹部，因为心伴侣泵需要在腹壁上做出相当大的一只口袋才能安装，装好之后就像皮肤下面多了一只闹钟。扩张的心脏体积巨大，左心室几乎不动，心包内溅出常见的黄色液体，注满了安放血泵的新口袋，随后被吸引器吸净。

　　正当我绝望于这位优秀运动员的彻底衰弱时，巴德却在专心思考从哪里将传动的硬电缆线插进他的皮肤。他要寻找一个合适的位置，既不能干扰他以后束皮带、穿裤子，又要方便他清洁，能不用太大的动静就弄干净。他用手术刀刺了一个孔，我们把线伸了进去。缆线直径超过 1 厘米，硬度足够防止排气管扭结，安置它可不像在家里接电灯线那么简单。这是他的生命线，对他而言，就像胎盘对于胎儿那样不可或缺。接着，我们小心翼翼地将心伴侣泵的流出管缝到从心脏发出的升主动脉上，我们要保证精密缝合，不然它会在压力下大量出血。

现在要做的就是把一个约束环缝到心尖上，然后用一把环形的去核刀挖出一美元硬币大小的一个孔，把血泵的流入插管穿进去。今后从肺部返回心脏的血液会直接通过二尖瓣流入机器，他自己那个损坏的心室完全多余了。我不由想起贾维克的新装置，它几乎只有心伴侣的流入插管那么大。相比之下，这部心伴侣搏动血泵的钛质外壳堪称庞大。

心伴侣泵在运行之前必须先注满血液，好将空气排出。"空气进脑，性命报销。"我说了一句俏皮话。我嘴上轻松，但内心已经因为时差和缺觉变得狂躁，一碰就要发作了。技术团队连好电线，我们都为启动做好了准备。泵壳体内的推板机械结构运作起来，空气开始咝咝地在排气管里来回流动，就像一台蒸汽机车准备发动。泵里充满了血液，然后开始向主动脉射血，一丝残余的空气带着咝咝声和泡沫从人工血管上的几个针孔中漏出，怀着感激之情逃走了。他自己那块无用的肌肉瘪了下去，不必再为维持性命而紧绷、颤抖了。他有了一颗新心，虽然只是临时替补，但我希望它能好好为他服务。

我不知道他的女友会对他体内这个咝咝搏动的怪物，还有从他腹部伸出的那个硬邦邦的附加物作何感想。她还会在他身边守多久？这些都是我平时绝对不会有的想法。因为持续的压力和疲倦，我缺乏共情。如果还有机会见面，我一定要好好鼓励她一番，告诉她手术进展多么顺利。我要告诉她，他会越来越健康、越来越强壮。不久就会有人在休斯顿被人一枪打爆脑子，如果他运气不错，就会得到那个人的心脏。

我们又用了一些时间，才止住胸腔出血和衰竭的肝脏与骨髓渗液，这都是心力衰竭病人的常见症状。在这类手术中，先流血，再大量输血，然后肺部和肾脏衰竭，都是屡见不鲜的现象了。现在我要去机场再飞 12 个小时，回到一个完全不同的世界，在那里这一切都不会发生，这个小伙只能死掉。但临走之前，我还是想先去见见他的女友。小伙的父母刚刚和她会合，三个人焦急得像热锅上的蚂蚁。

她抬头认出了我，我立即告诉她"手术很顺利"。这句话总能让人释然，短短五个字，却能平息紧张的气氛。压紧的弹簧松开了，她甜美的面庞上浮现出喜悦的表情，接着哭了出来。这么看她是真正关心他的，不单因为他是个橄榄球明星。我居然怀疑过这一点，真是个混蛋。他的父母过来拥抱我，感谢我。"谢我做什么？"我心想。我只是巴德的助手。但是人听到好消息，会对所有人心怀感激。我祝他们一切顺利，早点有供体心脏出现——到那时，就要有另一个家庭经受痛苦了。

* * *

在皇家布朗普顿医院菲利普·普尔-威尔逊教授（Philip Poole-Wilson）的帮助下，我们很快在伦敦找到了几名适合安装心伴侣泵的候选人。可惜的是，其中第一位，也是最年轻的一位，在我们出手相助之前就死了。不过接下来的一位看起来很理想。他64岁，身材高瘦，刚刚失去了心脏移植手术的资格。和美国的那名橄榄球员一样，他也患有扩张型心肌病，病因或许有遗传的因素，但更可能是某种病毒或自身免疫性疾病的结果。这个聪慧的犹太男子名叫埃布尔·古德曼（Abel Goodman），他的心脏肿得很大，几乎无法从床上起身。

从好的方面看，他的冠状动脉没有得病，肾脏和肝脏也运行良好。希望这能让术后护理不那么艰难——也能少花点钱。他呼吸越来越困难，只能用枕头在床上撑起身子，腿和腹部也都积水肿胀，已经不能平躺了。菲利普让他住院是为了用药物稳定病情，于是我到布朗普顿去看他。我一直喜欢回这家医院看看，这次回去我不用听任何人指挥，成了堂堂正正的心脏外科医生，而不是大家口中的笑料。

埃布尔直挺挺地坐在床上，费力地呼吸着，眉毛上挂着汗珠，恐惧的眼神仿佛在说："我在这世上待不了多久了。"这时他痛苦得无法说话，用我们的话说，连理个发的力气都没了。虽然已经准备好去见上帝，但他也在偷偷希望来的是一位救世主。我握住他无力的手，又冷又滑，说明他的血液已经输送不到这么远的地方了。我告诉他，我在休斯顿见过一种心伴侣泵，能消除他的严重症状，他将是世界上第一个"终身"使用这项技术的病人。因为通常情况下，病人使用血泵都是为心脏移植做准备。"终身"是多久？我也不知道。但是不装这个泵，他很可能活不过几周。说几周都是多的了。（我想他有可能在说话时候就走了。）

他的脑袋向后仰着，眼珠转动，思索着我传递的信息。他的脑部也没有多少血液供应了，但他还是努力从枕上抬起头小声说："那我们就干吧。"我看出他一直希望有这一天。他已经受够了。

伦敦时间下午 3 点，比休斯顿早六个小时，我打电话给巴德，对他说时间紧迫。我还告诉他，英国当局只允许我们"为了人道目的"将血泵用在垂死的病人身上。现在有一个垂死的病人，我们能不能下周就手术？电话线的那一头沉默了几分钟光景，然后传来一声"行"。

我体内肾上腺素激增，兴奋得不行：我们就要在牛津植入一枚机械心脏了。可我是在为谁激动呢？埃布尔？还是我自己？当时我还是一个野心勃勃的混蛋，我和巴德都想做一些特别的、冒险的事，不仅是为了病人，也是为我们自己。我们知道，如果冒险成功就会登上头条，引来移植游说团体的痛恨，有力反击那种宁愿让病人死也不尝试新技术的奇怪态度。

休斯顿团队在 10 月 22 日到达牛津。当天晚上，麻醉医生、灌注师和护士组都到会议室集合。我们需要讨论手术流程，熟悉设备，不用说，还要熟悉我的得州朋友和他们的着装风格——牛仔靴在牛津的学院里可是相当罕见。

埃布尔挺过了从伦敦到牛津的转院，眼前的这支国际团队让他莫名其妙，但是他现在连喘气都困难，也顾不上那么多了。几名护士告诉他要往乐观的方面想，病房护理员给他订了第二天的晚餐。他说不要腌猪后腿。拉比为他做了临终祷告。

巴德没来过牛津。我心想他既然喜欢古书，不妨带他去看看牛津城中央的博德利图书馆和几座古老的学院。和休斯顿相比，这里仿佛另外一颗行星。我们在"老鹰和孩子"酒馆喝了啤酒，20世纪30年代，托尔金和C. S.刘易斯每周四晚上都会到这里聚会。我听他说起越南战争，他在那里做直升机医务兵，为免子弹打掉睾丸，出任务时就把头盔垫在屁股底下。他有好几个外科同事死在战场上。巴德保住了蛋蛋——我看得出来。他主刀的心脏移植手术，安装的心室辅助装置比任何人都多。他追忆那些日子的沉痛和狂喜，而那时我还在医学院念书呢。

我又问起那个大学橄榄球员的近况。他还在得州心脏研究所的过道里走来走去，心力衰竭的症状已经消失，肌肉也长出来了。但供体心脏还是没到。女友已经回大学念书了。

对我来说，这个夜晚是暴风雨前的平静。巴德却希望这是一个新时代的起点，这个时代的医生将用血泵来治疗那些没有其他选择的病人。这些救命装置为什么非得和移植联系在一起呢？有了供体心脏就把几千美元的血泵扔掉，是对救命技术的浪费。我不知道几百年来，在老鹰和孩子酒馆里还出现过别的什么历史性讨论，但是关于人工心脏，这肯定是第一次。

第二天早晨来临时，气氛比我预想的要轻松许多。巴德在手术室的咖啡间同血泵公司的代表聊天。他的助手蒂姆·迈尔斯（Tim Myers）在和护士们一起布置设备。护士们既兴奋又紧张，都不想在这些杰出的客人面前搞砸。埃布尔从病房来到手术室，后面还跟着一列前来送行的家人和朋友。他们是在送他去哪里？这是个问题。他坐在一部推车上，身子向前弓着，身上穿一件白色病号服，脑袋向前耷拉，两手放在皮包骨头的膝盖上，嘴里发出焦急的喘息。他现在只想快点麻醉。当一行人在走廊里遇见我时，他试探性地抬起头，小声说："我们回头见。"这个男人把乐观保持到了最后。

这一次由我主刀，巴德协助，我的同事大卫·塔格特（David Taggart）担任第二助手。这是一台政治意义重大的手术。我们保持了冷静和专业的态度，几乎到了轻率的程度。血泵的制造商在钛质泵壳体上画好了箭头，以防我们把它装反，看来他们已经意识到外科医生不是医学界最聪明的群体。我很享受划出从颈部到肚脐的那一道长长切口，从来不喜欢什么锁孔手术。不过我虽然对自己的技术相当自豪，却为我们过时的设备而难堪：那把陈旧的骨锯颤抖着锯开胸骨，差点没能锯到最上面。我们在腹壁的左上侧做了安放血泵的口袋，然后划开紧绷的心包，暴露了埃布尔硕大的心脏。

仿佛主持洗礼，我仿照巴德的做法，井井有条地实施植入。我先插入心肺转流管，再连接心肺机，接着排空埃布尔的心脏，小心翼翼地将约束环缝上左心室的心尖，把人工血管缝上主动脉。我们从约束环里挖出一块圆形的病变肌肉，准备之后在显微镜下观察。再下来就是连接血泵的流入插管。装好了。

最后的关键步骤是在正式启动前从系统中排掉所有空气。我们减小心肺机的供血，让血液注满心脏。左心室注满之后，血液经流入插管进入血泵。空气被血液推入人工血管，然后通过一根大口径针排了出去。现在这个钛质的"巧克力盒"稳稳待在口袋里了，我吩咐蒂姆"启动"。装置带着噪声开动起来，随着它特有的咝咝声，最后几个气泡也从排气针里排了出去。埃布尔的这个新的左心室相当强劲，搏动声从街对面都能听见——但病人终究会习惯它，就像植入机械心脏瓣膜的病人会习惯在寂静的夜晚听见嘀嗒声一样。这些仿生装置会成为他们生活的一部分，噪声再大也比不安要好得多——通常是这样。

埃布尔很快从麻醉中苏醒，也许太快了一些。我们立即给他撤掉呼吸机、拔掉气管插管。我看得出他状况不错。他的眼睛里有了光彩，甚至还咧嘴笑了一下。他的脸上出现了任何从麻醉中苏醒的人都有的释然和困惑——那种"我还活着"的表情。他的四肢都能正常移动，神经也没有问题。我想给院长打个电话（就像克里斯蒂安·巴纳德在那台历史性的移植手术之后做的那样），告诉他："先生，我们植入了一颗人工心脏，病人状态良好。"但是我心里还有一个声音隐隐告诉自己等一等、再谨慎地观察几天。现在重要的不是我的成就，而是帮埃布尔重新站立起来，而以目前的情况判断，我担心他的血压还是太高了。他已经不再依赖自己那个虚弱的左心室，而是靠一台强有力的机器驱动血液循环，面对前方的未知，他体内正在大量分泌肾上腺素。重症监护医生需要给他注射血管扩张药，因为他自身异常的心律还要使用抗凝剂，然后再用镇静剂使他平安度过今晚。术后护理和手术本身一样重要。现在我也需要镇静镇静，不过总的来说这还是相当成功的一天。

没有消息就是好消息，当晚我什么消息都没听到。巴德的日程始终紧凑，第二天一早就和血泵公司的代表去希思罗机场了。

早晨7点，我开车来到医院，充满乐观地在心里恭维自己。我已经打好了新闻发布会的腹稿，此刻正在幻想新闻标题：《牛津外科医生植入人工心脏》或《史诗级手术挽救垂死男子》之类的。于是，当我走到埃布尔床边，迎面而来的打击真是一点不冤枉。我看到他脸上的异样——他表情呆呆的，右侧嘴角淌着口水，眼皮也耷拉下来。他没有像我期望的那样，用热情和感激招呼我，他的右臂和右腿连抬都抬不起来。这是他妈的中风了。

听着咝咝作响的血泵，各种咒骂涌上我的大脑皮层。他的皮肤粉红温暖，可见血流很好，可人就是他妈的瘫痪了。昨天的手术明明那么成功，今天却是这副样子。为什么没有人通知我？我的第一反应就是找个人来骂几声。但那又有什么用呢？照我的直觉，他应该是出现了血块——要么来自他自己的心脏，要么来自血泵的外来表面，或者是人工血管——要真是那样，我们就应该给他注射能快速抗凝血的肝素，因为华法林（口服抗凝药）是来不及发挥效果的。但是神经科的一位同事劝我先给他做个头部扫描，这样能显示脑损伤的程度，也能排除脑出血的可能。如果他真有脑出血，那注射肝素肯定会要他的命。不过无论中风的原因是什么，这都是一场惨祸，尤其是长期重症监护的金钱开销，那可都得从我的研究经费里扣。

我陪同埃布尔来到扫描室。巴德一行已经到了希思罗机场，对糟糕的进展毫不知情，我也正在气头上，顾不上和他们打电话。还是让他们好好享受回程的飞行吧。我看着扫描仪创建出他脑部的一张张切片。病理很清楚，但是出乎意料：脑子里确实有出血点。

不仅如此，这个出血点位于前一次中风的区域，而且中风肯定不是最近发生的，很可能是好几个月前。为什么我们不知道这件事？后来我们发现，就连埃布尔的妻子也不知道。他之前时不时头痛，但是从来没有瘫痪或无力的症状——直到这一次。所以之前一定是"无症状中风"，才给我们留下了现在这个骑虎难下的局面：真是治也不是，不治也不是。好在埃布尔虽然失去了行动力，却不会死。做医生就是这样：你要么"积极思考"，要么退出这个高危行业。

我关掉了扫描仪的开关。埃布尔需要心脏和神经两方面的康复治疗。经过时间和努力，许多中风患者都会康复。他现在无法吞咽，要用一根胃造口管喂他食物。消化科医生直接把管子通过腹壁插进了他的胃里。他也无法充分地咳嗽，所以需要常常接受胸部理疗。当他有肺炎，我们就给他用抗生素。当他剧烈咳嗽、撕破了传动线出口周围的皮肤，我们就用手术把皮肤补好。有几位理疗师勤奋工作帮他运动。三个月后，瘫痪减轻成了无力，无力又随着锻炼消除。他很快又能用运动帮助自己康复了。他的语言功能回来了，吞咽也改善了，他在医院的过道里不停地走来走去，呼吸不再困难，身体也不再因积液而浮肿，心力衰竭已经好了。他的生命力一天天恢复，一同恢复的还有我继续前进的决心。

根据血泵的声响和排气管的咝咝声（就像蛇吐信的声音，但每分钟有 60 次），每次埃布尔露面前我们就知道他在附近。带着这东西生活真不容易，但要比喘不上气好太多太多了。一天，我经过时，他正坐在一把椅子上。他主动告诉我他不太好。我们把他劝回病床，给他连上监护仪，发现了他不舒服的原因：他原本的心脏正在室颤。在没有安装辅助器械的病人身上，这种不受控制的律动会立刻要他们的命。但是在埃布尔身上，虽然他的右心室已经丧失功能，左心室的辅助装置却让他维持生存。真不可思议，我想。这样的情况发生了五次，每一次我们都用除颤解决了问题：先快速注射镇静剂，然后放上电极板，呲啦一声通电，他自己的心脏就重新开始跳动了。后来我们又发现，他的心脏收缩变得更加有力，这证实了巴德的发现——扩张型心肌病会随着休息好转。我们很有必要找到这个现象的分子机制。

要是埃布尔因为中风死亡，我们从慈善机构得到的资助就可能随他而去。然而他活了下来，而且不断康复。心伴侣始终运行良好，我们马上就可以放他出院。就在这时，又一个病人转到我们院里。

＊ ＊ ＊

他叫拉尔夫·劳伦斯（Ralph Lawrence），原来是罗孚汽车公司的财务审计经理，后来早早退了休。他和妻子琼都喜欢跳舞——民族舞、谷仓舞、国标舞，只要带劲的都喜欢，他们还喜欢开着房车在全国旅游。

60 岁出头的时候，拉尔夫发现自己的呼吸越来越困难了。X光胸片显示他心脏增大，于是他所在的沃里克郡当地医院把他转到皇家布朗普顿医院的心力衰竭门诊，在那里，普尔-威尔逊教授诊断他患上了扩张型心肌病。治疗的第一步是给他心力衰竭药物，然后采用当时的一种新疗法——电心脏再同步疗法。这种治疗用一种特殊的起搏器，使扩张心脏的各个部分收缩更加协调，从而使整个心脏搏动更有效率。但是，随着心脏变大，这种疗法的成效也会渐渐消失。现在他又病了，症状严重，预后很差。能给他做心脏移植吗？当拉尔夫得知他这个年纪已经不可能接受心脏移植，他倒是坦然得出奇，同意那些稀缺的器官应该留给年轻人。他很讨人喜欢，家人也支持他，在我们看来，他是植入心伴侣的理想人选。

虽然什么事情都做不成，但拉尔夫的病情稳定，程度也不像埃布尔·古德曼那么重。他还有几个礼拜的时间来斟酌治疗前景，我们也给他和家人看了心伴侣的患者指导手册。这些材料的内容很吓人，就算对有希望接受心脏移植的病人也是如此。病人植入心伴侣后不能游泳，不能盆浴。淋浴是可以的，但要把这部设备盖好。他不能穿太紧的衣服，免得排气管弯曲或打结。他要时刻准备好紧急后备装置。如果控制器上的黄色扳手图形变亮，就说明机器出了故障。要是亮起红色心脏图形并伴有警报声，就说明心泵的辅助功能丧失，要立即就医。类似的注意事项还有很多。这些都是令人担忧，而之前埃布尔来不及考虑的事情。

我在牛津的办公室接待了拉尔夫和琼。他们并没有被这些材料吓倒，因为到这时，拉尔夫的生活已经变得无法忍受。他不能外出，睡觉时只能把身子撑在椅子上坐着，脚踝和脚肿得穿不上鞋，随时可能突然死去。他的家人也明白这一点。我担心他有糖尿病，需要定期注射胰岛素，但他处理得很好，已经习惯了对自己的健康负责。他的心态很积极，希望能尽快接受治疗。

"干脆就今天开始吧？"我说。我认为他们应该设法见埃布尔一面，问问他体内带着这么个"怪物"生活是什么感受。我知道埃布尔的回答会是什么："总比心力衰竭好，总比死掉好。"和丈夫一样，琼也需要掌握一切关于心伴侣的知识，因为她可能要在家里处理紧急情况，甚至在停电的时候手动操作心伴侣。

我们约定了手术日期，那是四周后的周三，我打算在手术前的这段时间同休斯顿那边做好安排。这一次我有一个新问题要考虑：现在许多人通过小道消息知道了埃布尔那台手术。鉴于他在术后中风，我们已经尽量保持低调。但因为这次提前一个月计划拉尔夫的手术，难免有消息走漏给媒体。事情好坏参半。一方面，让公众知晓确实能帮我募集善款、维持项目；但另一方面，病人要是死亡，随之而来的负面宣传也会终结这个项目。那样，虚弱的心力衰竭患者就再也无法接受疝气手术，更别说心脏手术了。那么我该怎么控制风险呢？

我们商量了一下，决定只让一家报纸报道拉尔夫的这台手术，以免各家媒体哄抢新闻。现在最要紧的是让他们一家在出院（如果出得了院的话）时能享受安宁。我们选中了《星期日泰晤士报》（*Sunday Times*）。我们允许他们对治疗全程做深度报道，只要他们能保护病人和病人家属的隐私。作为交换，我们希望他们能捐出一笔善款。这并不算有偿新闻。要是没有捐款，拉尔夫也不会接受这台手术。

手术前夜，拉尔夫和琼住到医院提供的房间里。琼告诉《星期日泰晤士报》：“我们休息得很好，他已经准备好一切，很高兴终于能做手术了。”周三早上九点半，服用了镇静剂的拉尔夫坐着推车进入 5 号手术室，他还是一躺下就大声喘气。我们希望他永远不必再感受这份窒息得要命的痛苦。这次手术在医院里激起巨大的兴趣，于是我们同意将手术过程拍摄下来，传到一间礼堂里播放。我很乐意让记者和医院的管理层观看。在我们外科学有句格言：“看一次，做一次，再教一次。”这台手术，我已经在休斯顿看过一次，在牛津做过一次。不过我很确信，自己还没有准备好指导别人给拉尔夫手术。我和巴德在咖啡间安静地等着，等麻醉医生让拉尔夫陷入沉睡。

时间是 5 点整，等候室狭小而闷热。在这里，每一天、每一刻都是 5 点整，因为挂钟在很早之前就坏了。只有越堆越高的聚苯乙烯杯子显示时间在缓缓流逝。琼坐在这里等结果，她双手紧握在一起，被焦虑摧残着。到下午 2 点，里面传来了她等待的消息。拉尔夫给推出了手术室，送往重症监护病房。

1996 年 5 月 12 日，一张拉尔夫的胸腔里装着人工心脏的 X 光片铺满《星期日泰晤士报》的头版，下面写着：“两颗心的男人——为什么拉尔夫·劳伦斯体内有一块钛-聚酯-塑料混合物嘀嗒作响。”这是在冒险：让一家一线的全国性报纸直接报道一台人工心脏手术，他们在手术台边拍照，还采访了病人家属和手术组成员。但是他们的报道十分出色，而且广泛流传——首相、国会议员甚至女王都读到了。《星期日泰晤士报》对整台手术做了图文并茂的详细记录，帮助我们维持了在实验室里的研究项目。我们的做法在那些认为国民保健服务应负起创新责任的读者中激起共鸣，可惜保健署本身并无同感。这项技术是要花钱的，而我们却得不到资金的支持。

我们一直认为埃布尔的脑出血是高血压所致，所以我们给拉尔夫做完手术之后，又让他深度昏迷了几个小时。等他恢复意识，时候已是半夜，琼坐在病床边看他，在重症监护病房各种设备的围绕之下，心伴侣泵在他的腹部肉眼可见地怦怦跳动着。他透过氧气面罩对琼说了句什么。"你口渴吗？"琼问他。"不，今天是星期四吗？"*他说。两天后，拉尔夫离开病床，坐上轮椅。又过了一天，也就是周六，他已经在重症监护病房里来回走动了，身边陪着负责帮他康复的理疗师。

接着，灾难发生了。我在布伦海姆公园慢跑时，手机响了起来。病房里埃布尔感到剧痛，血泵周围发生急性失血，引起了失血性休克。这也造成他的肋骨下方剧烈肿胀，而此时他的心脏还没有完全恢复。我们必须立刻拆除血泵，止住流血，不然他就会死。我吩咐他们赶紧召集手术团队。

我飞速跑回家里（这把年纪已经不该跑这么快了），跳进轿车。现在是周末，路上车辆不那么拥挤，我的内心却很悲观，怕是来不及给他开胸了。再一想，不管来不来得及，我都要保持积极，因为一个暴躁、焦急或者兴奋过头的医生绝对无法在这个时候解决难题。我一边开车一边制订手术方案。要在不造成伤害的情况

---

*　"口渴"英文 thirsty，"星期四"英文 Thursday，发音非常接近。

下快速打开他的胸腔是不可能的，我只能切开他的腹股沟，那里的动脉和静脉，给它们双双插管并开始心肺转流。这样能先确保他的安全。等有了足够的输血，我们就能维持脑部血流，关掉心伴侣了。我们刚好及时做到了这些——他虽然输了血，血压却跌到正常水平的一半。

我把电线从他的胸腔里拉出来，然后用摇摆据锯开胸骨中央。切面分开时，一条条闪着紫色光芒的血块从切口处滑出，胸骨底端喷出鲜红的血液。我很快意识到了问题所在：很可能是埃布尔的心脏变小之后，心伴侣流入插管的位置发生改变，在他的心尖上划出了一道口子。我的推想是正确的：切开那团发炎的组织时，我发现人工血管和主动脉之间的接口是牢固的。

我当即做了决定：必须把血泵取出来。要么埃布尔用自己的心脏支持血液循环，要么他就会死。要让这个难以修补的出血点停止出血，最简单的方法是把他的体温降到 20 摄氏度，然后把循环完全停掉。与此同时，我切断了心伴侣的电源线，把它扔到一旁。我还从腹壁上那个放血泵的袋子里掏出一大团血块。我们有进展了，但是我心想，这实在不是个欢度周末的好方法。

起初，埃布尔的家人很受打击。他们原本希望他在医院住满五个月后，能带着健康的身体回家。埃布尔和拉尔夫的妻子一起等候着，她们一个希望出现奇迹，另一个意识到成功的植入并不代表从此幸福。坏消息传得很快，医院里很快笼罩了一股阴郁的气氛。埃布尔的几个护士和理疗师都觉得他不行了，他们为了帮助他从脑出血中康复已经努力工作好几个月，这对我们所有人都是一场悲剧。

　　但也不是只有坏消息，远远不是。我对埃布尔自身心脏的变化非常意外。在植入心伴侣之后，它享受了几个月的安宁，现在衰竭症状已经好转，球状的外形也恢复了正常。小心地切掉流入插管之后，我们发现了出血点：是心肌本身撕开了一道口子。我从金属的流入插管上剥下这片半月形的肌肉，保存起来，以待病理检查时，把它和第一次手术时挖出来容纳流入插管的那块肌肉做个对比。

　　这比研究火箭还要有趣。我们证明了增大的心肌细胞已经恢复到正常的大小和结构，也证明我们可以帮助患病的心脏复原。我们把这个称作"保持初心"策略。不过，这个结构上的变化能持续吗？好转的心脏能继续发挥功能吗？我们并不明了，只能留给时间解答。但无论如何，这都是一个里程碑式的发现。

　　手术进行了七个小时。我们像接生孩子一样小心翼翼地取出埃布尔的血泵，因为我想把它保存下来。我们用特氟龙线深度缝合了接入流入插管的部位。这颗心脏现在看起来一片狼藉，但依然管用，当我们提高埃布尔的血温，它开始有力地收缩，推动血液循环。我们终止了心肺转流，就好像这是一台简单直接的手术。现在每一个切口都在流血，但他的血压很正常。

　　这会成为全世界对慢性扩张型心肌病患者实施"恢复前过渡治疗"的成功首例吗？埃布尔的出血终于减少了，我们关闭了他的胸腔和腹腔。能做到这本身就是一个胜利。他的家人欣喜若狂，拉尔夫和琼松了一口气，我的手术团队也很乐观。但我却仍感到隐隐不安：我们现在前路未卜。

我别无选择，只能把术后护理交给重症监护团队。我这时的状态，往好了说是累瘫了。往坏了说呢？应该是精神错乱吧。我同时做太多事，把自己的生命——还有别人的——都推到了极限。我觉得手术还算简单，而人际关系就不那么简单了。一边投入冒险，一边源源不断地收到国民保健服务的账单，让我压力倍增。现在面临危险的不仅是某个病人的生命。这是一场战役。有许多大人物都宣称机械心脏不可能成功，我要用这一仗来证明他们错了。

埃布尔在接下来的 30 个小时内十分稳定，所有指标都很正常。虽然经过了长时间的休克，他的肾脏却已经在产生尿液了。但我还是不安。他的情况太危险，而我如同行在水上，时刻等待沉没。我不用再等多久了。当天深夜，埃布尔自己的心脏突发房颤，心率变得飞快，左心室难以支持。这是常见问题，将近半数心脏手术病人都会遇到。这个问题本来很容易解决，实际却没有。在场的低年资医生没有一个敢给他电击，他的病情迅速恶化。等我急忙赶回医院时，他已经没救了。

埃布尔在家人的环绕下死在了病床上。我有两个选择：或者暴跳如雷然后丢掉工作，或者直接走开。我做了正确的选择。出去时我经过了拉尔夫的病床。琼正在熟睡，脑袋枕在床单上，对外面的事情一无所知。拉尔夫的眼睛直直盯着前方，满是焦虑。我走过他身边时，他的眼神追随着我。他读懂了我此刻的感受，我说什么都安慰不了他。刚才的一切他都听见了——"我们要给他电击吗？该叫主任医师来吗？要是他……？"接着就是不可避免的死亡。真见鬼，真荒唐。

＊ ＊ ＊

生与死之间只有一条狭窄地带。病人能否幸存，要看周围的人能否医治他的疾病，看治疗是否正确及时。埃布尔需要电击，使他过快的心律恢复正常。要做到这一点，又需要有人拍板抢救，但当时并没有。这种情况我们现在称为"抢救失败"。经过这么多努力，他真的不该毫无必要地死去。

幸运的是，拉尔夫的情况一天比一天好转。他的身体已经被技术改变，他也很快学会了和体内这个带着噪声泵血的"怪物"共存。血泵通过排气管发出咝咝声，带着强有力的搏动每分钟循环 6 升血液。不到两周时间，他和家人就掌握了这部设备的使用方法。最重要的一点是如何保护从他身体侧面伸出的那根白色硬质电源线。他们要小心地给它保洁，不能让虫子靠近，因为周围的皮肤必须与它衔接，要和它的涤纶表皮长到一起。拉尔夫面临的最大风险是传动线造成的感染，这部设备常会发生这种情况，这对他这样的糖尿病患者尤其危险。实际上，正是因为这，从前的医生才不考虑为糖尿病患者植入心泵。

琼一直在练习处理预料之外的问题，还有如何在警报声响起时排除故障。在这种时候，生死取决于你是否做对了事情，所以她学习了如何在断电时手动操作心伴侣。接着，他们出院了，走的时候快乐而自信，憧憬着崭新的生活。这是有人工心脏以来，病人出院最快的一次。虽然拉尔夫之后每个月都要来做复查，但夫妇俩还是继续开着房车旅行，尽情享受起死回生的时光。他是幸福的。

冬天带来了意料之中的问题——他得了一次普通感冒，咳嗽流涕。这牵动了硬质的腹腔传动线，在传动线和身体衔接的部位形成了剪应力。皮肤细胞和涤纶之间的脆弱封口松开了，细菌由此突破了皮肤的防线。琼试着用常规的传动线护理保持这块区域的清洁，但接着就开始流脓、发热、红肿。拉尔夫的全科医生用棉签给他做伤口取样，开了抗生素。感染使他的糖尿病更难控制，血液中的高糖分也成了细菌的养料。在服用抗生素几周之后，伤口出现真菌感染。我们让他住了几天院，设法解决这个问题。但到这时，接缝周围已经隆起了一圈疼痛的感染组织，于是我们试着用手术做治疗。手术后情况确实好了许多，他的心脏有很大改善，能在健身自行车上连续几个小时锻炼肌肉了。

但真菌感染终究还是蔓延到了血泵本身，我知道这不是一个好兆头。在休斯顿，巴德也在几个接受移植前过渡治疗的病人身上遇到了同样的问题，不过他们谁也没有糖尿病。我常给他打电话询问意见。我们知道绝不可能用抗生素给血泵消毒，那么能不能像对埃布尔做的那样，冒险将它们摘除掉？但是就在我认真考虑这种可能时，感染已经进入拉尔夫的血流。败血症，我们这样叫它。现在血泵内外都感染了，生物瓣覆盖了大团真菌，正在开始解体。问题已经无法解决。我只能对琼解释说，现在什么英雄壮举都来不及了。

脓毒性休克引起了肾脏和肝脏衰竭，拉尔夫现在皮肤蜡黄，肺部也注满积液，这是因为血泵上的瓣膜已经开始大量反流。就连心伴侣发出的声音都不一样了，当血液在泵室里来回泼洒，那声音听起来就像一台洗衣机，原来蛇一般的咝咝声，现在变成了水壶烧开的呜呜声。对我来说，治疗已经失败了。我对琼说不宜尝试"埃布尔式"的壮举，她听懂了。拉尔夫是无法在那样的治疗中活下来的。我们应该用呼吸机帮助他呼吸，让他有尊严地离去。

* * *

拉尔夫帮助我们创造了一件新生事物。这个《星期日泰晤士报》所称的"两颗心的男人"表现得很出色。他在植入 18 个月后去世，临终时家人环绕身边。虽然他承受了这些痛苦，但家人们依然感激这个存活的机会，感激这段没有虚度的时光。

我们从埃布尔和拉尔夫身上学到了许多。他们是先驱者，是最早"终身"携带人工心脏的病人。我们承认这"终身"是短暂的，但无论长短，活着都很宝贵——这一点，问问癌症患者就知道了。接下来我们需要更好的血泵——我们正在努力。

第七章

起死回生的朱莉

啊，直到疲惫的心停止脉动，一切都还不晚。

——亨利·沃兹沃斯·朗费罗*

病人为什么会在心脏手术之后死去？是因为主刀医生疏忽？因为他的技术失误破坏了心脏？是他弄错了需要手术的瓣膜或冠状动脉？还是他让病人失血过多？很少是因为这些。通常的原因是病人在手术前就已经病得很重，即使手术顺利，他们的生命也岌岌可危。就像其他职业一样，心脏手术可能出错，也的确出过错。然而大多数病人的死亡，还是因为他们心脏的疾病在手术过程中渐渐恶化了。

在当时，传统的手术程序要求停止心脏跳动、切断它的血液

---

* 朗费罗（Henry Wadsworth Longfellow，1807—1882），美国诗人、翻译家。

供应，这个做法对心脏伤害很大，不管我们注入哪种保护性溶液都无法避免，因为每种溶液都有这样那样的缺陷。待到手术完成，病人的心脏已经衰弱得无法维持血液循环，疲惫不堪，但依然有康复的可能。但是当医生关掉心肺机，心脏却怎么也不肯接管，要是医生不出手帮忙，病人就会死在手术台上。常常是病人的心脏颤颤巍巍地脱离了心肺机，却在之后的几小时里渐渐衰竭，不管我们用什么药物鞭策它，这个在手术台上铸成的结果都无法更改。心肌缺血越久，这种情况就越有可能发生。接下来病人就被送进太平间，留下家属悲痛不已。

我觉得这条死亡之路是可以避免的。心脏需要一个复原的机会，而在心肺机上耽搁并不是解决办法。实际上，这反而会使情况恶化：病人的血液和这个异物的表面接触越久，越容易造成全身炎症，而这又会进一步减弱脏器功能，使病人出更多血。

那么，换一种血泵又如何呢？换一条没有氧合器的简单回路可能效果更好，可以使用几个小时或者几天——在最坏的情况下，用上几周，等到心脏恢复收缩功能、手术的修复效果足够它独立维持血液循环为止。

一个安全可靠的临时血泵很可能挽救许多病人的生命，要是没它，有一半到2/3的病人都可能死去。这样说有什么根据呢？尸检告诉我们，大多数术后死亡的病人，他们的心脏结构都是完好的。它只是累了。只要让它休息，同时为其他脏器供血，病人就会好起来。

大多数研究血泵的先行者都自然想到了一点：他们的血泵必

须制造出搏动，以模仿人体自身的血液循环。因此早期的血泵都需要排空和注满的功能，尺寸也和正常的心脏差不多。一般来说，需要辅助的只有左心室；实在有需要时，可以用两套设备分别辅助左右两个心室。但是早期那些带有风箱和瓣的搏动装置会制造湍流、磨擦和热量，这很容易造成血栓，并引起灾难性的并发症——中风。在挽救生命的战役中，这向来是一个凄凉而可怕的终点。

在美国匹兹堡的阿勒格尼总医院，外科主任乔治·麦戈文（George Magovern）不相信血泵一定要搏动。他的理由是，当血液到达身体组织时，是通过厚度仅有一个细胞的毛细血管渗透进去的。而这个微环境中并没有搏动，因为在血液到达毛细血管之前，搏动就在小动脉中消散了。如果搏动真像我们认为的那样没有必要，那就应该可以制造一种体积更小、破坏更轻的血泵，这种血泵将高速旋转，每分钟泵血 5 到 10 升。它只要能善待血液即可，别无他求。于是麦戈文找到他的朋友，华盛顿国立卫生研究院的心脏外科研究主任理查德·克拉克教授（Richard Clark），邀请他一起研究这个项目。

他们的团队用五年时间制作了一部旋转血泵。它只有一只自行车铃那么大，重仅约 0.2 千克，由电磁铁驱动一个移动部件——一只六枚叶片的涡轮。它的最初型号是 AB-180，用途是在最长六个月的时间里辅助血液循环，这段时间作为移植前过渡已经足够了。它的结构相当简单，以至于一个技术员把它装在了自家花园的浇水管上，用来给鱼塘排水。它在实验室里的表现也很好，运转时不会破坏红血球，在被试睡眠时也能正常工作。因此，美国食品药品监管局在 1997 年批准了 AB-180 的人体试验，但 FDA 也限定了一个严格的条件，要求它只能作为治疗的"最后手段"——不试用就一定死。

1998 年 2 月，FDA 请我到华盛顿参加一次心脏会议，研讨我不久前对埃布尔和拉尔夫所做的手术。我就是在那里遇见了理查德·克拉克，他这时已经到了退休年龄，却依然割舍不掉事业。心脏外科是他的生命。晚餐时他向我展示了 AB-180，问我愿不愿意接收他做一年的研究员。我受宠若惊，当即答应，还建议他带上这部血泵一起来。那一年的 8 月 7 日，他和妻子来到牛津。这里和他原来工作的地方形成了鲜明对比：一边是林立的摩天大楼，一边是沉睡的教堂尖顶；一边是全世界经费最充裕的医疗体系，一边是我们的国民保健服务。到那时，AB-180 还没有在病人身上成功使用过——他们做过三次勇敢的尝试，想用它来挽救休克的病人，但三次都以病人的死亡告终。由于这个原因，美国的临床试验很可能就此停止。

* * *

1998 年 8 月 9 日半夜两点，我被电话吵醒。我心说奇怪，因为当晚不是我值班。来电的是伦敦米德尔塞克斯医院的一位心内科医生。她手上有个病人名叫朱莉，是一位 21 岁的实习教师，入院前正在萨里郡的父母家度暑假。她先是出现类似流感的症状，没过几天就疲惫倦怠，呼吸急促，身上冒冷汗，排尿也停止了。看这些症状，她活不久了。

萨里郡的综合医院认识到事情严重，很快把她转到伦敦的教学医院 *，超声扫描显示她心脏收缩不良。她得的是病毒性心肌炎——一种病毒引起的疾病，原理类似感冒，但因为感染的是心脏，可能致人死亡。炎症和积液破坏了朱莉的心脏功能，心输出量监护仪证实她全身血流不畅，已经不到正常值的1/3。总之，这个一周前还完全正常的女孩，如今走到了生死存亡的关头。

那位心内科医生让朱莉住进心脏重症监护病房，使用了我们称为"球囊泵"的装置。这是一只香肠形状的乳胶气囊，通过一根导管连接外部空气压缩机，导管经由腿部动脉接入胸腔主动脉。每次心脏放松，气囊就会鼓起，这能提高血压，并为心脏节约扩张所需的能量。但要让这部装置工作，病人还是要有一些血压和血流。它在朱莉身上完全不起作用，还梗阻了通向她腿部的血流。她的腿已经青了，正在大量产生乳酸，在我接到电话时，她的最高血压仅 60 毫米汞柱，只有正常高压的一半。

米德尔塞克斯医院的那位心内科医生把我看作最后的希望，她想知道还有什么可以做的。她先是问我："你手上有什么能帮忙的新技术吗？"接着又安慰我说，即使帮不上忙也没关系，因为病人的父母和妹妹已经在极大冲击中同病人道过了别。在朱莉接受麻醉、连上呼吸机的那一刻，他们就觉得她走了。一般来说，呼吸机和球囊泵的确是最后的选择，但在这里它们已经不起作用，

---

* 教学医院（teaching hospital）：与医科类学校有密切联系并向医学院学生、规培的住院医师提供教学实践地点的医院。

而且在摄入麻醉药物之后，病人的血压就再次无可避免地下降了。

大多数病毒性心肌炎患者都会好转。和流感一样，病毒的危害会渐渐消散，心脏也会复原——但朱莉的情况却没有那么简单。她血液里的致命毒素太多，脏器功能也衰退得太严重，她掉进了急性心力衰竭的恶性循环中，最后的结果总是死亡。

在午夜后不久接到这种电话，你有时会想说："抱歉，今天我不值班，我昨天喝了几罐啤酒，醉得没法帮你。"说老实话，我不记得当时在电话里说了什么，但很可能是"尽快送她来牛津，我来召集人手"之类的。

就这样，朱莉乘上深夜的救护车，和几个医生、护士，还有一大堆设备一起给送到了牛津。我打电话通知理查德·克拉克，他急忙赶来医院准备 AB-180。机器这么快就能派上用场，他很是兴奋。我那位认真的日本副手胜间田敬弘（Takahiro Katsumata）也赶来协助。

我们在急诊部见到了朱莉和她的几个帮手，他们刚刚经过将近 100 公里的痛苦跋涉，从伦敦赶到此地。这时，朱莉的肝脏和肾脏已经衰竭，血压也低到几乎没有。我们没有耽搁，立即把她送进手术室。她看上去就和死了一样。她的父母还没到，正在这凌晨时分奋力从伦敦赶来。

有一件事后来媒体报道得并不正确。他们说医院的伦理委员会给我开了绿灯，允许我使用 AB-180，可惜这说法错了。完全错了。当时，除了我和理查德·克拉克之外没人知道我们有这部设备，我们自己也没想到会这么快用上它。在这之前，AB-180 的死亡率是百分之百——用婉转点的说法，这在统计上是比较显著的。但是我既然做了医生，就不会因为一些行政上的枝节问题让一个年轻的病人死掉。

我们运气不错，灌注师布莱恩已经准备好了心肺机。陪同朱莉前来的重症监护医生觉得他们可能来迟了，当我把一只手放到朱莉腿上，我也疑心她可能已经死亡。她的皮肤苍白冰冷，静脉看上去是空的，双脚发青。即便如此，我们还是不能太快地移动她：虽然她自身没有多少重量，但是那些输液管、呼吸机和球囊泵都必须小心运输。胜间田和我轻轻把她放上手术台，琳达护士也刷手完毕，穿上手术衣准备开工。

第二名护士唐脱下了朱莉的白色病号服。她的导尿管挂到了边上的设备，像弹弓的皮筋一样拉紧了，而导尿管一头的气囊还在她膀胱里。唐把管子解了下来。我让琳达在她皮肤上画好标记，铺好手术巾。我和胜间田匆匆刷手——现在什么要紧，救人还是消毒？我们的麻醉医生迈克拨弄着连接她身体的管子和药袋，努力想理出头绪，陪同朱莉前来的麻醉医生上来帮忙，只有他知道哪条是哪条。其实，那些管子里装的是什么并不重要——反正都没用处。我要迈克把手术台的灯光对准朱莉的胸部，然后操起手术刀。

刀锋一下就切开皮肤，切到了骨头。电刀就算了吧，用不上的。这时她的血液循环已经停止，皮肤和脂肪里都没有血液流出。她的心率也慢得叫人心疼。我用骨锯锯开胸骨，同样没有骨髓渗出。我们塞进牵开器，然后迅速剪开心包。迈克指出她的心电图越来越慢，快要停了，但是我不需要他来告诉我这个，因为我的眼前就是她那颗布满病毒的浮肿心脏。它正可怜地蠕动着，就像一个电池快要耗尽的玩具锡兵，敲鼓的速度越来越慢，直到那条手臂永远停在空中，就此结束。

虽然它就要停跳，我却一刻都没歇着。我用荷包缝合将心肺机的管子固定在主动脉和右心房上。她的主动脉很软，已经没有血压，右心房则紧绷得快要爆开了。每一针下去，缝合孔里都会溅出不含氧气的深蓝色血液。她的肺部已经没有多少血流，到了这个地步，我不禁怀疑她还能不能救活。

我们像发条一样工作，一言不发。给她插管，然后连心肺机。在每一个关键步骤，我都会握住朱莉的小小心室，有节律地用力捏它，就像从一只西柚里往外挤压果汁。我是在给她做体内心脏按压，好让她的血液继续流向脑部和冠状动脉。眼下这是最重要的任务：先用黏稠的血液里仅剩的一点点氧气保住脑和心脏，至于肠子肚子什么的以后再说。

胜间田是个不太说话的人，这时却咕哝了一句："别提二战。"*还没等静脉引流管接入回路，我就让布莱恩开始转流。近乎黑色的血液慢吞吞地流进了管子。匆忙之中，从右心房接出的引流管里出现了一个气泡，但问题不大。我抬起管子，气泡浮到了顶部，我再将管子放到台面上，气泡就嗖的一下进入了贮血器。

---

* 习语，出自广受欢迎的英国喜剧《非常大酒店》，意思是不要谈论会引发争议和紧张的话题。

手术台上方突然一片安宁：接到心肺机送来的血液，刚才还空空的心脏开始稳定地搏动起来。朱莉的血氧含量迅速上升，随着乳酸滤出，黑色的血液也重新开始变红。她暂时安全了，只要她的脑部还没受损。我们刚好及时。

我转头问理查德："这东西该怎么植入？"它看起来很简单，有一根流入管，我用手一摸，实在太硬了。要把这插入左心房，把来自肺部的富含氧气的血液送入离心泵。而这个离心泵就是她新的左心室。另有一根人工血管将血液送回她的主动脉，这些血液接着再循环到全身。很简单。只要把这东西装进她的右侧胸腔，放到肺和心脏之间就行了。用这个法子给心脏左侧搭桥，脑和身体就安全了。就这么干吧。

理查德把消了毒的装置交给琳达护士。我琢磨着如何将坚硬的流入管穿过薄薄的心房壁插进她的小心房。这个接入点必须在很长一段时间里不会出血，所以我觉得应该缝一段人类的主动脉在她的左心房上。这能给插管的接入点增加一些弹性，在拔出时也更安全，不会在心脏上留一个大洞。这个简单的窍门将决定手术的成败，病人的存亡。

我们把病人捐献的心脏瓣膜和血管都存放在手术室的一只冰箱里，以供紧急情况使用。我还有一支特别团队，他们的工作就是安排捐献，从解剖室里抢出残余的组织。这些部件在防腐处理后保存，当我们开展先天性心脏病手术，需要重建儿童心脏的时候，它们就成了无价之宝。

唐在冰箱的一只无菌瓶里找到一段合适的供体主动脉。我小

心翼翼地把它缝到朱莉左心房上的一个空余位置，然后将 AB-180
的流入插管轻轻塞了进去。这玩意结构精巧却不知有没有用，我
们只能摸着石头过河。接着，我又小心地施展密闭缝合术，用一
只侧壁钳将 AB-180 的流出管缝到主动脉上。现在只剩下一件事：
在上腹壁上开一道口子，将电源线和润滑接口通过它接出体外。
我们仿佛在给一个机器人接线。我把线头递给理查德，他为它接
上电源。

　　这时，在心肺机的稳定血流支持下，朱莉的心脏重新开始跳动。
但这跳动仍然很微弱。我决定再用心肺机辅助她 30 分钟，然后转
到 AB-180，因为虽然血泵会取代发炎浮肿的左心室，右心室却依
然只能靠自己。随着血流的恢复，她被割开的组织开始流血。不
仅如此，她刚才垂死的时候身体发冷，现在有了心肺机上的热交
换器，体温也开始回升了。

　　我感到疲倦，还有一点不耐烦。我叫迈克用呼吸机给她的肺
部通气，又叫布莱恩给她的心脏留点血。在启动 AB-180 之前，我
们要先把她自己的心脏注满，不然它会把心脏抽空，造成梗阻。
我们要在不知不觉间从心肺机转到 AB-180。但这该怎么做？我叫
布莱恩直接关掉心肺机，他照办了。我们看到，朱莉自己的心脏
已经全无用处。

　　接着，我要理查德启动 AB-180，将血流量稳定上调到每分钟
5 升，也就是心脏的正常输出量。他怀着巨大的激动打开开关，启
动了机器。血泵立刻运行，鲜红的血液流遍了朱莉全身。

　　监护仪上依然看不到血压描记线——没有收缩压，也没有舒

张压——只有来自离心血泵的一条连续直线。这样行得通吗？我们再过几天就会明白了。到现在为止，这东西应用于人类的死亡率还是百分之百。但是从朱莉的血液样本判断，我们觉得情况还不错。她的生化指标很正常。不仅如此，左心房上那根同种移植管子也表现很好，坚硬的流入管周围没有流血——而在之前那三个美国病人身上，这都是一个严重的问题。涡轮的转速是每分钟4000转，输送的血流超过正常的心输出量。AB-180稳稳地安放在朱莉的右膈肌上。

我们成功使她活了下来。

迈克对那一条直直的血压描记线有些不安，他要布莱恩又打开了球囊泵。这在监护仪上制造了一波微弱的搏动，但是对送往身体的血流毫无影响。搏动的重要性远比不上血流。身体的每一个细胞都需要富含氧气的血液，因为其中包含着葡萄糖、蛋白质、脂肪、矿物质和维生素，至于这些血液有没有搏动，根本就不要紧。能流动才是关键。

这种观点在当时绝对令人耳目一新。医生们向来认为收缩压和舒张压是至关重要的，需要时刻测量才行。如果血压太低，就要设法升高。但是一个续流泵却不是这样。低血压意味着血泵需要克服的阻力较小；而当血压上升，血泵的供血量反而会下降。这是一种违反直觉的机制。我们必须适应它。

时间已经快到上午8点了，明亮的阳光照射在一座座沉睡的教堂尖顶上。我留下胜间田为病人关闭胸腔，自己则跑去重症监护病房，通知马上有病人送来。我告诉他们，这个病例和以前完全不同，在接下来的 12 个小时内（朱莉的关键时期），她将完全没有脉搏，平均血压只有 70 毫米汞柱，但没关系。她的肾脏已经罢工，所以需要做几天透析。她皮肤有点黄，因为肝脏也受了损伤。实际上，当救护车把她从伦敦送到这里，按照大多数标准，她已经死了。但是我们希望她现在还不要死。好不好？

我们的护士长德西蕾·罗布森（Desiree Robson）问我有没有跟家属谈过。他们现在就坐在家属室里，妈妈、爸爸和妹妹三个人。刚刚在英格兰南部赶了一夜的路，现在他们都已筋疲力尽。他们被茶水和同情包围，却依然在等候最坏的结果。

"快去告诉他们手术结果。"护士长命令我，"等下再庆祝。"

但我并不确定应该对他们说些什么。试想："你们的宝贝女儿来得太晚了。虽然给她上了呼吸机和球囊泵，但我们都以为她已经死了。不过我们还是给她植入了一个美国来的机器，这东西没有许可证，之前也没成功过。现在我们把她从死亡中救活了——至少她的脑子还活着。"——毕竟这就是残酷的真相。

我走进愁云惨雾的家属室，那里的时钟依然停在 5 点。三位家属低垂着脑袋，双手在膝盖上绞着。他们全都立即抬起头看我。我看得出来：他们虽然不知道我是谁，但都以为我是来报告坏消息的。紧接着，他们读懂了我的表情。我的口罩半挂在脸上，手术鞋还沾着血，但我的表情是快乐的，那不是医生报告坏消息时强挤出来的不自然的同情。朱莉还活着，这是科学创造的奇迹。

我没有告知他们我使用了一项未经验证，以前也从没成功过的新技术。在重症监护病房负责朱莉病床的那个护士非常得体地悄悄站到我身后，来听听我会对家属说什么。但护士们最讨厌听我说一切都会好的。她们想让我神色凝重地告诉家属还有一个关键时期，以免病人再出岔子。她们不想让我给重症监护病房施加太多压力。把所有事情做对的压力。

我对他们说了我能说的：我们使用的血泵保住了她的性命，我们运气很好。这只血泵两天前刚从美国送来，我们拆包的时候，朱莉已经连上心肺机了。

"她活下去的几率有多大？"朱莉的母亲问。

我告诉她，我们希望血泵能让她活到我们为她安排心脏移植手术的时候。我们这里不是心脏移植中心，但我可以联络一家移植中心，把事情定下来。实际上，我计划三天后就飞去日本，但现在不是提这个的时候。

我把家属留在家属室里，自己走了。我听说迈克和胜间田正在唤醒朱莉，她的爸爸妈妈很快就能见到她了。那场面虽然会让他们痛心（她瘦小的身躯连了许多管子和设备），但总好过看她躺在太平间的石板上，脸色苍白，双手冰冷，嘴唇被气管插管擦伤的样子。经验清楚地告诉我，什么都比那样好。

护士长德西蕾也去重症监护病房做准备了——解开缠绕的输液管，给机器插上电源，校准监护仪。一点差错都不能有。到今天中午，德西蕾和胜间田就会成为 AB-180 的专家。现在他们还要学着照看这个没有脉搏的女孩。这支团队已经不需要我了，这样也好。我的手机响了。信号很差，但对方的话我听得很明白——是医务主任，叫我去一趟他的办公室。

　　我料到会有这么一出，也知道他不是请我去喝咖啡的。从医生的角度看，医务主任就是医院里的秘密警察。简单说，他们的职责就是确保任何人都不做出任何新鲜有趣的事情。任何可能对医院产生负面影响的活动，都要统统禁止。而我，用法庭术语来说，是个"有前科"的人，是一匹害群之马。

　　他的脸上显出的是雷霆震怒。我怎么胆敢使用没有核准的设备？还有谁知道这件事？伦理委员会知道了吗？我到底想干什么，救活这个年轻的女孩吗？——这些话他一句都没说，但给我的感觉就是这样。

　　我一言不发，只是穿着沾血的手术服坐着，心想："你还是干点正事吧。"该抛出杀手锏了。我告诉他我没有时间在这里浪费，我要回到病人身边去。临走时他甩给我一句话："下次再这样，你就走人。"这不禁使我想起小时候老有人威胁，要把我送到一间坏孩子的寄宿学校去。我从来只把这些当耳旁风。

　　我径直回到重症监护病房。朱莉的家属聚到了床边，德西蕾正在介绍为她保命的各式设备——呼吸机、球囊泵驱动器、AB-180控制器、输液泵，还有电热毯。都是些相当简单的器械。他们又把肾透析机推了进来。到这时，手术室已经在等候今天的病例了。我告诉他们我已准备就绪，可以把第一个病人推进来了。那是一个早产儿，心脏上有一个大大的缺孔，父母很着急。

　　我每到手术间歇就跑去看朱莉。她的病床边围满医生，我都看不见她。一位心内科同事正在设法排除血泵的干扰，拍摄一张清晰的心脏超声影像。这些影像引发了巨大的兴趣：看上去她的心室肌肉已经彻底放假，什么都没在做了。它目前状况良好，得到真正的休息，只有一阵阵轻微的抽搐显示还有电流经过。监护仪上那条平线把一些医务人员吓得够呛。

到了傍晚时分，一切稳定下来，人群也散去了。朱莉的左心室抽空了，血压也很低，球囊泵已经不起作用。不仅如此，它还部分堵塞了朱莉腿上的动脉，成为细菌进入她身体的又一条通路。我坚持要他们拆掉它。胜间田就住在医院大楼，德西蕾住在两条街外，他们表示会密切关注朱莉的情况。于是我踏上了回家的路，我要离开这间疯人院。

第二天一早，朱莉醒了过来，发现喉咙里插着呼吸管，既害怕又焦躁。她不知道身在何处，也不明白为什么身上每个孔洞都连着一部仪器。她明显感觉痛苦，我们必须再给她用镇静剂。剂量刚好就行，太多会进一步降低她的血压。我们往她的输液管里注射了一针巴比妥酸盐，她又一次陷入了沉睡——在这种情形下，还是沉睡最适合她。

我把听诊器放到她的胸骨上，听见了磁悬浮涡轮发出的呜呜声，它还在以每分钟 4000 转的速度运行着，每分钟泵血 5 升——这正是一颗正常心脏一分钟的泵血量。我环顾她的床边，环顾这间重症监护病房，我想到这家医院、整个牛津乃至整个英国，我觉得没有几个人明白这个单独病例的重大意义。没有脉搏的血流正在帮助朱莉的器官康复——她的脑，她的肾，再是她的肝脏。人工心脏技术的先驱们一直在说这不可能办到，他们宣称搏动血泵是无可替代的，还把 AB-180 之前的三次失败归咎于这一点。

那么，我们的这次发现究竟有什么重大意义？我又为什么开始兴奋了呢？要是无搏动的血流能在短时间内这么有效，那么贾维克的人工心脏也应该能更长久地成功。

早上 7 点，护士台叫我接电话，说有一个美国口音的人想和我谈谈，但没听清对方的姓名。来电的是乔治·麦戈文，AB-180 项目的开创者。他是从匹兹堡打来的，那里已经是后半夜了。理查德已经在电话里跟他讲过，但他还是想亲自谢谢我。他的工程团队还在外面庆祝，他们祝朱莉好运，并希望我们能使她活到备妥供体心脏的时候。我说我们会尽力而为。这正是我现在需要的鼓励，我要拿它来对抗那些怀疑者，还有那个医务主任。

第二天，我们为她关掉呼吸机，拔掉气管插管。她的脑看起来很正常，真是奇迹。她已经能和父母对话，尿袋里也有了更多尿液。我看着监护仪上那一条平线，忽然注意到了一件事：她原本规律的心跳，现在变成了没有规律的房颤。这现象本身并不罕见，但是当她的心脏在几下不规律的跳动之后长久停止时，动脉描记线上出现了一个清晰的尖峰信号——这说明在长时间充盈血液之后，她的心脏开始射血了。

我没有说话，猜想她的心脏可能正在恢复。大多数病毒性心肌炎会随着医治而好转，不会发展到休克的地步。如果朱莉自己的心脏正在恢复，那我们为什么还要给她另外移植一颗呢？仅仅因为这是对付严重心力衰竭的传统做法吗？我建议给她注射一剂类固醇，以减少心肌的肿胀。这可能没什么实际用处，但至少可以让她舒服一些。

　　我现在面临一个艰难的抉择。今天是周三。因为时间安排上的某个奇怪疏忽，我周五要在日本的一场会议上发言，周六又要赶到南美洲的另一场会议上讲话。这安排简直岂有此理。这两个日期那么近，就好像我要去的是伦敦和伯明翰——不过赶一赶应该也可以。我犹豫到底要不要去。考虑到时差，我甚至不太确定究竟要离开几天。但没有人是不可或缺的，我有一支出色的团队，朱莉的情况也稳定了。所以我还是决定出发。

　　动身前，我召集团队成员开了个会——胜间田、理查德、德西蕾和几个重症监护医生——我不在的日子里还是要有一个治疗计划。朱莉的体征很好：她的肾脏和肝脏都已经开始恢复，动脉血压描记和超声心动图显示，她的心肌收缩机能也在改善。这说明血泵运转得不错。我们的计划是稳定住她，让她慢慢恢复。这需要耐心谨慎。

　　没过几天，我接到了让我害怕的消息。周六在约翰内斯堡机场打开手机时，我看到胜间田发来一条令人担心的短信：他们认为朱莉的胃部在出血，这原本是一个平常的应激反应，但他们为了血泵的顺利运行使用了抗凝剂，这样一来问题就严重了。不过——这个不过很重要——从超声心动图上判断，她的心脏大为好转。即使将血泵调低，左心室也能产生接近正常的血压。我疑心是类固醇改善了心脏，但同时也引起了胃出血。我需要再了解点情况。

　　我给胜间田回短信："正在南非，给我来电。"

　　他很快打来电话。"日本的会怎么样？"他问我。

　　"很棒，"我说，"别提二战就行。"接着我抛出了关键的一句：

"抗凝剂先不要停。把血泵下调到每分钟 1000 转，让它运行一个小时。要是一小时后心脏表现正常，就把血泵取出来。"

电话那头长长地沉默。我感觉胜间田在心里说了一声"坏了"。最后，我打破沉默："加油，小胜。你和理查德能行的。把那鬼东西取出来吧。"

胜间田的电话是周六一早从牛津打给我的。他放下电话后和理查德回到朱莉的病床边，又给她做了一次超声心动图。他们将血泵调慢，让左心室填充并射出更多血液。他们问朱莉感觉和之前有什么不同，朱莉说她感觉挺好，只想把这东西弄出去。她呼吸不再困难，监护仪上血压也正常。理查德知道，血泵转得越慢，它或者血管被血块堵塞的风险就越高。

德西蕾正准备开始输血，问胜间田我在电话上说了什么。

"他叫我把血泵取出来，别提二战。"胜间田怯生生地答道，"还有一点，就是取出来之后再通知医务主任办公室。可不能让主任气得中风。"

"那你最好通知手术室，准备手术。"德西蕾说。

理查德和胜间田向朱莉和她的家人解释了各种风险的比重：如果她的心脏已经复原，最后却因为胃出血而死，那就太不值得了。理查德虽然在华盛顿工作期间积累了丰富的经验，但此时心里也是七上八下。对他来说，在这个当口动手术风险很高，因为 AB-180 的试验终于接近成功了。但眼下最重要的还是朱莉的生命。

于是，在植入血泵后的第八天，胜间田把朱莉推回了手术室——讽刺的是，这大约正好是病毒性疾病好转的时间。理查德没有在我们医院手术的权限，所以只能旁观，不过要是中间有意外发生，他还是会出手的。他对这个安排没有异议，他怀着谨慎的乐观期待手术成功。

朱莉的心脏看起来不错——硬化和肿胀消失了，血压也很稳定，只需要用少量药物维持。他们还有一只备用的球囊泵，但她不需要那个。胜间田用温热的盐溶液清洗了她的整个胸腔，然后勤勤恳恳地把旧的血块从胸腔和心包上取出；那层心包下面就是朱莉那颗小而热烈的心脏了。他插进干净的胸腔引流管，然后用钢丝将胸骨关闭——不再打开了。

这时候保持冲劲是很重要的。朱莉很快醒了，离开呼吸机，她感觉好了很多。当天夜里，他们又取出了气管插管。德西蕾主动加班，陪在朱莉身旁，不停地鼓励她做深呼吸和咳嗽，不要怕疼。他们已经停用了抗凝剂，浅表性胃糜烂造成的出血也很快停止了。

我们成功了，我们保住了朱莉的心脏。

当胜间田打电话来报告这个消息时，我已经发表完演说，回到约翰内斯堡机场准备回家。我长长舒了一口气，庆贺的心情油然而生。接着理查德又给匹兹堡打去电话，将喜讯传达给乔治·麦戈文和他的团队。然而谁的喜悦也比不上朱莉的家人，他们的悲伤和忧虑一扫而空，忽然再也不用准备什么葬礼了。他们明天就会带朱莉回家，从此牛津将只是一段阴沉的回忆。

* * *

在 20 世纪 90 年代的美国，任何一个植入左心室辅助装置的病人都要再接受心脏移植，而其他国家很少有循环辅助技术。我们在朱莉身上的成功后来被称作"恢复前过渡"，以区别于传统的"移植前过渡"。这种疗法在英国前所未有。很快，恢复前过渡（也就是我们的"保持初心"策略）就成了治疗严重病毒性心肌炎患者的首选方法。我对此相当自豪。

1998 年圣诞节前不久的匹兹堡，参与研究 AB-180 的工程师和研究者鱼贯走入一间会议室，来参加麦戈文医生安排的一个特殊派对。这个派对的由头是什么，事先没人知晓——直到朱莉和她的妹妹走进来的那一刻。大家一下认出了这个"没有脉搏的女孩"——在那次史无前例的手术期间，她的照片一直贴在办公室的布告栏上，她的面孔也曾登上各家媒体的头条。会议室里先是一片沉默，人人都震惊了，随后便爆发出一片响亮的欢呼。朱莉脸一红，乔治握住了她的手。

"你能来，是我们所有人最好的圣诞礼物。"他说。

他说得没错。公司存活了下来，并且生意兴隆。他们对 AB-180 做了改进，使它不必打开胸腔就能使用。它现在有了一个新的名字，叫"串联心"（Tandem Heart），全世界的心导管室都用它来辅助休克病人。

现在 20 年快要过去，朱莉依然健康，自己也在一家医院里工作了。我每年圣诞节都盼望着她的家人寄来卡片报平安。愿她长久地健康下去。

第八章

再生的心

我们决不投降。

—— 温斯顿·丘吉尔，1940 年不列颠战役

1999 年 2 月 15 日，周一凌晨 3 点 45 分，电话响了。这时候来电准没好事。我 13 个小时前刚在澳洲着陆，之前坐了 24 个小时的飞机。在一片漆黑中，我爬到酒店大床的另一侧，把听筒打到了地上。电话断了。我很快又睡了过去，多亏了褪黑素片（改善睡眠的药物）和我在晚餐时喝的那瓶梅洛葡萄酒。十分钟后，电话再次响起。这一次我成功接了起来，但心里相当恼火。

"韦斯塔比，我是阿彻。你人在哪里？"

尼克·阿彻（Nick Archer）是牛津的小儿心内科主任医师。

"尼克，你知道我在澳大利亚享福呢，现在是他妈的大半夜——出什么事了？"

我并不想听他的回答。

"很抱歉，斯蒂夫，我们需要你回来。有一个婴儿得了 ALCAPA，她父母知道你，想让你来主刀。"

好极了，真是。

"什么时候？"

"越快越好。她已经心力衰竭，我们快保不住了。她的心室很不好。"

没必要再讨论下去了。我可以想象她的父母是怎样狂乱，渴望赶紧给孩子做一台手术，还有四位祖辈是怎样簇拥在孩子的病床周围，想安慰她父母，却只是在传递焦虑。我别无选择。

"好吧，我今天就飞回来。你告诉团队我们明天手术，无论多晚。"

* * *

南半球正值盛夏，清晨，阳光就已透过窗帘照了进来。再睡已经没有意义。我穿过窗帘走到阳台上，望着这全世界最美的城市景观。在港口的另一侧，第一缕晨光在悉尼歌剧院上投下幽灵般的影子。下面的港口里，桅杆上旗帜翻飞。在我的右边，白色的城市灯光映衬着粉色的清晨天际。一辆哈雷摩托换挡的声音划破寂静。也许是一位外科医师正在赶往悉尼。

而在牛津，一场真实的悲剧正在这个小小的家庭上演。柯丝蒂是一名六个月大的漂亮女婴，命运在她身上安装了一个致命的自毁装置，这个悲惨的细节似乎注定要在一岁生日前终结她的生命。ALCAPA 是"左冠状动脉异常起源于肺动脉"的简称，以人类的解剖结构之复杂，这也是一种孤立而极其少见的先天性异常。

　　简单地说，就是心血管接错线了。心脏的两支冠状动脉都应该从主动脉起源，并向心肌提供富含氧气的高压血液。它们绝对不可以和肺动脉连接，因为肺动脉里的血液含氧量和血压都很低。如果正常的右冠状动脉和错接的左冠状动脉之间可以长出侧副血管，那么 ALCAPA 患者还可以幸存一段时间。但这还不足以维持通往主要泵血腔室的血流。心肌细胞因为缺氧而死去，代之以瘢痕组织，使患儿反复经历痛苦的心肌梗死。瘢痕组织不断蔓延，导致左心室扩张，然后心脏逐渐衰竭，肺部也被血液阻塞，造成病人呼吸困难、疲惫不堪，就算进食的时候也不会缓解。

　　因此，虽然柯丝蒂才六个月大，却已经有了和我外公一样的症状——终末期冠心病造成的心力衰竭。但因为 ALCAPA 极其罕见，往往要等到患儿病危时才能诊断出来。还好她父母聪明，他们意识到女儿出现了严重问题，坚持要送她就医。

　　柯丝蒂的经历特别让人痛心。她母亲贝姬在她之前生了一个儿子（已经 3 岁），是一个有经验、负责任的妈妈。她在怀孕期间没有得病、抽烟或者喝酒，也没有冒险试过任何可能危害胎儿的活动。每次产前检查和超声波扫描的结果都显示胎儿正常。她在 1998 年 8 月 21 日通过剖官产生下了柯丝蒂，分娩时做了腰麻。起初孩子看起来一切正常，但这种情况没有维持多久。

　　胎儿在子宫里时，主动脉和肺动脉的血压和血氧含量都是相同的，所以柯丝蒂那颗微小的心脏也是安全的。但在出生之后，心脏流出的血液就分开了，一股流向身体，一股流向刚刚扩张的肺部，肺动脉的血压和血氧含量也随之下降。于是在 ALCAPA 的病例中，那条至关重要的左冠状动脉中的血流和血氧含量也跟着陡然下降。柯丝蒂在医院里第一次接受母乳喂养的时候就开始呻吟，贝姬还注意到她的鼻梁上流下一粒粒汗珠。反复喂奶搞得贝姬暴躁又紧张。

这和她儿子之前的表现截然不同，于是贝姬找了一个儿科医生给柯丝蒂复查。对方告诉她完全不必担心。这正是焦急的父母想听的话。但实际情况是，谁都懒得去找孩子不舒服的原因，因为太麻烦了——这些蹩脚医生。到了这份上，贝姬也没别的办法，只能带着那团易怒而珍贵的小东西回家了。

不出几周，贝姬就认定孩子出了什么严重问题，因为每次喂奶时，她都会出汗呕吐。她费力地呼吸着，紧握着小拳头尖叫，直到脸上现出青紫色。贝姬带着她去看了好几次全科医生，有时一周就去三次，但是每一次对方都只含糊地安慰她几句。她和医生的对话很紧张，很不愉快，医生也觉得她神经过敏、难打交道。

但是柯丝蒂虽然呼吸急促，却并未发烧，这可以排除她胸部感染的可能。她的肚子也很柔软，没有胃部或肠道阻塞的迹象。这样，所有常见的儿科疾病都排除了。家人和朋友提出了理性的解释：一定是绞痛，大一点就好了。然而丈夫在外工作，独自抚养孩子的重担使贝姬越来越焦躁。柯丝蒂的体重没有增加。她的皮肤有一种褪了色的苍白，还发出狗叫般的咳嗽声。

实际上，这个婴儿正在反复发作小型心肌梗死，她的胸部疼得厉害，但是她既不理解发生什么，也无法与大人沟通。有时候，人的身体残酷得出奇。

终于，贝姬在全科医生的诊所里爆发了，她坚决要求把女儿转到当地的医院里。她给孩子拍了两次 X 光胸片，但两次都只诊断出了细支气管炎。然后在一天午睡时，柯丝蒂的皮肤变成了可怕的灰瓦色，怎么叫都不醒，身子也变得软软的。惊慌的贝姬赶忙抱起她冲向了诊所。但是等她们赶到前台，孩子却醒了过来，皮肤又是粉红色了。贝姬又受了一顿奚落。对方叫她不要大惊小怪，医生还有真正的病孩要看。母女俩被刻薄地打发走了，这次又是只开了一点抗生素。柯丝蒂的硕大心脏还是没查出来。

贝姬的焦虑和挫折发展成了绝望。她的所有本能都在告诉她，如果不再追着医生做点什么，可怕的事情就要发生了。于是她直接把车开到了当地那家小医院的急诊部。接待她的是一位富有同情心的女医生，自己也有孩子。她明白母亲的直觉往往是正确的，于是把孩子转到了一家较大的城市医院，由那里的值班儿科医生复查。

那是一个酷寒结霜的夜晚，母女俩被冷落在没有暖气的医院走廊里，一坐就是几个小时。贝姬拼命想为柯丝蒂保暖，但她的身子越来越瘫软，皮肤越来越灰白。等到深夜，医生终于接待了她们。第一个初级医生认为这是细支气管炎，觉得不必细看，想直接把她们打发走——好像在所有儿科疾病中，这些医生就只听说过细支气管炎似的。贝姬愤怒而气馁，但是生怕自己一抗议又会被赶出医院。

她依然决计要给孩子拍 X 光胸片，否则就不离开，医生指责她不讲道理——在这个时候麻烦任务繁重的放射科技师过来，是不是太任性了？于是，这对伤心的母女只能穿过几道灯光昏暗的走廊和冰冷的室外通道，自己摸到了放射科。她们回到急诊部时已过午夜，贝姬把片子拿给一名护士，接着母女俩就又给晾在一边。

又等了 30 分钟之后，那些医务人员的态度出现了戏剧性的变化。贝姬和柯丝蒂被请进一个小隔间，里面有好几个医生。他们个个压低嗓门，表情凝重，护士也拿来了输液器和药物。这比忽视更可怕。刚才很凶的那个护士现在换上了一副尴尬的表情，她把贝姬拉到一边，说要把柯丝蒂转到牛津一家专门的小儿心脏中心——这次有救护车护送。刚刚还只是细支气管炎的她，现在却一下子病得需要监护了。

那么，X 光拍出了什么让医护人员忽然行动起来的东西呢？是她巨大的心脏。在这之前人人懒得给她做检查，但其实只要用 X 光一照，问题就很清楚了。贝姬追问之前在同一家医院拍的 X 光片为什么没有发现问题，他们说是之前把心脏阴影错当成积液了——"抱歉啊，这是个常见的错误。"好一个常见的错误！这位母亲的焦虑仿佛一把斧子，砍得她喉咙干涩，双腿瘫软。

当她们来到牛津，一切都不同了。小儿心内科的主治医师亲自来接救护车，把她们直接带到一间儿童病房。那里住满了有严重心脏问题的儿童，一台台监护仪嘀嘀作响——就仿佛深夜里一个忙碌的蜂巢。

尼克·阿彻在凌晨 3 点赶到。在给柯丝蒂做检查时，他立刻担心起了她的体温。贝姬虽然想尽法子给她保暖，她的身体却依然是冷的，需要放到恒温箱里保暖才行。他们很快给她做了心电图，验了血，还推来一台超声心动仪拍摄她的心腔。最初的结果好像不坏：她的四个心腔都在，彼此也没有穿孔。但令人担忧的是，她的左侧心房和心室都增大了，左心室尤其严重。这就是她心力衰竭的原因，那张惊人的 X 光片也得到了解释。

柯丝蒂送来一个小时刚过，心内科团队就确认她因为多次心肌梗死而出现严重心力衰竭。她的部分左心室壁覆盖了一层薄薄的瘢痕组织，其间点缀着艰难收缩的心肌。这种病在婴儿身上很少见，但诊断结果可能就是这个。她还需要再接受一次检查。使用心导管能确切诊断病因，但是需要全身麻醉，而以她现在的身体状况，根本没法接受进一步诊疗。

在医院里等候的贝姬满怀悲伤，心力交瘁。她的丈夫远在美国出差，她非常孤独，心中充满内疚和不理性的想法：是她在怀孕时运动太多了吗？是喝了太多咖啡的缘故吗？还是冒犯了上帝？任何事情都一定有原因。深深的绝望攫住了她的心，焦虑很快发展成彻底的恐慌。她认定自己会失去柯丝蒂。但是当冬天的阳光照亮地平线时，她还是昏睡了两个小时。醒来时，病房里一片忙碌，她发现到处是态度积极的热心人，个个都在劝她安心：虽然情况艰难，但柯丝蒂已经有杰出的团队照顾。

过了整整五个礼拜，柯丝蒂的状况才好转到可以使用心导管。这时贝姬已经叫丈夫回来和她分担痛苦。在手术的前一晚，麻醉医生迈克来找他们谈话。迈克平时是一个快乐积极的人，这时脸上却没有多少笑容。他提醒这对夫妇：柯丝蒂的心脏受损很严重，有可能在手术的过程中不治。身为医生，他必须告诉他们这一点。当天夜里，医院里的牧师给小病床上的柯丝蒂施了洗礼，医生、护士和几个其他病人的家属都聚在周围帮助他们。

每个人都知道心导管会显示什么结果。只有一种罕见病会这样折磨一个婴儿，只有它会在生命的最初几个月就引发几次心肌梗死，那就是 ALCAPA。贝姬从医生嘴里偷听到了"早期手术"这几个字，她希望他们说的不是心脏移植。她和丈夫整夜都守在柯丝蒂的小病床边，害怕女儿随时会离去。到了早晨，整晚没睡的贝姬已经怕得瘫软了。她给女儿穿上最好的睡衣，又在头发上打了个结，才送她去心导管室。讽刺的是，这天刚好是情人节。贝姬后来对我说："一个女孩子，就算身体不好也要打扮得漂漂亮亮的。"

此时我人在澳洲，刚刚登上回程的飞机，就开始描画柯丝蒂的主动脉、肺动脉和她反常的左冠状动脉的结构。我知道现有的ALCAPA 手术技术有局限，失败率也很高，于是我趁飞行的时间思考别的手术方案。等到飞机巡航到爪哇上空时，我已经设计好了新的方案。我是最后一个上飞机的，到伦敦时又成了第一个下来的。就在我等待飞机连接空桥、打开舱门的时候，客舱服务总监给我递上一瓶香槟，祝我好运。她轻声说："我姐姐的孩子就是您动的手术。"世界真小。我谢了她。

回到牛津时，我给同事胜间田打了个电话，要他把柯丝蒂的父母领到我的办公室，把知情同意书也带来。心导管显示阿彻的猜测完全正确，柯丝蒂需要立即手术。

我见到贝姬时，她显得疲惫而焦躁。她一眼就猜出了我是谁。

和丈夫走进我那间寒冷的活动板房办公室时，她的表情一下明亮了起来。

"见到您真高兴。"她说，"旅行还顺利吗？"

"很好，我休息得很充分。"我撒了个谎，"我们得开始干了，不是吗？"

胜间田设法找来一只电暖炉驱逐冷气，我们也开始寒暄起来。他们说家里有个亲戚是一家心脏瓣膜公司的代表，很熟悉我，他本来准备在澳大利亚的会议上和我见面的。他们说真抱歉打断我的行程，并深深感谢我能赶回来，因为他们不想让我以外的任何人给女儿动手术。虽然室内有了暖意，贝姬却还是恐惧得颤抖不已。可怜的孩子。在医院等了几个礼拜，最后的日子终于要来了——一个她可能失去孩子的日子。

只要我能做到，我都尽量不让自己感染焦虑。但是麻醉科的同事就困难多了，因为他们要面对病人进入手术室和家属痛苦别离的场面。我向手术团队描述了我的手术方案，解释为什么我认为这要优于现有的技法。我准备从主动脉壁上取一块皮瓣，把它放到肺动脉下方，再用它和肺动脉上的皮瓣一起组成一根管道。而她肺动脉上的这片皮瓣已经包含了左冠状动脉的错误起点，这样就能做出一根新的冠状动脉，它将从主动脉直接输送高压富氧血液，实现冠状动脉的本来功能。富含氧气的鲜血将滋养衰竭的心肌，防止再发生心肌梗死。胜间田对我这个方案很感兴趣，他抑制不住兴奋，立刻跑到外面给医院的摄像组打电话去了。

由于病人的心脏严重衰竭，这样一台手术风险巨大。贝姬用颤抖的手签署了知情同意书，然后我和他们一起向儿童病房走去。我来到柯丝蒂的病床边，发现她的心力衰竭比我想象的还要严重，简直是我在儿童身上见过的最严重的情况。她的身子极瘦，几乎没有体脂，肋骨起伏、呼吸急促，这都是肺部充血造成的。她的腹部也因为积液而肿胀。她现在还是一个漂亮的小宝宝，但如果不马上手术，就会在几天之内死去。虽然我的脑袋里有一个声音在喊"这下麻烦了"，我的嘴上却恰当地说："我现在就进手术室。"

迈克正和几个护士在麻醉室里忙碌地准备着药物和导管。他已经熟悉流程，之前给柯丝蒂插心导管的时候就是他做的麻醉，监护仪上的一些电线还没拔下来呢。

"你真有信心把这孩子救活吗？"他一见面就问我。

我没回答，只对护士和灌注组说了声愉快的"早安"，接着大步走进咖啡间。我不想看到贝姬把孩子交给陌生人的场面，这种事总是令我揪心。

等我回来时，柯丝蒂已经在手术台上躺好了。她身上盖着绿色的手术巾，再用一块黏性塑料手术巾固定。露在外面的只有她皮包骨头的小小胸口和肿胀的腹部，其他都盖住了。心脏手术必须倚仗技术，不带感情。

我来到刷手槽边，跟胜间田和身高一米九八的澳大利亚同事马修一起默默刷手。这时，一部摄像机小心翼翼地架到了手术灯旁边。我明显感受到手术室里的激动氛围——接下来的手术新奇、隐秘而有风险。

当我用手术刀片划过柯丝蒂胸骨上方的皮肤时，里面没有出血。在休克状态下，她的身体关闭了皮肤上的毛细血管，好将血液引向重要器官。接着电刀切开了附在骨骼表面的薄薄一层脂肪，伴随一阵特有的咝咝声和一缕烟气，那是电流烧灼渗血的血管时产生的——不过眼下也没有多少血管在渗血了。接下来是用电动骨锯锯开她的整条胸骨，显露出鲜艳的红色骨髓。

我们用一把小型金属牵开器撑开她小小的胸腔，弯曲和拉伸肋骨与脊柱之间的关节。婴儿的胸骨和心包之间有一个多肉的胸腺，现在它已经完成了为胚胎制造抗体的任务，于是我们摘除了它。

电刀继续着它肮脏而不可或缺的工作，它切开心包的纤维，暴露了心脏，淡黄色的液体流泻出来，由吸引器吸走。与此同时，团队中的另外几位成员也在默默工作着。迈克用肝素防止柯丝蒂的血液在心肺机中结块；灌注组准备好了复杂的管道、血泵和氧合设备，让柯丝蒂的身体能在心脏停跳后继续生存；洗手护士保利娜专心地把手术器械准确无误地递到我的手里。我很少需要开口吩咐什么。这项复杂而高度协同的工作十分仰仗一支稳定而连贯的团队，这里的成员大多和我共事多年，我完全信任他们。

当我们拉起心包的边缘露出心脏时，胜间田在边上深吸一口气，咕哝了一声"妈的"。真是骇人的景象。这时迈克抽完第一支烟回来了，他听见胜间田的话，把头探到手术巾上方。我也同意情况比我们预想的还要严重。这一切，其他人都能在电视屏幕上看到。

本该只有胡桃大小的心脏，现在肿成了柠檬那么大。扩大的右冠状动脉很明显，它的那些肿胀的分支交叉着伸向左心室。心脏的右侧正顶着肺部的高压有力地泵血，左心室却肿得厉害，几乎不怎么动弹。一片片刚刚坏死的肌肉与一片片白色纤维状的瘢痕错落交织，这都是在生命最初六个月，柯丝蒂多次痛苦的小型心肌梗死留下的痕迹。胜间田的担心是有道理的，但我没有让他的焦虑感染我。我们的任务是纠正柯丝蒂的血液供给，希望能改善她的心脏。她既然已经活到了今天，我们就有义务让她继续活下去。

看着眼前暴露的心脏，我开始怀疑坐了一天飞机后立刻尝试这样一台复杂手术是不是明智之举。然而要是拒绝或推迟手术，又有什么好处呢？

对柯丝蒂来说，没有其他选择。在婴儿身上开展紧急心脏移植术几乎是不可能的，恢复心脏供血是她活下去的唯一希望。死神已经盘踞在摄像机上，这我们都知道，可我明白我们无法回头。

她的身上插着细小的管子，与心肺机相连。我示意开始转流。灌注技师打开滚压泵，柯丝蒂的心脏被渐渐抽空。这时，技术取代了心肺，把血液从肺部调走，再注入合成氧合器。她空了的心脏还在跳动，我在那根异常的冠状动脉起点以上切开了肺动脉。血管的开口就像牡蛎里的一颗珍珠。现在我们必须给它接上二三厘米外的高压主动脉。传统的做法是将血管的起点拉过来重新接到主动脉的侧面，但这可能形成血栓，阻塞血管。于是我用起了新技术。

这个技术很精细，必须先钳住主动脉、暂时停止流入心脏的全部血流。为了保护心脏，我们要向两根冠状动脉直接注入心脏停搏液，将全部血液冲出，让心室像戳了孔的气球一样瘪下去。

这种人工造就的静止状态在心脏手术中很常见，只要拿掉主动脉上的钳子就能恢复，到时血液就会从心肺机流回冠状动脉。

要重建这根细小的血管，缝合时就要精准、确切，不能漏血。手术很顺利。心脏停搏之后短短30分钟，两块皮瓣就使柯丝蒂的冠状动脉恢复了它应有的结构。钳子松开后，鲜红色的富氧血（而不是蓝色的缺氧血）涨满了左心室的肌肉。她的心脏从浅粉色变成了深紫色，接着有些部分又变成了接近黑色。在重建肺动脉之前，我们先确认了它背面的缝合线上没有渗血。很快，心电图上显示出不协调的电活动，心脏也因为重新获得肌张力而变硬。

接着发生了一件儿童身上少有的事：她那颗重新灌注的心脏不停地扭曲蠕动，开始了室颤。为恢复正常心律，我们直接电击了心肌。10焦耳——呲啦！心脏除颤，蠕动停止。动倒是不动了，但我们希望它还能尽快恢复正常心律。然而它没有。这个紫色的球体又开始颤抖蠕动起来。麻醉医生把脑袋伸到手术巾上方，提出一个显而易见的要求："再电击一次！"我们照做，但同样的情况再次发生。看来是救不回来了。

这是由瘢痕组织引起的严重心电不稳定，于是我们用适当的药物来稳定心肌细胞膜。

"我们多给它点再灌注的时间吧。"我对迈克说。

"好，我到外面抽支烟。"他说。

20分钟后，我们又试了一次。30焦耳——呲啦！这一次，她小小的身子整个从手术台上跳了起来，室颤消除了。她的心脏缓缓起搏，但那不过是微弱的抖动。看样子不妙，好在我们准备了能让它跳得更加有力的药物。

我请迈克开始注射肾上腺素，告诉灌注师减小心肺机的泵流量，给心脏留一点血。这是手术室的规矩，就像在军队里：对医生同事说话必须请求，对技术人员说话则可以命令。如果你直接对麻醉医生下令，他会叫你闭嘴，然后走开去做别的事。

就在迈克和灌注师联手检查并优化血液中的化学物质时，我的目光始终停留在柯丝蒂那颗可怜的小心脏上。新接的冠状动脉状态不错，没有打结，也没有出血。她的左心室第一次开始接收富含氧气且压力和身体其他部位相同的血液。但她的心脏看起来还是像一颗熟透的李子，几乎不怎么搏动。不仅如此，她的二尖瓣也在严重反流。虽然我嘴上吩咐手术团队用心肺机再辅助她半个小时，心里却觉得我们失败了，这颗心脏救不回来了。手术成功，婴儿死亡。

当然，我没有让别人知道我的想法。他们以前拯救过许多重病号，现在也指望着我能把她救回来。而我却越来越无力。我要摄像师暂时停止拍摄，因为接下来不会有什么变化。我又请胜间田到手术台顶我一阵，好让我休息一会儿。我脱下手术衣和手套，到麻醉室去打了个电话。迈克跟了上来。

"你能补好二尖瓣吗？"他问我。

"我看不行了。"我说，"我让阿彻去通知孩子的父母。"

我跌坐在凳子上，提起电话听筒。一名可爱的护士在我面前放了咖啡和甜甜圈。她把胳膊搭在我肩上，发现我颈后冷汗直流。

"我去给你拿件干上衣。"她说。

五分钟后，阿彻从门诊部来到手术室门口。看到我的脸色，他什么都明白了。

"我知道你们可能有麻烦了。我能做什么吗？"

"你看看超声心动图。"我说，"修补不错，但心室还是很糟，二尖瓣也在反流。照这样子她是离不开心肺机了。"

我膀胱胀得慌，于是去了趟厕所。回来时尿意消失，大脑已经不受干扰，现在我真该好好想想了。我能做些什么来挽回局面吗？我实在无计可施。

她的左心室布满瘢痕，现在肿成球形，不再是正常的椭圆形了。正是这个形变拉扯二尖瓣，使它无法闭合。当左心室努力将血液泵到全身时，其中有一半都回流到了肺部。在手术期间，心脏功能总是会暂时减弱，但柯丝蒂的心脏却似乎永久变弱了。我本来希望心肺机能使心脏得到休息并且康复，但是它没有。

我回到手术室，重新刷手上台，替下了胜间田。他一句话都没说，但样子十分气馁——这清楚地说明情况不妙。我要迈克开始向肺部通气，并告诉灌注师准备慢慢关掉心肺机。到了这个节骨眼，柯丝蒂的心脏就需要接过任务，开始维持血液循环了，要不她就会死在手术台上。我们全都盯着屏幕上的描记线，希望能看到她血压升高。它短暂地升到正常值的一半，但是当心肺机关闭，它立即跟着快速下跌。

"要再打开吗？"胜间田问我。

灌注师望着超声心动图上抖动的左心室，质疑这样做还有没有必要。我知道他的真实想法："她已经受了太多苦，不是吗？"

我却还不准备放弃。如果我们认输，这小女孩就会死，她的父母也会痛苦一辈子。

"再开一次心肺机吧，再给它半小时。"我说。

但这个做法本身很成问题，因为转流时间越长，心脏恢复的几率就越低。

柯丝蒂的父母正等在儿童病房里，阿彻已经叫他们做心理准备了。我们打电话叫他回来时，贝姬坚持要跟他走到手术部门口。我很难描述一个母亲在这种时候会是什么感受。我只知道，她可能过不了多久就要抱着柯丝蒂那具消瘦而没有生命的尸体了。我是不是应该告诉她柯丝蒂的心脏受损太重，告诉她几个月前就该这样诊断了，告诉她柯丝蒂早已经因为身体不堪重负倒下了？

贝姬把她当时的强烈想法记在了日记里。

　　阿彻医生每隔一小时来看我们一次。大约四个小时之后，我心想一切应该都很顺利。看来柯丝蒂就要撤掉呼吸机，送进重症监护病房了。我跑到下面的餐厅买了一只三明治，但就在回来的路上，一个病房护士找到了我。她要我马上回楼上去，因为阿彻医生正等着见我。我很高兴，问她手术是不是做完了？我们能见女儿了吗？但是她的样子很严重，说我们必须和阿彻医生谈。虽然她表现得和善而职业，我还是猜到肯定是哪里出了问题。

　　回到病房，阿彻医生神色严峻地让我们坐下。他解释说，手术团队尽了最大努力，但柯丝蒂的心脏已经无法离开心肺机独立跳动了。医生们还在抢救，但希望已很渺茫。我们可能会失去她。

他还有事，说了这两句就必须走了。这时我感到天旋地转，现在回想，那感觉就跟喝醉了一样。事情不该是这样的。我们只要耐心等待，一切就都会好的，因为那种事只会发生在别人头上。

这时阿彻医生又回来了。他说他很抱歉，所有方案都试过了，但没有一个见效。他会安排我们进去，抱着女儿和她道别。想到再见面时她已经是一具冰冷的尸体，我实在难以承受。我的宝宝曾经是那样的柔软温暖，气味香香的，头发就像天鹅绒，热乎乎的脸颊上长着绒毛。我不停地想：要是见到她冰冷瘫软的样子，我的心会碎的。虽然现在听起来古怪，但当时这种心情就是那样强烈。

这肯定是我们人生中最黑暗的时刻：想到柯丝蒂正为了生存而挣扎，我们却什么都做不了，我真是心如刀割。我们还不如待在世界的另一边好。我那狂乱的大脑开始超速运行：要是她死了，他们就会把她放到太平间的一块冰凉石板上，那是个可怕的没有灵魂的地方。如果真是那样，我就一直陪在她身边，直到她下葬为止。谁要阻止我，我都和他争到底。我要把我的小姑娘抱在怀里，谁想把她夺走，谁就自求多福吧。

直到今天，这些想法还清晰地映在我的脑海里，和那天相比并没有丝毫减弱，因为我从来没有那样强烈地感受过什么。我们已经和病房里的其他父母结下了亲密的友谊。整整一天，他们不停地问我们手术的情况，他们为柯丝蒂祈祷，也和我们一起盼望。

自从阿彻医生离开病房，就没有人再进来过。我不责怪他们，只感到一股深深的悲哀。大家都是跟着柯丝蒂一步步走过来的，现在谁都不知道该说什么了。

我极少遇到孩子死在手术台上的情况，这种时候我总是亲自去和父母谈。我很怕这种事，那是我工作里最糟糕的部分。

通向手术区的滑门自动打开，门外就是医院的走廊。我一走出去就看到两双充满悲哀和绝望的眼睛。我记得贝姬对我说："请救救我的小姑娘。"我仿佛挨了当头一棒，一句话都说不出来。阿彻看起来也很伤感。那几句难以说出的话，他已经对他们说了。我转身回到阴沉沉的手术室，戴上一副新口罩，再次刷手上台。

迈克吸完又一支香烟，回来看了看说："没有好转，能把心肺机关了么？"

"别关，我再来试一个法子。停止对肺部通气。把摄像机打开。"

这是我最后的尝试。这个办法只能仰赖物理学定律，以前从来没有在一个孩子身上试过。柯丝蒂的那层布满瘢痕的左心室壁之所以这么紧张，是因为她的左心室胀得太大了。我在不久前的一次会议上听说，一位巴西外科医生让一连串衰竭的成人心脏变小，他的病人得的都是查加斯病，一种热带感染。后来北美洲的医生试着用这个手段治疗其他类型的心力衰竭，但很快发现它没有效果，不再使用了。在这时的我看来，这个大胆的方法是柯丝蒂最后的希望。

我不能再冒险让她心脏停跳，于是操起一把闪光的新手术刀，从心尖划到心底，像拉开一只睡袋的拉链一般切开了仍在跳动的左心室。我从一处瘢痕区域开始下刀，小心地避开了连接二尖瓣的肌肉。被切开的心脏立刻开始纤颤。这没有问题，因为这样就不必担心它会向血管泵出空气了。

老实说，当心脏的内壁突然出现在眼前时，我很震惊，因为它的表面铺满了一层厚厚的白色瘢痕组织。为了缩小心室直径，我割掉了切口两边的瘢痕组织，一直切到流血的肌肉，就这样把左心室的周长缩短了 1/3。为了阻止二尖瓣反流，我将两块瓣膜的中点缝在一起，把它从单一的椭圆形开口改成了有两个口子的结构，就像一副眼镜。然后，我又用两行缝合线将肌肉边缘缝合，关闭了心脏。最后这颗心脏变小了很多，看样子仿佛一只颤抖的黑色香蕉。我一刻也没有指望它会重新跳动起来，我的同事们也不这么认为。他们大都觉得我疯了。

5 号手术室里正在开展一台奇怪手术的消息很快传开了。好奇的人们聚拢到一起围观，摄像机依然在拍摄。在手术室，我们必须确保心脏里的空气已经排尽，不然它们就会被射进脑血管，引起中风。在这之后，剩下的就只需给心脏除颤，设法恢复正常心律了。

"完成了。"我宣布，"试试 20 焦耳。"

呲啦！心脏停止了颤动。我们不知等了多久，始终没有看到自发的电活动。我用钳子捅了捅心肌，它收缩了一下，有反应了。这一次血压描记线有了一个微弱的波动。仿佛奇迹一般，这只黑色的香蕉开始向主动脉射血了。

迈克又看了一眼超声心动图，说："和刚才明显不一样了。我们要试试起搏器吗？"

说话间，我已经将纤细的起搏线缝合到位。我们随手将起搏器设置成每分钟100下，然后启动了电源。我吩咐灌注师降低心肺机的泵血速度，留一点血在心脏里，看看它能不能持续射血。它做到了。不仅如此，超声心动图还显示二尖瓣已经不再反流。到这个时候，我觉得她康复有望了。生命果然依赖物理学和几何学。

时过正午，柯丝蒂已经在心肺机上连了三个多小时，现在该断开了。就像事先安排好了一样，她自身的心律忽然盖过起搏器的频率。自然、协调的心律要远比电起搏高效，产生的血流和血压也要好得多。

这就好像在手术室里打开了一盏明灯，阴郁变成了欣喜。我体内涌出大量肾上腺素，疲倦一扫而空。我们给柯丝蒂也注射了一剂肾上腺素，帮助她的心脏从心肺机那里接过泵血的任务。最后我下了命令，要灌注师"慢慢关掉心肺机"。我们还是担心她的血压会下降，但是这颗用奇怪手法整了容的小心脏却一直跳了下去。

"心肺机已经关了，真不敢相信。"迈克说。

我没有说话，只是从口罩上方望着胜间田。他知道我已经不能再坚持了。

"让我来收尾吧。"他说。

"太好了。"我说。

我带着不敢相信的眼光，最后望了一眼这只搏动的小小黑色香蕉，又转头望向超声心动仪的屏幕。那些难以理解的白色、蓝色和黄色闪光仿佛一把燃烧的火焰，令人安心。我们可以看见血液在新的左冠状动脉中流动，又看见两股血流穿过新的二尖瓣流入左心室——这颗整成了奇怪形状的婴儿心脏，终于还是开始工作了。

在刚刚手术室门口的会面之后，阿彻和孩子的父母都认定柯丝蒂已经死了。这造成了我从未遇过的尴尬局面，而我已经太疲惫，无力再作解释。我要麻醉护士呼叫外面的阿彻医生，叫他再进来一次。护士照办，又给我倒了一杯咖啡。

胜间田确认缝合处没有流血，然后一丝不苟地关闭了胸腔。

"从来没人这么做过。"他边说边望向我。

没过多久，震惊的贝姬就来到了儿科重症监护病房。她把手放到柯丝蒂的小脚丫上，喊了起来："是温的！我第一次摸到她是温的！"我在她开始哭的时候离开了。这真是漫长的一天。

我的秘书迪伊性格古怪却讨人喜欢，她开车把我送回位于布莱登的家，那里距牛津大约20分钟的车程。我心神不宁，既欣慰又疲乏。一轮巨大的冬日红色夕阳在布伦海姆宫上方落下。为了平复心绪，我带上自家的德国牧羊犬马克斯，开始沿着附近的湖泊跑了起来。我们穿过古老的橡树林，吓跑了几只兔子和在狩猎季幸存下来的野鸡。落日拉长了影子。嘶叫的天鹅让马克斯滚蛋。正当我在水边步履跟跄之时，太阳落到了地平线下。我在靠近布莱登的出口离开公园，然后横穿公路，来到圣马丁教堂的庭院。

温斯顿·丘吉尔就葬在这座教堂的墓地里，死去的花朵在他坟墓周围低首致敬。正对他坟墓的地方有一张木头椅子，那是二战期间的波兰抵抗组织捐赠的。我跑得浑身发热，气喘吁吁，于是在椅子上坐下，和这位伟人交谈起来，他的棺木离我还不到三米。这时我有了一种病态的想法：不知他的遗体现在是什么样子。那时的柯丝蒂，也差一点就又硬又冷地躺到医院的太平间里了。不过我守住了丘吉尔的格言——决不投降。

马克斯在隔壁的一座坟墓上无礼地翘起了后腿。这时我感到睡意袭来。希望电话不要再响了。它确实没响。柯丝蒂活下来了。

* * *

在那之后，我们又仔细观察了她十年，用超声心动图追踪她的心脏发育情况。她是个十全十美的小女孩，乐观，开朗，充满活力，唯一表明她体内有过奇异形变的迹象，就是她胸口中央那一道淡淡的条纹。

当我们感觉她已经成熟到可以讨论病情时，请她做了一次磁共振成像，以显示她那颗重塑过的心脏的发育情况。我们的发现相当特别：除了那片有两个开口的二尖瓣之外，她的心脏显得一切正常，新的左冠状动脉也是。这颗心脏上只有一条细细的伤疤显示出缝合线的位置。值得一提的是，所有其他瘢痕组织都消失了。她的左心室内壁曾经是一片纯白的瘢痕组织，现在统统没有了。

婴儿自身的心脏干细胞能够重新生成心肌并去除纤维组织，

这是较早的一条证据。而成人的心脏就不能以同样的方式恢复了。不过，要是我们能够识别并培养出合适的干细胞，让成人的心脏也能做到这一点呢？这能为患有冠状动脉疾病的长期心力衰竭病人送去福音吗？如果早有这技术，我的外公或许就能受益了。我们可以在为病人开展冠状动脉搭桥术的同时植入这些细胞，或者通过导管将它们注入心脏。我们要使用什么细胞？要去哪里找它们？又该怎么保存，植入？总有一天我会找到答案。

柯丝蒂今年 18 岁，已经长成一名活泼健康的少女。如果她当时死了，我们就永远不可能知道心脏再生有这么激动人心的可能。她的病例将会挽救无数人的生命。

第九章

多米诺心脏

我也要赐你们一个新心，将新灵放在你们里面，又从你们的肉体中除掉石心，赐给你们肉心。

——《以西结书》36章26节

我几乎每天都要去儿科重症监护病房查看我手术过的婴幼儿，顺便安慰他们的父母，说他们的孩子就快好转了。查房时，我还常常窥到别的人间悲剧。最悲惨的莫过于那些患脑膜炎的婴儿，他们四肢发黑腐烂，需要截肢才行。还有那些在交通事故中受伤的儿童，他们有的多处受伤，有的已经脑死亡。还有癌症和化疗引起的无数并发症。孩子们为什么会得癌症？这太不合理了。还有脑积水，患儿的头颅胀得巨大，里面充满液体，脑袋比身子还重，垂向地板，根本抬不起来。真是脆弱而痛苦的生命。

* * *

那是我们对朱莉成功开展手术后的第三周。几位小儿心内科医生把我叫去讨论一个紧急病例。您能马上过来吗？他们问我。

我进去时，几名医生站在一个男孩的床尾，正在查看各种图表和化验结果。男孩的母亲脸色阴沉，弯腰坐在床边，脸上的肌肉因为焦虑而十分紧张。她握着儿子汗湿的手，眼睛盯着心脏监护仪。男孩以 45 度斜靠在枕头上，两眼紧闭，胸部起伏，每呼吸一口都带着呼噜声，还时不时咳嗽几下。我看出他脸色煞白，柔弱无力，眼睛已经睁不开了，脑袋也向后仰着。他的脖子伸得很长，费力地呼吸着，皮肤因为晚期癌症变得蜡黄，明显十分憔悴。他的意识已经模糊，飞去了别处。

他们需要我做什么？也许是他的心脏上长了肿瘤。这种情况当然少见，但我确实给几个有心脏肿瘤的孩子做过手术。也可能是癌细胞从肾脏或骨头转移到了心包上，产生的积液压迫到了心脏。常有人要求我在这类病例的心包上开一道口子，好让积液流进胸腔，减少危害。

无论原因是什么，情况看起来都十分紧急。有一阵大家都没注意到我——这对一个心脏外科医生来说很罕见。于是我干脆站到后面听他们讨论。

男孩名叫斯特凡，今年 10 岁，但看起来比实际年龄要小一些。他母亲在一段时间之前就说他"不对劲"——他跟不上朋友的节奏，上学也老是分心。他后来甚至连足球也不踢了，因为只要跑几米就得停下来喘气。

学校放假之后，父母对他越来越担心，他的身体也很快变得十分糟糕。全科医师听了他的胸腔，说里面很"湿"，直接送他去医院照了 X 光。情况很坏。他的肺部的确很湿，这是因为他的左心室衰竭，心脏肿得很大，肺部也充满了液体，我们把这种情况称为"肺水肿"。这完全出乎一家人的意料，因为孩子在这之前完全没有这方面的病史，没有先天性心脏病，也没有任何可以解释他这种垂死状态的疾病。

监护室的气氛太凝重了，我得说些什么来打破僵局。

"早安各位，"我说，"有什么要我帮忙的吗？"

阿彻用他一贯的回答迎接了我："哦，韦斯塔比，你怎么才来？我给你看一幅超声心动图吧？"

斯特凡瘦得像集中营里的难民，胸壁上一点脂肪都没有，这说明他的病已经持续几个月了。他的母亲不瘦，说明这不是贫穷造成的。从好的方面说（如果能算好的话），消瘦让他的超声心动图拍得很清楚。问题很明显：他的两侧心室都扩张了，左边的更严重些。巨大的左心室几乎不动，二尖瓣也有反流。本该是圆锥形的心脏变成了球形，把二尖瓣的两片瓣叶扯到了两边。这是一颗橄榄球心脏，跟柯丝蒂的很像。

我的脑筋转得飞快：他们大概会要我修复二尖瓣，再给孩子的肺部减压。但最初肯定不是二尖瓣的问题。这是一种终末期心肌疾病，二尖瓣反流只是派生出来的现象，任何一种传统的心脏手术都会要他的命——但这些话我只放在心里，没说出来，因为我不想吓到他的父母。不过接下来我就明白了对话的真实方向：他们想给这孩子安装血泵。

这时候大家已经都知道朱莉了，她还在住院，但恢复得很好。我们开始接到全国打来的求助电话。斯特凡的诊断大概会是病毒性心肌炎导致的慢性心力衰竭，但鉴于他已经病了几个月而不是区区几天，他不太可能像朱莉那样迅速恢复健康。

我的第一反应是他需要换一颗心脏。要快，很快才行。那时候，只有大奥蒙德街医院能做小儿心脏移植术。我和那里的外科医生很熟，因为我也在那里工作过。那么我只要把斯特凡送进他们的系统，添进他们的紧急候选名单就行了。就这么简单。

但实际又没那么简单。我们有同事和伦敦那几位移植医生通过话，对方说抱歉，他们的床位也很紧张，已经有几个加急病人在排队等候，所以他们不可能再插进一台移植手术，病人是孩子也不行。当然，等到情况缓和时他们会联系我们的，但是眼下的情形，就只有"请你们自己尽力"了。

斯特凡正在接受大剂量的静脉注射药物，希望增强心脏泵血的力度，同时也在注射利尿剂，好减轻肺部水肿。没有足够的血压，肾脏就无法工作，现在它们正在费力挣扎。他已经被推到了深渊边缘，再往前一步就要掉下去了。站在他床边的一位小儿心内科医生直截了当地问我：能再用一次 AB-180 吗？我们在朱莉身上开创了一个先例。如果这男孩得的真是心肌炎，我们或许可以用同样的法子保住他的性命——还有他自己的心脏。至少能让孩子活到大奥蒙德街医院接收他的一天。这是一家人最后的希望。

我知道那位可怜的母亲正在聆听我们说出的每一个字。护士把一只手搭在她肩上，徒劳地想帮她保持镇定。所有人的眼睛都望着我。我安静下来，思索了片刻。是的，我们是还有一台AB-180，但是不行，它派不上用场。它的流入插管太粗太硬，不可能插进一个孩子的左心房。

我把这番话告诉了那群内科医生，他们那一张张凝重的脸都拉得老长，露出失望的神色，男孩的母亲干脆哭了出来。阿彻对她说过，假体血泵是唯一的出路，如果病情继续恶化（肯定会的），她儿子的身体就会快速滑坡，终点是什么，我们都很清楚。我刚才的话相当于判了他死刑。

斯特凡是一个出身工薪家庭的普通孩子。他前面还有一整个人生，这时他本应在学校的操场上和朋友玩耍，而不是像现在这样在重症监护病房的病床上用枕头撑着身子，看着周围的白大褂和严肃的面庞惊恐万状。单单是躺在这里就一定已经让他疲惫不堪了，光是呼吸就耗尽了他的全部力气。还有那沉闷的咳嗽声和喉咙收紧的感觉，简直像是被人扼住了脖子。他觉得身上很冷，汗却浸透了床单。一个个陌生人在他的胳膊和脖子上刺进尖尖的针头、吸出血液，还用橡胶管插进他的私处，这些都是他这个年龄想都不该去想的事。爸爸妈妈不安的样子显然也让他焦躁起来，周围的人说的都是他不懂的名词。很快他就感到一阵晕眩，眼前的景象开始淡出，一切仿佛都飘到了远处。吗啡带走了他的恐惧。

他的爸爸妈妈颓然坐在病床两侧，身子向前探着，好离他近一些。他们都很紧张，但情绪已经耗尽了。他们这时本该在工作，而不是在医院里——实际上，他们宁愿自己在医院之外的任何地方，因为在这里，他们只能眼睁睁地看着孩子死去，无法阻止，也无法挽留。

　　这场意外是怎么发生的？他们做错了什么？他们已经从医生嘴里听到残酷的事实:孩子救活的可能性很小。他们听到了"移植"两个字，还有"大奥蒙德街医院"。但是一切都进展得那么缓慢。他们看出斯特凡已经休克，各个器官都在衰竭。时间成了他们的敌人。恐惧攥住了他们的喉咙，也重重地压迫胸腔，让心碎肠断的痛苦更加难受。他们很难说出完整的句子，到后来词语也说不出来了。很快，他们一开口就不由得倾泻出强烈的情绪，但还是尽量不在孩子面前哭出来。那个还是留到最后吧。

　　到了这份上，阿彻紧张而气馁。他和大奥蒙德街医院的医生很熟，虽然他知道奇迹很难出现（还有其他相同处境的孩子也在等待移植，他们的父母同样孤注一掷），但再不做点什么就真的晚了。他看了斯特凡的验血报告，发现血液中的钾和乳酸都在升高，好在这些可以用碳酸氢钠中和。斯特凡很快就得做肾透析。阿彻正在想尽办法防止他的心律出现灾难性变化，因为到那时他就必死无疑了。处境如此绝望，他还能做什么呢？

　　重症监护病房的主任医师正等在人群后面。虽然这一幕他早就见过，也照看过许多后来死去的病儿，但这次他依然全力以赴。可他还能有什么办法呢？斯特凡已经气喘吁吁，再加上吗啡让他呼吸变浅，他很快就会需要呼吸机了。等待查房的时候，主任手里同时拿着麻醉药和呼吸管。除了斯特凡，他还有九个患病的婴幼儿需要操心。

　　还有斯特凡的护士。儿科重症监护病房的护士都是特殊品种，她们要在工作中面对令人心碎的焦虑和痛苦，而且天天如此，这份工作不是谁都做得来。斯特凡的护士是一位成熟的女士，自己也有孩子，她很喜欢照看我做过心脏手术的那些婴儿，因为他们会好转。她真的不喜欢看见孩子死去。她显然很同情斯特凡的父母——他们的压力越来越明显。这个小病人的生命正在逝去，必须有人做点什么能立刻起效的事情，不然就来不及了。是她催阿彻来找我的。

病床周围已是一片愁云惨雾，仿佛末日就要来临。没有人能凭空变出一颗供体心脏来，特别是一颗儿童能用的心脏。英国每年只做很少几例小儿心脏移植术，所以他们都指望我能想出别的办法。可我想不出别的办法。

我注视着这对悲痛的父母，感觉自己真他妈没用。要是换作我自己的孩子倒了这样的霉，事先毫无征兆地突然病倒，我会作何感想？他们的最后一线希望刚刚破灭了。正因为我自己也有孩子，所以自然对那些焦虑家长的遭遇特别敏感。这时我的女儿杰玛 20 岁，还有一个儿子马克在牛津上学。

把斯特凡看作我自己的孩子就是动了共情之心。这时他成了一个人，而不仅仅是一个病患。有人会说，共情是一个好医生的必备素质，是"富有同情的医疗的关键"——虽然我也不太懂他们的意思。但如果真要对这间病房里上演的每一出悲剧仔细体察，我们就会被巨大的悲情淹没。这就是我那位重症监护病房的同事需要继续查房的原因：他不想被斯特凡即将死去的情感漩涡吸进去吞没。

现在我也有点紧张了。当时，适用于儿童的心室辅助装置只有一种。它叫"柏林之心"（Berlin Heart），刚刚由德国柏林心脏中心的罗兰·黑策（Roland Hetzer）教授引入临床。我很幸运，因为他刚好是我的好友（这就是参加科学会议的一个好处）。于是我决定打电话给他，请他帮我个大忙，我或许会告诉他斯特凡是德裔——听这名字应该没错。更妙的是，罗兰还是一位亲英人士。

我运气很好，他正巧在办公室，第一个电话就接通了。我们照例说了几句客气话，接着我就直奔主题。

"罗兰，我需要一部柏林之心。患者是个男孩，今年 10 岁，但长得比实际年龄小。他的心脏还有治愈的希望，但他已经撑不了多久了。买一部柏林之心要多少钱？"我知道，这笔钱只能从我的慈善基金里出。

他的回答不出我所料："钱的事我们以后再操心，东西你什么时候要？"

我稍稍停顿了一下："你能明天早晨送到我这儿吗？再派一个人来协助我。"

罗兰说他很乐意帮忙。

第二天早晨 8 点，一架里尔喷气机在牛津机场降落。在这段时间里，我给我们院长发了一封电邮申明我的打算，还抄送了一份给医务主任。英明的院长奈杰尔·克里斯普（Nigel Crisp）这时已经改变了想法，而不到一个月前我还因为救朱莉差点被开除。

阿彻做了一件可敬的事：他去见了这两位领导，劝说他们这是现在唯一的办法。他告诉他们，医生们都认为孩子可能活不过今天，而他已经试过所有的常规门路，没人帮得上忙。他接着说，如果韦斯塔比有办法，他们就有道德义务让他试一次。先救人，后制裁。对了，他们有没有去病房看过朱莉·米尔斯？这是牛津完成的世界首例，不是吗？如果还没，为什么不去看看呢？

阿彻以前就信教，现在依然。但他没说那个"肉身复活"的类比，反而附和他们，说这个韦斯塔比非但不是上帝，还是一个惹人生气的兔崽子。但是话说回来，他的工作不就是挽救生命吗？他现在就是在履行职责呀。所以以后再收拾他，让德国人来吧。

至于我，我坚信一点，那就是无论付出什么代价，挽救生命总是符合道义的。我不需要吹毛求疵的伦理委员会来质疑我，也不在乎会不会被开除。我要在一个能发挥潜力、突破限制的地方工作。要是牛津不支持，我就走人！

柏林之心是一只橘子大小的贮血装置，分成两部分，一边是血，一边是空气，运行时气囊膨胀，驱动血液从带阀门的管道流出。简单，但非常有效。泵腔位于体外，如果出现血块还可以调换。血泵有流入管和流出管与心脏两侧连接，这些管子从衰竭的心脏连出，穿过腹壁连接体外的血泵。这样，左右心室都得到转流和休息，肺部和身体也获得了稳定的血流。刚好就是医生想要的，我想。

现在该把斯特凡送进手术室了。不仅如此，那架里尔喷气机还停在机场，等手术结束后送德国团队回家，费用都记在我账上。这和一辆打表等候的黑色出租车可不太一样。

斯特凡当晚勉强活了下来，没上呼吸机。现在他既无力又害怕。到这个年龄，他对自己的困境已有所了解——他能看懂别人拉长的脸和母亲的眼泪。因此，在麻醉室分别时，他和父母都很动情，让我不忍去看。小儿麻醉医生每天都要应付这样的场景，而我不需要再给自己加压了。于是，我带着德国团队去换手术服。这个环节让我很尴尬——他们跟着我来到一个破旧的房间，里面塞满灰色储物柜，褐色的木制长凳上漆皮剥落，石膏从厕所墙壁上掉下来，换下的手术鞋、口罩和衣服到处散落。给他们穿什么鞋子好呢？我们四下寻找，配了两双，接着一起到灌注师的房间向他展示设备。

德西蕾已经等在那里，准备学习设备的用法了，两个外科主治医师也和胜间田一起等着。室内弥漫着狂热激动的氛围，人人都知道就要开辟一个新领域，值得回家后对伴侣和孩子炫耀一番。我们会登上今晚的新闻吗？不会。牛津本地的新闻呢？也不会。那么我会被开除吗？很有可能。那倒会成为新闻。但这时我们什么都不须说。还是先治好孩子吧。

斯特凡被推到手术台上时，样子实在可怜——那么消瘦，简直凄惨。到这时，我确信他得的不是病毒性心肌炎。这只可能是严重的慢性心力衰竭，他的某块心肌发生了不可恢复的病变。治疗的第一步还是一样：先保住生命，再努力想办法。

我用骨锯锯开胸骨，再用牵开器将它撑开。我们划开心包，将边缘固定在皮肤上，把心脏朝自己的方向拉。大量浅黄色液体溢了出来。估计他体重的大约1/4都是心力衰竭产生的积液，积液里满是蛋白质和盐分，如今则顺着吸引器排出体外。我不知道自己是不是太蠢了，居然投入了这样一个悲惨世界。为什么不干点简单的工作呢？

　　这时我终于看清了这个挣扎中的扩张器官。他的右心房紧绷，呈现蓝色，随时可能因为静脉的高压而爆裂。肝脏也浮肿了。右心室膨胀着。我仔细观察他的右冠状动脉，想确认他没有患上和柯丝蒂一样的病。他没有，要是有的话，阿彻肯定已经发现了。他的左心室巨大，但没有瘢痕形成，只有已经放弃搏动的纤维状苍白肌肉。他的心脏也没有像朱莉的那样肿胀发炎。先给肌肉做个活检，我们就能在显微镜下看清症结所在。

　　两个德国人的目光越过手术巾，注视着手术操作。他们都来自罗兰的精英移植团队，在柏林时就见过许多像这样挣扎的心脏。他们用来称呼这种情况的术语是"特发性扩张型心肌病"，一个10岁的孩子得这种病，相当罕见。

　　情况很明了：斯特凡的左右心室都需要辅助才能存活。左侧心泵能向身体输送更多血液，但这些血液终究要通过静脉回到右心室，右心室就会因为无力处理而罢工。所以右侧的辅助同样不可或缺。手术后会有四根管子穿过腹壁通往体外，连接两个由空气驱动的人工心室，它们一填满，就会强力射血，泵血的流量和速率都和一颗正常的儿童心脏相近。不赖吧？

　　我估计这颗破烂心脏承受不了改变心律的操作，在连接血泵前就会恶化。我先给他连上心肺机，确保他生命安全。接着说了个笑话，想让气氛轻松轻松。

　　"我刚把电话里'T'打头的名字都删了。"停顿片刻，"这下成免'提'电话了！"*

他们都没听懂，胜间田也是。我们在沉默中继续手术，在腹壁上开四个孔，把插管连到胸腔外。插管一头连接心脏，另一头连接心泵。接下来的步骤更重要：我们排出了心泵中的空气。这时，我又说了一个笑话。

"河马（hippo）和芝宝（Zippo）有什么区别？一个很重，一个更轻 / 是个打火机（lighter）！"†

这次同样没有笑声。

一切照计划完成，到了启动心泵的时候了。这两个假体泵的功能和正常心室相同，只是在体外，你可以看着它们运行——扑通，扑通，扑通，强力而有效。斯特凡自己的心脏像个泄气的气球一样排空了，血压改善很多，主动脉和肺动脉也有了强健的搏动。扑通，扑通，扑通。这是一种简单到可笑的方法，效果却很显著——生命战胜了死亡。虽然搏动的血流很美好，但为了实现搏动，这两个心泵却必须装在斯特凡体外。续流式血泵虽然不美，至少可以植入到身体里去。

胜间田在切口周围喷洒生物黏胶，小心翼翼地确保它们不会出血。我们需要在斯特凡的胸腔里留两根引流管排淤血，于是他

---

* 原文：I just deleted all the Germans from my phone. Now it's Hans free（我刚把电话里德国人的联系方式都删了。这下成免提电话了）。Hans 是非常常见的德国男名（也很土气），而 Hans free 和 hands free（免提）发音非常接近。

† lighter 在英语中兼有"更轻"和"打火机"的意思。Zippo 是著名打火机品牌，和"河马"一词（hippo）只有一个字母的差别。这也是一个文字冷笑话。

那脆弱的小身体里就有六根管子伸出来。他身上有好几处刺伤口，但它们都是必要的。我们照例用粗不锈钢丝缝合胸骨，将这些钢丝拉紧打结，盖住胸腔里的所有硬件。

接着，斯特凡被送回儿科重症监护病房，那里的医护人员还是第一次接触他的这种心室辅助装置。我本以为护士们会被这部装置吓倒，但她们没有。我们告诉她们别太在意那几根管子和控制器上的几个把手，也不必更改什么。她们要做的就是照顾好孩子，特别是他在醒来后惊恐焦躁的时候。

我们特别嘱咐她们：千万不能让斯特凡拉扯管子，那都是他的生命线。等他醒来之后，最好帮他坐起来，撤掉呼吸机，拔掉气管插管，让他舒服一些。到那时，他才可能讲道理，也比较容易安抚。他父母可以坐在他身边，德西蕾也会在一旁协助，哪怕是在下班时间。

德国人走了，留下我们自己应付这项技术。这没关系，因为斯特凡正在迅速好转。他的尿液又流进了导尿袋。就像我们预料的那样，傍晚时分他就醒了，护士给他拔掉了气管插管。他对身边的人大发脾气，连那位可怜的母亲也没能幸免。但是他的皮肤恢复了粉色，脸颊红扑扑的，腿和手都暖和了。父母紧紧握着他的手。他就是不怎么喜欢肚子里伸出的那些怪东西，在眼前一跳一跳的——那是挽救生命的宝贵技术，但对一个孩子来说还是挺吓人的。

在接下来的几天里，我急切盼望着活检结果，因为有了这个才能计划下一步行动。柏林之心能保他活过几周，甚至几个月，但他自己的心脏还能恢复吗？我猜是不能了，因此还需要计划一次心脏移植手术。我怀着一贯的好奇来到病理实验室，要求查看朱莉和斯特凡的处理过的样本。每次我的病人死去，我也都会怀着同样的心情参与尸检。几个病理学家都跟我很熟，也很感谢我的临床反馈。

朱莉的心肌上密集分布着一种叫作淋巴细胞的白血球，它们会对病毒感染做出反应。当病毒太小，不能用光学显微镜观察时，大量淋巴细胞就能告诉你它们的确在那儿。朱莉的心肌上有数百万个淋巴细胞，她的心肌也因为炎症反应而膨胀水肿。

斯特凡却是另一种情形。在一个 10 岁的孩子身上，这真有点出人意料：他的很大一部分心肌已被纤维组织取代，但这不是因为缺乏血液供应。他的样本里完全没有白血球。他得的确实是慢性特发性扩张型心肌病，也就是说他的心脏长期增大，原因不明。他的病情单靠休息绝对不会好转。他触了霉头，走进了死胡同。朱莉和斯特凡只有一个共同点，就是及时得到了我们的救治。现在前面的路已经很清楚：斯特凡需要植入另一颗心脏才能安全回家。

那些日子里（现在也一样），任何一家医院、一个医生都无法独自安排一台心脏移植手术，就算需要心脏的病人身边就躺着一个配对成功的脑死亡捐献者也不行。移植要经过一个决策过程，还要对付一个组织——英国器官移植协会。协会认为，要妥善利用稀缺的捐赠器官并确保公平分配，那些"紧急"类别的病人就该放弃掉。所以在当时，捐献的器官是以轮转的方式分配到各个移植中心的。许多接受供体心脏的病人都还在社区里生活，而不是像斯特凡这样依靠设备维持生命的重病号。我们现在知道，这些非卧床病人从移植中获得的生存利益很少或者没有，许多人都在移植后因为并发症死去，而移植的器官就这样白白浪费了。这也是我极力寻找其他办法的一个原因。不仅如此，如果心脏移植手术使用的器官来自非正式途径，移植小组就必须向英国器官移植协会上报，而协会接着会将他们直接排到候补名单的末尾。

我越来越着急给斯特凡寻找心脏，必须把他送进大奥蒙德街医院。我给移植外科医生马克·德·勒瓦尔（Marc de Leval）打去了电话。我曾经在他手下培训，对他非常尊敬，他也很支持我赤手空拳在牛津开展先天性心脏病治疗的事。这些年来，凡是遇到我认为他能治得比我好的病例，我都会交给他去治疗，因为婴幼儿手术领域容不得自大或傲慢。我解释说，我们在斯特凡情况恶化之前已经试过转诊了。

马克对这情况知道得很清楚，他愿意帮忙，也很想看看柏林之心。斯特凡的身体虽然暂时稳定了，但处境依然危险且难以预料，这符合大奥蒙德街医院的移植条件。马克如此热心帮忙，就像我们前一周已经把斯特凡转过去了一样。

但这里还有一件麻烦事：在他还装着柏林之心的情况下把他转到伦敦，结果可能非常危险。我们找救护车送他过去，可他们不能保证车上的电力足够维持柏林之心运行，因为这一路上可能遇上塞车或是机械故障。因此我们必须和牛津的移植协调员一起准备，要确认他的血型，安排组织分型，并在他的血液中寻找罕见的抗体。如果能找到合适的供体心脏，我们就在牛津给他移植。

那样的话，医务主任多半要发一次中风了。

最后时刻来得比我们预想的要早，好在我们已经做好了准备。斯特凡一天天好转，虽然身子仍旧虚弱，但心力衰竭的症状已经消失。接下来的那个周末，我们接到了移植提醒。沿高速公路不到 50 公里外的黑尔菲尔德医院正在准备一台心肺移植手术，患者是一名少女，她患有囊性纤维化，身体十分衰弱，因为肺衰竭而奄奄一息。她在家里吸了几年氧气，现在已经起不了床，皮肤发青，呼吸困难，肺循环压力很高，常常咳血。等她接受了心肺移植，她自己那颗强健的心脏就可以捐给斯特凡了。这就是我们的计划。像这样的手术称为"多米诺心脏"，因为甲移植给乙、乙又移植给丙，就像多米诺骨牌。多米诺移植当时就很少见，现在根本不做了。

当那位囊性纤维化患者进入黑尔菲尔德医院时，器官摘除小组就在一旁待命。器官的运送过程相当复杂——捐献者远在几十上百公里外，参与的外科团队有四支，分别处理心、肺、肝脏和两个肾脏。他们将前往四个不同的城市，眼下正像秃鹫一般在猎物上方盘旋，准备取走病人身上最好的部分，虽然他们的目的都是最崇高的。他们都在夜间赶路，旅程并非绝对安全，以前就出过乘坐飞机的移植团队在恶劣天气坠机的事。

等他们确认供体心脏和斯特凡配对成功，而且斯特凡和那位囊性纤维化患者血型相同之后，我们定下了周六夜里开始行动的计划。还有什么比这更好的吗？我们将在一个安静的周日清晨在牛津开展手术，那正是干扰最少的时候。

更好的是，这颗心脏不会遭受捐献者脑死亡造成的生理学恶果。头部受伤的捐献者往往要接受水分限制和利尿疗法，以减少颅腔压力，这时如果再出现脑垂体损伤，医生就往往需要注入几升液体来挽救病人的生命。许多病人需要大量的药物支持才能维持足够的血压，这会连累供体心脏，经常导致供体心脏在移植后发生衰竭。我在黑尔菲尔德医院干过三年，心里有数。

大奥蒙德街医院的移植协调员会随时向我们报告手术进程。多米诺心脏会在上午 7 点左右从心肺受体的体内取出，等它装进塑料袋和冷却箱送到牛津时，斯特凡的胸腔应该已经重新打开，准备接收了。我们会给他连上心肺机，取出柏林之心，然后把他那颗无用的心脏，连同插管和其他东西统统挖出来。我的团队会怀着行动的渴望，早早等候在那里。

要一个 10 岁的孩子面对这种事很难，但是斯特凡明白自己的处境。当他知道要取出体内的异物，他先是表现出宽慰，接着是顺从。还有害怕。他很讨厌有四根自来水软管那么粗的管子从自己肚子里戳出来，其中一对里流着蓝血，另一对里流着鲜红的血；他也讨厌鼻子底下那两个嘈杂搏动的圆盘。我们一开始就告诉他，他可能需要带着这些设备过几个月，因此对他来说，能早日接受移植是幸福的解脱。

但是我们没有告诉他失败的风险，在那个年头，移植失败的概率在 15%～ 20% 之间，原因有供体心脏衰竭、感染或者排异。不过这颗多米诺心脏来自一个脑部正常的活人，因此特别强健。它在组织分型上也特别匹配。没什么好紧张的。我们直接开始手术就行了。斯特凡的父母从早上 6 点开始就在他身边陪坐。他们昨晚大多数时间都醒着，虽然心底怀着希望，却依然越来越焦急。紧张的情绪累积着，也传染给了儿子。

我带马克去和他们会面。这时他们已经和斯特凡一起进入麻醉室。室内放着许多设备，显得格外拥挤。马克的眼睛不停地在柏林之心上转来转去，看着这套当时唯一适用于婴幼儿的心室辅助系统。大奥蒙德医院也需要搞这么一套，好让生命不至于白白浪费。

这时胜间田到门口报告了最新消息：多米诺心脏已经离开黑尔菲尔德医院。周日早晨，路上车流稀疏，估计 30 分钟后就会到达牛津。这么说，我们也该让斯特凡入睡了。分别的一刻终于来临，父母撕心裂肺，斯特凡也伤心了一小会儿。麻醉医生凯特态度从容，已经做好准备。随着麻醉剂注入输液袋，斯特凡的精神痛苦很快消失。麻醉护士路易丝点了点头，患儿父母拖着脚步走出门外。两人抱在一起，继续沉痛着。就好像他们还没受完所有的苦。

之后的进展都很迅速。我的洗手护士琳达和保利娜用粉色氯己定消毒液在斯特凡胸口做了标记，然后把它擦干，因为这是种易燃液体。接着他们又在他身上盖了一张无菌绿色手术巾。我和马克、胜间田刷手，穿上手术衣，戴手套。时钟嘀嗒作响。

我们拆掉斯特凡皮肤上的缝合线，割开他胸骨里的不锈钢丝，然后小心翼翼地把牵开器塞进许多管子中间。和所有二次开胸手术一样，他的心脏和管子上也凝结了血块和纤维蛋白。我们把这些刮下来吸走，然后用温热的盐水清洗心脏和心包。我们要把一切都洗干净——新的住客要来了，屋子要收拾整洁，不能像个垃圾堆。我们还要寻找放置心肺机管子的空间。等管子安装到位，柏林之心就可以关掉，我们会把它靠近心脏的管子切断，然后从术野中移除。

但是在供体心脏送进手术室之前，我们不会开始这一步。这一路上还可能有灾难发生，比如交通事故，比如穿孔，什么都有可能。即使送进了手术室，也可能有人把它掉在地板上。这是真事，当年克里斯蒂安·巴纳德在开普敦主刀时，他弟弟马里厄斯就在把一颗心脏从供体所在的手术室拿给隔壁手术室的受体时，失手把它弄掉了。哎呀！

早晨9点15分，盒子送到了，里面装着供体心脏，周围还塞了几个冰袋。我们把盒子放到它专属的桌子上，小心翼翼地把它一层层拆开，最后才将心脏取出，放进一只不锈钢盘子里。盘子盛着4℃盐水，心脏躺在里面，冰冷而松弛，就像屠夫砧板上的一颗绵羊心。但是我们知道怎么复活它，也完全有信心让它重新启动，履行职责。于是我吩咐布莱恩关掉柏林之心，开始心肺转流。

斯特凡自己的心脏最后一次清空，接着瘫软在心包底部，毫无用处了。马克开始整理供体心脏，我切断了那四根塑料插管。胜间田把它们从斯特凡体内抽出丢掉。接着就该挖出斯特凡自己那颗悲哀的心脏，换上新的了。我轻轻将它摘除，只留下空空的心包——这个画面相当古怪。一个无心的人。巴纳德第一次这么做时，那场面一定非常吓人，就像打开一辆轿车的引擎盖，却找不到里面的引擎。

供体心脏的植入有严格的顺序，一定要和血管正确对接，不能出现扭曲。这听起来或许简单，但其实供体心脏又滑又湿，安装起来并不容易。

做这种手术，最好先在脑子里对成品有一幅清晰的三维图像。这方面我很幸运，遗传了大脑半球双侧优势，也就是说，我可以同时使用大脑两侧的运动皮层。我左右双手都能动手术。我平时写字用右手，击球用左手，还喜欢用左脚踢球。双侧优势在许多事情上都有好处，做手术尤其方便，这比学习和应考的能力更加重要。

不过话说回来，心脏移植手术还是相当简单的。缝合受体和供体的心房组织时，进针要足够深，做全层缝合。缝合时要非常小心，不能渗漏。将供体和受体的心房与主动脉缝合之后，就可以松开主动脉钳。这标志着"缺血"阶段的结束。这是一个影响存活的关键时期，在这个阶段，供体心脏已经摘下，但冠状动脉里还没有血流。我们知道，表现最好的心脏都来自缺血时间较短、血型匹配的年轻供体。但这么说没有多少意义，因为病人必须有什么就接受什么——能得到一颗心脏，已经是他们的运气了。这就是为什么现在连"临界"供体也凑合用了：它们来自超过60岁，吸烟，甚至患有某种癌症的人。

不过斯特凡的情况看来很好。血液流过冠状动脉，让心肌恢复了活力。原本弛缓无力的心脏由浅褐色变成接近紫色，质地变硬，还开始了纤颤。心脏开始恢复，我们于是将最后一段切断的肺动脉缝在一起，继续努力排除空气。空气进入脑部对他可没好处。

我们遵照马克的建议，让斯特凡这颗漂亮的新心脏又在心肺机上休息了一个小时。因为供体的肺部疾病，这个宝贵的器官原本可能被随手扔进垃圾箱，现在却能继续焕发生命了，这是现代医学的一个奇迹。我们看着它自发除颤，开始射血，积蓄力量，然后轻松地从心肺机上脱离下来。

接下来有两个主要风险。第一是如果免疫抑制不足，他的身体就会排斥供体心脏。与之相反的是第二个风险，那就是免疫抑制太强，可能导致严重甚至致命的感染。所以斯特凡恢复之后，还是必须去大奥蒙德街医院移植中心的专家那里报到。我们已经完成任务，保住了他的性命。马克说他一有床位就通知我们。

阿彻和儿科重症监护病房的同事帮我们照看了斯特凡一周，之后他就转到伦敦去了。我们始终保持联系，一直追踪他的恢复进程。他经历过几次短暂的排异，都很快好转了。他入院时几乎无法救治，在恢复中却差不多没有并发症。将近 20 年后的今天，我们仍在追踪他的情况。他建立了自己的小家庭，还在因那颗理想的供体心脏和迅速的移植而受益，多亏了我在柏林和大奥蒙德街医院的朋友们。

那年夏天宜人的几周，具有史诗般的开创意义。我们首次在英国完成病毒性心肌炎的恢复前过渡治疗，接着又首次在一个儿童身上完成移植前过渡治疗。这两个都是危险的病号，我们匆匆接手，联合海外同行组成特别团队，在深更半夜完成手术。后来大奥蒙德医院也在他们的心脏移植项目中采用了柏林之心，起初靠的也是慈善捐助。接着，在美国，柏林之心成为唯一获得批准的辅助严重心力衰竭患儿的系统，到今天仍然如此。不用说，我

们再也没有在牛津使用过它。心力衰竭的患儿要么及时赶到了大
奥蒙德医院,要么半路就死了。朱莉和斯特凡花光了我的研究经费。
但是两条年轻的生命,又岂能用金钱衡量?

第十章

电池维系的生命

我们现在来稍微详细地讨论一下生存竞争。

——查尔斯·达尔文，《物种起源》

那是千年之交的 6 月第一周，一个温暖的夏日早晨。上午 11 点，办公室门口传来一阵试探的、几乎带着歉意的敲门声。敲门的是彼得，他高大的身材塞满门廊，手里挂一根手杖，身子颤巍巍地晃动，脸上汗水淋漓。他的脑袋向前耷拉，嘴唇和鼻子发青，嘴里气喘吁吁。但出于自尊，他拒绝坐在轮椅上由人推进门里。这个男人几周前刚刚接受过临终祷告，但他对这些细节依然十分看重。他极力掩饰痛苦，慢慢抬起头，目光穿过门廊注视着前方。他还没看见我，但是和斯特凡一样，他也让我联想到集中营里的犯人，一个行走的死人，什么希望都没有了。

看到他痛苦的样子，秘书迪伊明显受了惊吓。我开口打破了沉默。

"你一定是彼得吧？请到里面来坐。"

藏在这具佝偻身躯后面的是彼得的养子，他把轮椅放在走廊里。为了让他们自在些，我说了个小笑话。

"轮椅付过停车费了吗？这里可是国民保健服务的地盘！"

他们都没领会。

彼得拖着步子走进我的房间，开始凝视墙上那些证书、奖状和外科设备。他这是在掂我的分量。他笃信宗教，平时的工作是给艾滋病患者做临终辅导。但是生命轮回，这次轮到他自己面对死亡了。他的生命成了一个混合体：心灵仍然智慧，但心灵附着的那具躯体却被心力衰竭弄得毫无用处。他期待终点快些到来，越快越好。我指了指扶手椅。他把手杖放到一边，哼了一声坐下了。

现在轮到我打量他了。他的呼吸很弱，稍稍用力就喘不上气，肚子因为膨胀的肝脏和腹水而向外隆起。我看到他的双腿肿胀发紫。他穿着大一号的拖鞋，袜子绷在肿得厉害的双脚上。他的腿上有溃疡，袜子下面透出一块块药膏的痕迹。我不必给他检查了。这是严重终末期心力衰竭的症状。我吃惊于他竟然还能走出家门，因为他在任何一刹那都可能死去。

在彼得来访之前几个月，我和一位同事给英国心脏学会（那时候还叫这个名字）*的成员写了一封公开信，宣布我们准备测试

---

* 英国心脏学会 (British Cardiac Society) 现已更名为"英国心血管学会"(British Cardio-vascular Society)。

一款革命性的新型人工心脏——贾维克2000。我们需要招募心力衰竭又不适合接受心脏移植的临终患者。彼得完全符合这个要求。

我读了他的心内科医生撰写的病历。彼得是在2000年3月诊断出扩张型心肌病的，原因是病毒感染了心肌。他之前得了一次流感，发展成心肌炎，但后来康复了——至少表面上如此。现在他心脏增大，心律不齐，二尖瓣也有反流。这样的病人一般会在诊断后两年内死亡，彼得却已经远远活过了两年。他曾多次被医院收治，入院时呼吸困难，咳嗽里带着积液，如果不用利尿药物迅速治疗，这种"肺部积水"就将是他最后的症状。

每次入院，他的药物治疗都会升级一次，这些药物效果平平，也只带来了短暂的舒适。现在所有的有效药都达到了最大用量，他仅有的一只肾脏也开始衰竭。几个月前，他的心内科医生找到伦敦一家医院的几个外科医生，问他们能否修好他反流的二尖瓣，给他增加一点生的希望。一名外科医生给他看了门诊，他彻底反对这个建议，说手术已经不大可能，因为时间太晚，风险也太高了。

据医疗记录的描述，他体内有大量积液，稍一用力就呼吸困难、筋疲力尽。他不能平躺，睡觉时只能用枕头撑着或坐在轮椅上。根据我的记忆，我那位可怜的外公就是这种情况。

在我的办公室，彼得为了积累说话的气息，辛苦得满脸是汗。我记得当时心想，这个男人能活着剪一次头发就算运气了，而他们居然还要我给他做手术。不过话说回来，机械心脏就是用来帮助这类患者的。它们的使命正是改善这种常人无法忍受的生活，减轻这些症状，延长病人的寿命。这时迪伊镇定了些，给我们送来茶水。彼得向她道谢。这下我们可以交谈了。

　　我感谢彼得和他儿子克服艰辛来找我，接着询问他转诊前后的情况。他是一位心理学家，一直在伦敦的米德尔塞克斯医院工作。说来讽刺，他发病前刚好在写一本题目叫《健康地死去》(*Healthy Dying*)的书。就在几天之前，他还挣扎着去和这本书的合著者罗伯特·乔治大夫(Dr Robert George)见了面，乔治是大学学院医院的姑息医学主任医师。

　　彼得原本想和乔治道永别，但是乔治看他实在难受，就去找了个心内科医生，问他能不能想想办法。那个医生正在给人看病，乔治一边等候一边浏览他的记事板，上面的一则剪报里提到牛津的心泵项目。他认得报道中那个外科医生的名字，斯蒂夫·韦斯塔比，因为他做初级医生时见过我。他和那个心内科医生都想知道我能不能帮帮彼得。

　　我的回答很直接，说我们可以互相帮忙。我刚刚得到一个机会，可以做一件前人从未做过的事，这件事一旦做成，全世界数十万病人都有可能获益。我对彼得说得很坦率：我现在正需要一只小白鼠，而他正好合适。

　　我从办公桌抽屉里拿出贾维克2000给他们看。那是一部钛制涡轮机，大小相当于我的大拇指，或者一节2号电池。我解释说，这部心泵将会植入他那颗衰竭的心脏内部，就安装在心尖的位置。他的左心室胀得很大，有足够的空间容纳心泵。我们会在他的心肌上缝一个约束环，用来固定心泵，然后在心壁上打一个孔，把心泵塞进去。心泵的高速涡轮会通过人工血管，从他那颗挣扎的心脏里抽空血液，并将血液注入他体内最重要的血管——主动脉。

我向他展示鱼雷形状的叶轮是如何在发动机的管道内部转动的。它转速飞快，每分钟 1～1.2 万转，泵出的血液达到 5 升或更多。这个泵血量和正常心脏相仿，区别在于它是持续供血的。也就是说，它不像正常心脏那样先注满再排空，一下下地射出血液，因为它并不搏动。这部装置只有一个潜在的问题，那就是彼得的右侧心脏必须适应加快的血液循环。如果右心室能够适应，那么这部人工血泵就会和心脏移植一样理想了；如果不能，他就会死。

彼得听到"心脏移植"时颤抖了一下。当他的生命接近终点，心脏移植曾是最后的希望，而当移植申请遭到拒绝，那深切的心理创伤不应该被任何人忽略。他心里怀着怨气，因为他已经历过两次筛选。第一次说他病得不够厉害，没有资格移植；第二次他 58 岁，他们又说他病得太重，移植了也没用。

我试着向他解释这件事的原委：心脏移植评估是一个残酷的过程。说移植是心力衰竭的"黄金疗法"，就好比说赢彩票是赚钱的最佳手段。首先，心脏移植很讲究年龄。在 20 世纪 90 年代，医院对超过 60 岁的病人根本不会考虑。当时的英国有大约 12000 名 65 岁以下的严重心衰患者，能移植的供体心脏却只有 150 颗。显然，移植医生有责任甄选出最有可能受益的病人，这些病人的数量是相当稀少的。

而我想做的就是帮助像彼得这样的患者——那些始终得不到移植机会的重病号，和那些被医生抛弃、只能接受"姑息治疗"的老少病人。当死亡的阴影挥之不去，这些人只能靠麻醉药物来缓解痛苦。彼得拒绝服用这些药物。他告诉我，他安慰过 100 多个临终病人，对死亡已经十分熟悉。"我告诉他们需要做什么，能做什么，死前会经历什么阶段，还有一些类似的事情。"我心想，我亲手超度的病人是这个数字的三倍还多，不过现在不是比试人数的时候。

经过一番休息，也掂出了我的分量，他的表情变得更有生气，病态的面容背后开始闪现出非凡的性格。他的微笑透过灰色的面容和紫色的鼻子浮现出来，让我产生好感。来我这里之前，他已经反复遭到拒绝，由此产生的创伤让他对我们的会面根本不抱期望，恰恰相反，他满以为我也会拒绝他。

我十分怀疑他能否活过全身麻醉。如果我们收治他的话，没有人敢说我们挑了一个容易治疗的病人，或者一个不需要心泵的病人。无论是我们自己医院的伦理委员会还是医疗设备局，都要求有独立人员验证第一个接受贾维克 2000 的患者已经病危，而且寿命即将结束。这两条标准，彼得都能达到。因此最终的决定在我。我冲动地告诉他，如果他允许我们出手相助，那将是我们的莫大荣幸，而且如果他想接受，那么这第一台心泵就归他了。听了这话，他先是现出震惊的表情，但随即就咧开嘴露出灿烂的笑容。他中彩了。

他问起成功的概率，我嘴上说大概一半对一半，心里却知道这个估计太乐观了。和许多病人一样，他最担心的是自己会在手术中留下脑损伤，这样就比手术前更悲惨了。我安慰他不用担心：如果手术失败，他肯定会死。这样的安慰或许显得奇怪，但是这个失败等于死亡的说法他听进去了。他眼下的生活已经难以忍受，但是作为天主教徒，他也和大多数教友一样，为了家人不会考虑自杀。手术是安乐死的另一种选项，而且不必面对道德两难。

我问起他的妻子，为什么没有一起来？他说戴安娜是一名教师，不能随叫随到。他们夫妇两人一起创立了全国无子女者联合会，写过一本《没有子女如何生活》（*Coping with Childlessness*）的书，还收养了 11 名子女。他年轻时打过橄榄球，这一点和我相同。我看出他是个好人，如果有额外的生命一定会好好利用。

我向他展示了设备，问他能否习惯带着电池生活。控制器和电池会放在一只单肩包里，他要随身携带，一刻都不能丢开。当电量走低或者电池脱落时，设备就会响起警报。他每天要更换两次电池，到了夜里还要把身体连上家里的交流电源。真是非常有未来感的画面。

接下来还有意外揭晓。为了给他的身体接电，贾维克博士和我想出了一种革命性的新方法。本来供电线可以从腹壁穿出，但这么做有一个大问题：容易感染，因为穿过脂肪和皮肤的电线会不停移动，由此将细菌引入体内，有时就连心泵都会遭到感染。有七成病人最终会遇到这个难题，其中许多人需要再做手术。和这个旧办法不同，我们决定在彼得的颅骨上拧进一只金属插头。人的头皮几乎没有脂肪，还有丰富的血液供应。插头会牢牢固定在颅骨上。我们相信这个办法能把供电线造成感染的风险降到最低。

也就是说，彼得的头上会多出一个电插头，从它连出的电线会穿过颈部和胸部，为心泵送去电流。简直像魔法！这下我真成弗兰肯斯坦博士了。

彼得听了哈哈大笑。他的心情变好了。我提醒他说，我们会在他的胸部左侧开一个很大很痛的切口，用来植入心泵，这下他笑不出来了。另外，他的颈部和头皮上也会开几个较小的切口，用来安装电路。彼得问我以前有谁接受过这类手术。我说没人。

"那么，这会成功吗？"他问道。

"会的，我在绵羊身上试过。"我说。

他又大笑起来，接着问我血泵在心脏里运行时，他会不会听到什么声音，或者有什么感觉。

"这个嘛，那些绵羊从来没抱怨过。"

我突然想到应该提醒他以后不会有脉搏了。叶轮（血泵的运动部分）会高速旋转，将血液持续推入他的身体，这更像是自来水在水管里流动，与生物心脏的搏动射血截然不同。这是说他的护士和医生永远摸不到他的脉搏，也测不到他的血压了吗？是的。他今后的生活会很不一样，但肯定比另外那个不可避免的走向要好。在这方面，他将是一位先驱人物。

他又提出一个显而易见的问题：如果他在远离医院的地方失去意识，别人又怎么知道他是活着还是死了呢？他问到了我没有把握的领域，于是我用一个假想的回答糊弄了过去。但是我承认他问到了点子上。几个月后的冬天，另一个安装了心泵的病人在家里跌倒，撞到了头。他过了一阵子才被人发现，当时已经失去意识，浑身发冷，也没有脉搏。结果救护车直接把他送去了太平间。

彼得又提了最后一个问题：尝试这样一台手术，我觉得紧张吗？毕竟这手术纯属科学幻想，很可能会熄灭他的生命。

"一点不紧张。"我答道，"除非你想让我紧张。我不是那种会紧张的类型。那样的人是干不了这份工作的。"

听了我这番话，他直接说：

"那我们上吧。"

我却告诉他不要冲动，先花一点时间和家人朋友商量商量。

还有一件事：我要亲眼看看他的超声心动图。我们把他推到心内科，扶他上了躺椅。他的呼吸又急促起来，我们很快就发现了原因。他的左心室胀得很大，几乎不怎么动了。扩张的心壁把二尖瓣扯得很开，但是这个问题在装上心泵之后就无所谓了，只要他的主动脉瓣没有反流就行——确实没有反流。心泵能把血都吸到主动脉去。他的右心室也状态不错。最重要的是，他的解剖结构看起来很适合手术。我要做的就是别老操心风险。这台手术决不能失败：要是第一个病人死亡，这个项目就完蛋了。

拍完心动图，彼得自己从躺椅上下来，又坚持自己走到门边。我虽然不能说他的脚底装了弹簧，但他出去的时候有了比弹簧重要得多的东西——希望。自从怀着绝望从移植评估处蹒跚离开，这还是他第一次重燃起希望。这下我们真该上了。

彼得的妻子戴安娜和他们领养的孩子们展开了激动的讨论：彼得是该珍惜他手头不多的时间，还是该冒着死亡的危险，用手术争取更好的生活？戴安娜告诉丈夫，她不能替他决定，也不能指导他应该怎么做，但无论他的决定是什么，她都会全力支持。

在我们会面之后两天，彼得告诉我他同意手术了。我接着要做的是邀请欧洲顶尖的心力衰竭专家、心内科医生菲利普·普尔—威尔逊，让他来确认彼得的预后确实很差。6月19日晚上他可以来牛津。我对他会说的话胸有成竹，因此计划20日就开展手术。

我必须协调来自休斯顿和纽约的两支队伍。巴德·弗雷泽在得州心脏研究所从事动物研究，植入过的机械心脏数目超过任何一位外科医生，他将是这次手术团队的重要成员。贾维克博士也会亲自从纽约带来设备。手术前两天我们会让彼得住院。我们必须把这次心力衰竭治疗做到最好，并教会他操作控制器和电池。同样重要的是，还要把他介绍给手术团队的其他成员。

手术前一天下午，我们把彼得送进心脏重症监护病房。德西蕾护士长剃光了他的左侧头发，预备做颅骨基座的切口。麻醉医生戴夫·皮戈特（Dave Pigott）在手腕动脉里插了一根插管，在右侧颈内静脉里插了一根静脉插管，接着又把一根气囊导管沿静脉送进右侧心脏，一直通进肺动脉。

那天傍晚，我带着贾维克和巴德去看望彼得。虽然他再过不到12个小时就要经历一场胜算五成的生死考验，但我们的这次谈话却是活泼而令人振奋的。他在几个月里第一次谈到自己的将来：如果能活下来，他会做些什么来支持我们的项目；他已经好几年没有度假了，出院后准备去哪里度假等等。这些正面话题对我们大家都很有帮助。现在就等大教授光临了。

菲利普晚上十点半到场。他和彼得详细交谈，认真查看数据，午夜刚过时又露了一次面。他预祝我们好运。阿德里安·班宁（Adrian Banning）是彼得在牛津的心内科医生，他把彼得的困境比作一个站在跳水板上的人，即将跳下却不敢肯定池子里到底有没有水。阿德里安这样说：

> 彼得·霍顿的身体已经功能性死亡，唯一剩下的只有一个充满沮丧的头脑。心力衰竭的预后比任何类型的癌症都差。一旦你掉出心脏移植的候选名单，传统疗法就帮不了你什么了。每个心内科医生的诊所里都挤满了这类病人，他们无法工作，只是硬撑着等待死亡。

早上七点半，我们全员在第五手术室的麻醉室内集合。巴德照例戴着牛仔帽，穿着牛仔靴——这在得克萨斯是标准装束，到了我们牛津就不怎么标准了。我问彼得是不是还有所保留，有没有什么最后的想法。他回答说反正手术过后他肯定会在一个更好的地方，不是人间就是天上。我向他满口保证肯定没问题，这是每位病人在麻醉前都应该听到的。

他一睡着，我们就在手术台上给他翻了个身，让他的身体左侧朝上，把这一侧的头部和颈部都暴露出来，接着我用无法擦除的黑色记号笔在准备切口的地方做了记号。我们打算让供电线从他的胸腔顶部穿出，通过脖子连到头部左侧。我的同事安德鲁·弗里兰（Andrew Freeland）是人工耳蜗植入专家，他负责把基座固定到颅骨上，我们其他人则会打开他的左侧胸腔，暴露心包和主动脉。这需要在他的肋骨间开很大一道口子。

怀着一丝害怕，我暴露了彼得腹股沟处的腿动脉和静脉，把他与心肺机相连，又切开了他胸部的脂肪和萎缩的肌肉。金属牵开器撑开他的肋骨，把他的肺和心包呈现在我们眼前。肺的后面就是主动脉。通过肩上的另一处切口，我们将黑色的绝缘电线向上拉到他的颈部，再沿着颈部向上，从他左耳后面拉了出来。这个操作很难，因为电线边上紧贴着几条大动脉和静脉，更别说那几束性命攸关的神经了。

电线的末端连着一只微型三脚插头。这只插头连着一个钛基座，基座上有六个螺丝孔，用来把基座同彼得的颅骨表面牢牢固定在一起。安德鲁在他耳朵后面开了一个 C 形切口，刮掉颅骨的纤维状表面。然后用一把电钻在头骨上钻出螺丝孔。他把插头牢牢固定在颅骨上，然后填进干骨粉，好让钛基座周围的骨头加快愈合。这台手术我们可以说是一边操作一边发明出来的。

现在只剩一道工序：在插头穿过的那块皮瓣中央打一个孔，让它能连接外部供电线，最终连到电池和控制器上。接着是关闭头部和颈部的切口，再往下就要准备植入心泵了。

我划开了包裹在彼得心脏周围的心包，里面糟透了。那个巨大颤抖的左心室，纤维组织的比例已经超过肌肉，几乎不动了。这时手术进行了一个小时，彼得的血压低得令人心慌，血液中堆积大量乳酸，我们必须打开心肺机辅助他的血液循环。巴德手里拿着钛泵，我把肺部朝外拉了拉，露出主动脉。把心泵植入他的心脏前，我们要先把人工血管的一头缝到主动脉上。这根人工血管的长度要刚刚好，如果太长会打结，如果太短，情况会更糟。不仅如此，缝合时还要万无一失，绝对不可以渗血。

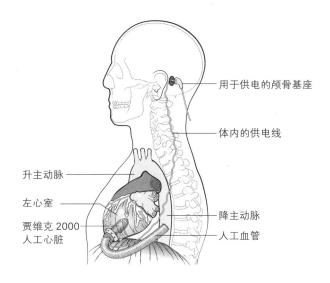

用于供电的颅骨基座

体内的供电线

升主动脉

左心室

贾维克 2000
人工心脏

降主动脉

人工血管

植入左心室的贾维克2000人工心脏，手术对象是彼得·霍顿

接下来好戏正式开演。我们开始在圆形的心尖上缝约束环，心尖现在的样子和一只烂甜瓜没什么区别。从今往后，彼得的心脏再也不用独自负责血液循环了。从现在起，他的生命将会依赖技术。

现在唯一要做的就是从约束环的中央挖出一块心肌，然后把心泵塞进去，这就好比挖出一只苹果的芯子，然后塞进一枚手电筒的电池一样。这部心泵将成为彼得的救生筏。我们就要创造一个没有脉搏的人类成员了，现在看来一切都很顺利。我在被约束环圈在中间的肌肉上划了个十字，接着，我们用取芯工具挖出一个孔，把心泵塞了进去。进去了。计划成功——至少目前看来是这样。

德西蕾的手上拿着控制器和电池，等待着启动指令。我确认了心泵和人工血管里已经没有空气，于是我们把心泵的速度调到每分钟1万转。流量探测器显示，它正以每分钟4.5升的速度泵血。我们把心肺机的流量调低，缓缓地从一个系统切换到另一个系统，让贾维克2000和彼得自己的心脏接手泵血任务。最后我告诉布莱恩"关掉心肺机"。到这时，整台手术已经进行了两个小时。

所有人的目光都集中到监护仪的屏幕上。动脉血压描记线仍是一根直直的平线，数值只有正常血压的2/3，静脉压也比正常值低。这虽然说明右心室应付得不错，但还是太低了。彼得的循环系统需要充满血液，否则那个强大的涡轮发动机就会把他的左心室抽空，引起梗阻。我们的目标是找到一个平衡点，既要让心泵承担大部分工作，也要使彼得自己的左心室继续射血。

现在我们需要根据一套全新的无脉搏生理学调整治疗策略——你可以叫它"平线生理学"（flatline physiology）。我们之前照看过许多只绵羊，完全知道应该怎么应付。

剩下的一项最麻烦的工作是止血。现在他身上的每一处切口、每一个针孔都在渗血，因为他肿起的肝脏已经不再制造凝血因子，这在大多数需要人工心脏的病人身上都很常见。于是我们给他注入了供体凝血因子和黏性细胞血小板，用它们来堵住针孔。最后，我们让主治医师关闭了胸腔。

到了手术室外，我们检查了一下贾维克2000的功耗，7瓦特。它的流量在每分钟3.5到7.5升之间摇摆，这取决于泵的转子速度和彼得自身的血压。他的血压正在对泵流形成阻力，这是一种违反直觉的生理机制：如果彼得的血压增高，泵流量反而会大幅下降。而一旦流向身体和脑的血量不足，乳酸就会在血液中淤积，肾脏也会停止产生尿液。但目前来看情况还算正常。这只血泵正在发挥它的功效。

胸腔关闭之后，他们取走了手术巾，然后把彼得放到推车上，送进重症监护病房。我们有一支精英护理团队，他们做了细心准备，知道接下来该做什么。彼得的身体还连着一台监护仪，有一群人围过来参观这个一根平线的患者。他是第一个永久安装了一部革命性人工心脏的人。我们把他交给护理团队，吩咐他们一有不对就给我们打电话。

这是我做过的最激动人心的手术之一，我兴奋得过了头，只勉强睡了一会儿。清晨四点半太阳升起，我去病房探望彼得。我用听诊器听他的心脏，那里已经没有"扑通、扑通"的跳动声，只有血泵转子连续转动的典型"嗞嗞"声。他仅剩的那只还有功能的肾脏已经不产生尿液了，但这也在我们的预料之中。我最担心的是输血会破坏他的肺部，而他这时已经输了 30 个单位的血。现在血液正沿着降主动脉向上回流进他的脑子，我不知道他还要多久才能苏醒。只有时间知道答案。

彼得在之后的 36 个小时里始终情况稳定，意识也渐渐开始恢复。他刚一苏醒到可以呼吸、咳嗽和理解指令的地步，我们就把他高大的身躯撑起来，拔掉了气管插管。

他看到我，说的第一句话是"你这兔崽子"。在肋骨之间做开胸手术是很疼的，更何况他的头部、颈部和腹股沟还有别的切口。

但他说这句话时面带微笑，语气也很幽默。能活下来他很高兴。我们谈了一会儿手术的过程。我开玩笑说，虽然他相信耶稣，现在却是弗兰肯斯坦的怪物了，要靠脑袋上那个插头才能活着——正是这东西让他头痛。他急切盼望康复，盼望着充分利用自己的新生命。

手术后的第一周，他的肾功能就改善了，我们也不必再为他透析。他在理疗师的帮助下努力下床，努力恢复行动能力。虽然心泵立时将他的血流恢复到了正常水平，它还是用了几个月才扭转慢性心力衰竭造成的消耗——这一点和接受心脏移植是一样的。不过他的恢复情况已经让人十分惊叹和释然：他的呼吸已不再急促，原本衰竭的左半边心脏也不再对肺部形成"反压"（back pressure）。长期淤积在组织内的几升液体开始排出，腿上的溃疡在愈合，他的脸和鼻子也泛出粉红，不再是青色的了。

值得一提的是，彼得在手术后短短 11 天就离开医院，跟着家人回到了伯明翰的家里。要是在美国，他绝不可能这么快就出院。他临走前在媒体前露了个面，当时已经有许多摄影师在医院门口守候。他当天心情大好，怡然自得。我们这支英美联合团队取得了世界第一，但彼得才是真正的明星——这个装了仿生心脏的没有脉搏的人。他形容自己是个标准的"电子人"（cyborg）。

彼得的锻炼能力一天天进步。不到几周，他的肚子就随着积液的排出而缩小了，接着粗大的双腿也重新苗条起来。当年 11 月，也就是手术后五个月，我约他在门诊见面，这时他连心律也恢复了正常。

他对我说了很多话，告诉我 6 月以来发生的种种已经把他从一个难民改造成新人。他本来已经被迫打包上路，不得不抛弃生命中的一切，现在却得到了一个没有期限的假期，可以继续留在这里。谈话中，他的迷人个性表露无疑。之前无可抵挡的恐惧和茫然已经变成毫不掩饰的喜悦——他庆幸自己躲开了死亡。几年以来，他第一次这样健康、这样强壮。他回忆道：

> 别人说我勇敢，我实在生气。我其实一点都不勇敢。我只是在用一种确定的缓慢的死法换一个不确定的选择：要么手术失败速死，要么彻底康复。我在刚刚出院时根本不敢计划将来，可以说是过一天算一天而已，现在却开始思考怎么利用时间了。我联系了每一个朋友，告诉他们我还没死。

彼得在伯明翰外出走动时，绝对是一景。他的一侧头发过了一段时间才全部长齐，起初路人一眼就能看见他那个插头和那段黑色的电线。孩子们会走过来问他为什么头上有个插头，他是不是机器人。彼得很乐意停下脚步跟他们解释。那个圣诞节他过得特别快乐，这是他之前根本不敢指望的。

一月大减价的一天，他外出购物时，头上忽然一阵尖锐的疼痛。原来是有个小偷想要抢走他那只装着控制器和电池的单肩包，他还以为里面放的是一台照相机呢。彼得头骨上的插头基座被扯了下来，心泵也骤然停止。那个少年抢匪本来想抓起单肩包就走，但是包里传出了刺耳的断电警报声。那小子感觉不妙，扔下包跑了。几个逛街的人帮忙找回了彼得的供电线，他摸索着将插头以最快速度重新装到脑袋上。一个老太太替他接好电线，尽管她并不知道自己立下了怎样的功劳。心泵恢复通电之后哗哗运行了起来，并未受到什么影响。

"我当时确实感到一阵晕眩。"彼得回忆说，"但那应该主要是因为受了惊吓。拉扯的地方我一连几天都觉得很痛。"

手术后的第一年里，他设法将身体休养到了最佳状态。到第二年，他开始寻找有意义的目标，好让这"额外的生命"过得更值得。这个重生的机会将会占据他整个人生十分之一还多的长度，他觉得非要活出一点意义来，不能只是做一件展品。他开始不知疲倦地工作，为我们的项目筹款，还帮忙做宣传。他迫不及待地想让别人也获得和他一样的机会。很快他就成了我们团队中的一位重要成员，开始为其他适合安装辅助设备的患者和他们的家人提供建议。

彼得从来不是一个听话的病人。他鼻子老出血，于是擅自减少了抗凝剂的用量。他虽然给判了缓刑，但也要付出代价：每过八小时他就要换一次电池，把电量用光的那块取下来充电，平时出门也总要把设备带在身边。有时，他会在出门前忘记换上充满电的电池。有一次补牙的时候，突然响起电池即将用完的警报声，牙医只好匆匆开车把他送回家。

彼得是一位多产作家，自己出版过《死亡、垂死和不死》（*Death, Dying and Not Dying*）一书。得知自己募到的捐款能帮助其他病人植入心泵，他感到巨大的满足，也很享受与同样安装了仿生心脏的患者们的同志之情，他们大多数都很有活力，其中一些甚至过上了冒险的生活。

内心深处，他始终希望自己的心脏能完全恢复，好拆掉这个植入的硬件。虽然他的心脏确实恢复到了一定程度，我们还是拒绝了这个诱惑。幸亏我们没有动手，因为他的心脏后来又再次衰弱。在生命的最后三年里，他已经离不开这部心泵了。讽刺的是，这时倒有人答应给他做心脏移植了，他一口回绝了对方，连谈都不愿意谈。

活到第六七年时，他开始操心衰老的问题，这是他以前绝对不曾料到的。他的双手得了类风湿性关节炎，妨碍了执笔写作；前列腺也肿得很大，需要动手术解决。我们在牛津为他安排了手术，因为没有别的医院肯接手这样一个病人。用他自己的话说："不知道将来的某一天，有意义的生活会不会变成一副重担，压倒我对这段新生命的惊奇。"

彼得在2007年8月最后一次出访美国，其间接受《华盛顿邮报》的采访，说了许多心里话。他承认这颗人工心脏促发了一些宗教危机，使他质疑自己的天主教信仰。他还写出自己对于死后世界的疑问："谁知道呢？那些人只是神父，他们是不太习惯在这个问题上接受质疑的。"他发作了几次临床抑郁症，医生给他开了18个月的抗抑郁药，但是他一粒也没吃。他还说："我好几次心想自己还是死了好，让别人继续他们的生活吧。我觉得这条命该结束了，但在选择方法时却迟疑了。我这人太懦弱，不敢结果自己。"他对一个精神科医生谈起自杀的念头：

他并不怎么担心，他说对于一个陷入困境的人，这是完全理性的想法。他并不觉得惊讶。他建议我想想我在做的事，而不劝我不要自杀。他质问我：你是真的想自杀吗？我说真的想，只是想法还没强烈到让我克服对自杀过程的恐惧。

我这位亲爱的电子人正游荡在一块无人涉足的土地上。植入心泵后的七年半，我们已经深入前人不曾到过的境地。在这之前，还没有人能带着机械心脏活过四年半。彼得说："这种手术把你放到一个谁都没有经历过的位置上。你现在是依靠电池生存，这肯定对你的人生有影响。你成了一个科学发明出来的个体，你必须学会接受这一点，必须应付它带给你的情绪变化。你的心会变得冷酷。"他坦白自己现在对金钱有一种无所谓的态度。"你不再担心自己是否在信用卡上花了太多钱。如果没多少时间可活了，那还不如好好享受它。你会想：管他呢，想要什么就买吧。"

彼得把筹集的大量善款都用来参加国际会议。他在会场上是备受尊崇的人物，推动了这项新技术的实施。然而《华盛顿邮报》那篇报道的最后一段却揭示了他的另外一面：

一切变得正常了。你不再把自己看作一个古怪或者反常的人。我从死亡边缘给人拉了回来，变成电子生命的代言人，这虽然伴随着严重的心理转变，却也是一段特别的体验。就像坐过山车一样。我想这总比死掉好吧。五天里有三天我是这么想的。

彼得在伯明翰安置中心（Birmingham Settlement）找了一份工作，专门帮助流浪汉和穷人。与此同时，他还致力于在威尔士的群山中建设一处心灵静修所。他参加了一次 146 公里的慈善步行，还去瑞士阿尔卑斯山和美国西部远足。我们这位"行走的死人"在手术后又生存了将近八年。他的事例促使美国和许多欧洲国家采用这种微型旋转血泵作为心脏移植的替代疗法。许多病人出院后继续工作。现在 16 年已经过去，随着护理血泵患者的技术日渐高超，机械心脏能够实现的生存时间已经快要和心脏移植相等了。

在《华盛顿邮报》刊登那篇报道之后几个礼拜，彼得就死了。我当时远在日本，正努力向一个不接受心脏移植的文化介绍心室辅助装置。彼得的死和他的心泵无关，也不是心力衰竭造成的。他只是出了许多鼻血，造成他仅有的一只病肾发生衰竭。其实他当时完全可以接受透析治疗（我们在第一次手术之后就给他透析了一个礼拜），但当地的医院拒绝介入。由于缺乏治疗，他血液中的钾和酸大量淤积，造成心脏纤颤，他的心泵也给关掉了。要是我当时人在英国，我们一定会把他接过来治好的。我认为这是一例完全没有必要的死亡。

我们征得彼得的妻子戴安娜的同意对他做了尸检，为的是研究没有脉搏的血液循环对身体的长期影响。那只心泵还跟新的一样，里面没有血块，转子的轴承也只有微小的磨损。我们把它还给了纽约的罗伯·贾维克，它继续在一部试验设备上工作了几年。彼得自己的左心室严重扩张，仍然没有恢复功能。唯一和心泵有关的发现是他主动脉壁上的肌肉变薄了。由于脉压小到几乎为零，他的主动脉也不需要像我们一样保留厚厚一层肌肉。这绝好地体现了自然对于环境的适应。

彼得留下的遗产是宝贵的。他的经历证明了机械血泵的巨大潜力：它能为千万名严重心力衰竭，却没有资格接受心脏移植的患者带来高质量的生活。这里几乎没有任何伦理争议，无论你怎么费心搜罗。如果不接受这种疗法，那些病人就只有短暂而可怜的生命，这就是现实。

彼得说得很清楚：这段额外的生命不是普通的生命。你要为此付出代价，还要再度迎接死亡。但他毕竟是第一个显示了血泵技术真正潜力的人。我也很高兴，在一项大多数人认为不可能的事业中出了一份力。彼得真是一个不同凡响的男人。

第十一章

安娜的故事

身体和心灵就像丈夫和妻子，并不总会约好一起去死。

——查尔斯·C. 科尔顿[*]

我的工作是帮人度过生命中最脆弱的阶段——当他们发现自己患上严重心脏病的时候。当患者和我见面时，个个都明白自己可能会死，甚至有的人已经在等待死亡。有那么一位女士铁了心认为自己要死，以至于在一次极为简单的手术之后真的把自己想死了。绝对不要低估人类的心灵。那可是强大的东西。

有一件事是肯定的：对于病人和家属来说，每一次和医生的会面都充满情绪。这一点在安娜身上尤其明显。安娜的人生一开头就很艰难。她母亲在她只有 11 个月大时就死了，不过幸运的是，

---

[*] 科尔顿（Charles Caleb Colton，1780—1832），英国教士、作家、收藏家、赌徒。

她的人生中还有另外两个坚强的角色可以依靠。她父亲大卫在牛津郡的一座宁静村庄里把她养大，那里离教堂很近——不仅在地理上如此。后来她结了婚，丈夫德斯又支持她走过起起落落。

安娜出生后七个月，她母亲遭遇了一次大范围中风。当时她三十四五岁，发病前毫无征兆，没人说得清她为什么年纪轻轻就得了中风。这是她和小女儿的最后一次接触。当医生告诉大卫他的妻子要死了，他直接回家洗起了尿布。

但在安娜的记忆里，她却度过了一个幸福的童年——假期跟着父亲到约克郡和根西岛玩，周日下午一起散步，还有野餐和郊游。大卫教她认识自然，带她走到户外，她在那里爱上了鸟类和植物。她在学校很用功，但是比起书本，她还是对村里的宗教和社会活动更感兴趣。她最喜欢小孩子，也常帮人照看。在教堂里，她总是负责抱着新生儿敲响钟声——这是一个源远流长的家族传统。

和我母亲一样，安娜从学校毕业后也成为了一名银行职员。她总是很早上班，晚上还常常加班。她对每一件工作都尽心尽力。就像她父亲说的那样："安娜内心的力量和坚持很可能是受我影响，我对此相当自豪。"

德斯是在村里出门遛狗时遇见安娜的。两人坠入爱河，在1994年7月结婚，后来又一起买了一所房子。当时她25岁，在银行和家里都很幸福。

接着，忽然之间，就在他们结婚后大约七个礼拜，她开始感觉劳累，有时筋疲力尽。她起初认为是工作时间太长了，但接着她又有几次突然喘不过气来，情况相当严重，她无法解释，只能归结为惊恐发作。她的脚趾青了，还长了一个疼痛的红斑。红斑后来起疱感染，虽然抗生素消除了感染，但她还是不明白起疱的原因，而且那个疱始终没消失。当时她还不知道，这些都是一种威胁生命的罕见疾病的典型症状，她母亲得的也是这种病。然而当时没人想到要去追查病因，她继续为生活忙碌着。

1994 年 8 月 29 日早晨 9 点，安娜因为剧烈头痛而卧床不起。这不是宿醉——她并未饮酒。德斯正在楼下读报，她记得电视上放着《丛林袋鼠斯基比》（*Skippy the Bush Kangaroo*）。接着房间忽然旋转起来，她感觉自己脱离了现实，走进脑子里一个奇怪而陌生的地方。她刚刚用力喊了一声，要楼下的德斯打电话叫医生，一切就都变黑了。安娜听见德斯打电话的声音，他焦急的口吻令她很担忧。她觉得自己需要一辆救护车。她的脑子想好了要说的话，喉咙和嘴巴却不肯配合。就好像她的脑子离开了身体，身体没有生命，也没有反应。这使她分外恐惧。

匆忙间，安娜被直接送进牛津的约翰拉德克利夫医院，入院时她已丧失意识，浑身瘫痪。急救护理*径直把她推进了抢救区。"气道，呼吸，循环"（airway, breathing, circulation）是急救人员辅助记忆的顺口溜，也是医学基础的 ABC。每个医生、护士和急救护理都知道这个。

几名医生在她的气管里插了一根管子，以防她憋死。然后他

---

*　急救护理（paramedic）是英国的救护车配置中处置权最高的职阶，职责和权限类似护士，但处置更紧急的情况。2018 年起被授予处方权。

们用机械呼吸机帮助她呼吸。她的脉搏稳定而强健，但血压很高——高血压说明有脑部损伤。这么说她的血液循环很好——是吗？有人听过她的心跳或者注意过她起疱的脚趾吗？她母亲的死因考虑进去了吗？不过公平地说，她的病来得突然，医生们的确没有时间调查她的家族病史。先保住性命要紧，之后再去研究她发病的原因。

诊断就像拼拼图。你要先找到其中每一块，再把它们拼在一起。只有到了那时，完整的画面才会呈现。安娜显然是突发了一次严重的脑损伤。在年轻人身上，这往往是因为某根先天脆弱的血管破裂，导致脑出血。

但是也有第二种可能，一种称为"反常栓塞"的事件。形成栓塞的东西叫"栓子"，那是在血流中浮动的一片外来物，可以是断裂的骨头从骨髓中释放的小脂肪球，也可以是从腿部的深静脉血栓上剥落下来漂到肺部的血块。如果空气通过插管或输液管进入血液循环，同样可能阻塞通向脑部的血管，或者在心脏中形成气栓。反常栓塞是由腿部或盆腔静脉中脱落的血块造成的，但是这些血块没有漂到肺部，而是通过心脏中的一个缺孔进入了脑，这会引起突然中风，有时甚至会致人死亡。安娜需要做一次脑部扫描，然后接受紧急脑外科手术。不过，安娜身上有一个积极的迹象：她的瞳孔仍然是正常大小，也能对光线做出反应。这说明她的脑还没有死亡。

做脑部扫描要注射造影剂，以显示她脑中的动脉。造影剂显示了脑动脉的壮丽结构，仿佛一棵橡树的无数枝条——不过这是一棵生命之树，而其中的一根树枝被锯掉了，也就是说，有一根血管过早地停止了工作，虽然它并未出血。一个栓子堵住了为脑干供血的一根关键动脉，阻断了这个重要神经中枢的血流。

她有一片关键的白质已经死亡或是受了损伤，其中包括通向手臂和腿的神经，支配语言的神经，以及控制身体自主反射行为的神经。看来她已经落入无意识的深渊，很可能也失去了视觉。

然而，看上去完全昏迷的安娜，怎么可能还有听觉和想法呢？这说起来仿佛恐怖片里的情节，就像被活活埋进一口有一扇窗户的棺材。这是可怕的"闭锁综合征"（locked-in syndrome），患者全身各处的随意肌完全瘫痪，只剩下控制眼球的那些还能活动。更糟的是，只有眼球的纵向运动和眨眼动作保留下来。此外，负责思考的大脑（也就是大脑皮层或说灰质）并未损坏，病人依然警觉，意识清醒。他们可以思考，只是说不出话也动弹不得。真是噩梦一般的处境。

安娜从来没有真的失去过意识。她的声带没有瘫痪，只是丧失了在呼吸和说话之间协调的能力。因此，她虽然在外界看来陷入了深度昏迷，但是从她自己的角度，她的听觉和思维过程依然正常。这种被困的新生活自然十分恐怖。她能看见外面的景象，虽然周围全是陌生人；她也始终能听见断断续续的蜂鸣，那是监护仪发出的声音。由于神经系统失控，她感觉很冷，虽然她身上其实盖着几条暖和的毯子。她感觉自己的身体仿佛被冻住、捆住了一般。

她记得有一个橄榄色皮肤、戴绿色帽子、穿绿色裤子的男人试着将一根管子插进她手背上的静脉里。他似乎戳了好几下，弄得她很疼。她的肌肉完全不听使唤，也发不出一点声响，心里却在惨叫。那个男人并不跟她说话，仿佛两人是在完全隔绝的世界里。安娜心想自己是不是死了，尸体正在给人做实验？上帝或天堂都在哪里？

那个栓子是从哪来的？如果来自她腿部的静脉，那么她的心脏上一定有破孔，使栓子从心脏右边穿越到了左边。许多健康人的左右心房之间都有一个小孔，那是子宫中的胎儿循环留下的遗迹。在胎儿出生、肺部扩张之前，血液就是通过它从心脏的右半边转移到左半边。安娜需要做一个超声心动图。不仅她，所有中风患者都应该做一个，在关闭左右心之间的缺孔以后，类似事故才能避免再次发生。

安娜的心动图揭示了真相，也把她自己的病情和她母亲的早逝联系起来：她的左心房上有一只巨大的肿瘤。虽然它看来很脆弱，仿佛一片柔软的海藻，但是每次心房收缩，它都会强行穿过二尖瓣，梗阻心脏的左半边。这可以解释她的气急和疲倦症状。

她脚趾上的感染最初也是因为一块栓子，那是脆弱的肿瘤撞上二尖瓣时掉下的一小块碎片。接下来的一块碎片没有向下，而是向上走了；它直接穿过颈动脉，到达基底动脉和脑干——这是一条灾难性的路线，就连一个自毁的卫星导航系统都不可能规划得比这更准确。

心脏肿瘤虽不多见，我却也做过许多例手术。安娜生的是黏液瘤，这很常见，是良性的。这种瘤常常很脆，就像她的那只，所以才会有碎片剥落。许多黏液瘤最早的症状就是中风，因此一经发现就能立即手术摘除。幸运的是，大多数黏液瘤在摘除之后都不会再长出来。

几位心内科医生被召集起来为她诊断。福法（Forfar）医生要我赶紧摘除肿瘤。安娜的经历，还有她瘫痪在床的样子都让我很受触动。她的眼睛睁着，但眼神空洞，没有动作，也没有反应。但是，当我把听诊器贴在她胸口，却能听见梗阻的二尖瓣发出的杂音，还有黏液瘤"扑通"一声闯过二尖瓣的动静。之前就没人听过她的心脏吗？在这个阶段，我们还不知道她的神经学预后。我们一般不主张对刚刚中风过的病人动手术，因为心肺机的抗凝作用可能导致更多脑部出血；但是另一方面，我们也面临另一种真真切切的危险：很快就会有更多肿瘤碎片栓塞她的血管，威胁她的生命。

这个决定要由安娜的丈夫德斯和她的父亲大卫来做。就算预后不佳，他们也希望我给她做手术吗？这对他们是非常艰难的抉择，他们都惊呆了，大卫已经失去了妻子，现在宝贝女儿又陷入同样的境地。他们都希望安娜有机会康复。他们问我有什么意见。我说手术反正不会使情况更糟。他们决定做手术，我当天下午就把安娜带进了手术室。

安娜的心脏小而有力，不停跳动着，从外面看完全正常。然而从里面看，它却是一颗装好炸药、准备引爆的地雷。我必须注意不能碰它，以免惊动肿瘤的脆弱分叶。要先用一把钳子夹住主动脉，阻断这些分叶的逃跑路线。

我们先用心肺机接替她的血液循环，然后排空心脏。接着，我用那把钳子止住通向冠状动脉的血流，用心脏停搏液使心脏完全静止。现在这颗小心脏变得弛缓而冰冷，我打开了它的右心房。心脏手术很简单——至少理论上如此。

左右心房之间有一层称为"房间隔"的东西，那只黏液瘤就贴在房间隔的另外一侧。要接近它，最安全的方法是切开房间隔，找到肿瘤的底部。黏液瘤上常常会长出一根短茎，它的一头连着房间隔，另一头连着漂浮在血液中的肿瘤本体。我的目标是连茎带肿瘤完全切除，让它再也长不出来。要达到这个目的，最好的方法是分两步走：先切断茎，将脆弱的肿瘤本体轻轻抬起，使碎片不至于掉落，再将底部整个切除。我们正是这样做的。我自豪地将肿瘤扔进一只盛了福尔马林防腐液的罐子，准备作为礼物送给病理学家，让他去查查里面有没有恶性成分。我曾经给几个病人做过手术，他们的黏液瘤在摘除之后又长了出来，而且变成了恶性的。这种情况很少，但不是没有。

肿瘤摘除之后，安娜的心脏轻松地从心肺机上脱离下来，我们也关闭了切口。现在她身负重伤，但是不会受到进一步的损害。这台手术本身并不难。但是身为一个四肢瘫痪的病人，安娜能否挺过手术却很成问题。她对指示没有反应，我们也不知道她能不能独立呼吸，会不会咳嗽。平躺不动往往带来肺部感染，还有腿部静脉血栓造成的肺栓塞。

我们必须努力帮助安娜走完这段路，除了我们，这也是理疗师和亲友的任务。我们鼓励他们多跟她说话，放音乐给她听，即使她没有表现出任何意识迹象也要坚持。当德斯给她戴上耳机播放当地电台的音乐时，她没有一点反应。

然而奇妙的是，安娜的确意识到了周围的一切。当麻醉剂的药性消失，她就恢复了视觉和听觉，只是还不能动弹。最悲惨的是她感到疼痛却无法交流。在任何一个旁观者看来，她都还陷在深深的昏迷中。

一天夜里，当安娜正躺在床上流汗时，一个新来的护士为她更换了被单。出于善意，她摸着安娜的头说："真抱歉，我什么也帮不了你。"安娜的心里慌张起来，她以为这句同情的话意味着她就要死了。还有一次，另一个不太有同情心的护士在她身边说："她看上去就像一个死人！"

一天，有两名护士为她更换身下的床单。当她们把她从床的一边翻到另一边时，她那块不时脱臼的右侧膝盖又错位了，除她自己之外谁也没意识到。她剧痛难当，又没办法让任何人知道。后来有个细心的初级医生看出她两侧膝盖有种奇怪的不对称。他帮她把髌骨复位。没上麻药，一点也没有。

丈夫德斯和父亲大卫天天晚上下班都来看她，希望发现她好转的迹象。因为她所在的重症监护病房就在我从办公室到手术室的路上，我每天都有几次经过她的病床。看到她，我的第一个念头是她有严重且不可逆转的脑损伤，但我不是脑科医生，不好乱说。

9月5日周一晚上，安娜的叔叔来看望她。和其他人一样，他也坐在床边对她说话。她的眼皮上本来贴着防止眼球表面太干的胶带，这时胶带已经取下了。忽然，安娜的眼睛睁开了。叔叔惊讶地从椅子上跳了起来，大声喊："她醒了！她醒了！安娜醒了！"
她不仅醒了，放一根手指在她眼前，她还能用眼睛追踪手指上下
移动。自一周前中风到现在，这还是她第一次表现出意识的迹象。

德斯和大卫陪了她大半天，这时已经离开医院。听说这个消
息，他们连忙赶回来，但这时安娜又睡着了。意识到安娜没有脑
死亡，我们觉得应该让她试着自己呼吸。在接下来的二十四小时里，
我们设法将呼吸管从她喉咙里抽了出来，不仅为她卸下一副重担，
也降低了理疗和更换床单的难度。

又过了短短几天，安娜在一天中的大部分时候都是清醒的了。
她现在呼吸均匀，脉搏平稳，血压也很稳定。重症监护病房的床
位一向很紧张，于是他们不顾家属反对和我的严重怀疑，把她转
到普通病房区的一个单间。随着胸部理疗次数的减少，她很快得
了肺炎，需要用几种抗生素做联合治疗。由于她仍是平卧，无法
咳嗽，病情发展到了威胁生命的地步。她体温居高不下，大量出
汗引起脱水，身体一阵阵战栗，无法控制，痛苦得难以忍受。

她的肺炎没有好转，反而更加重了。一天，德斯偶然在装着
她病历的棕色文件夹封面上看到"DNR"的字样。那是"不要心
肺复苏"（Do Not Resuscitate）的缩写，这么写是因为有医生预计
她的生命质量会差到无法接受的地步，但这完全没有征求家属的
同意。这清楚地告诉他们：这些医务人员已经放弃了。

具体说，就是如果安娜的肺部感染发展得太严重，他们就不
打算给她连呼吸机了。大卫说："我猜想这是他们把她送出重症监
护病房的时候写的。我对医院里的伦理不太了解，但我觉得这种

事总该先和我们商量一下。"这他妈的当然应该先和家属商量。就连兽医也不会不和主人打招呼就让宠物去死。合理的做法（我说得婉转些）当然是和家属提一句。真可怕。

安娜既然住进了普通病房区的单间，就和重症监护病房的医生没有关系，而完全变成我的责任了。我召集几个手术助手、病房护士和理疗师开了一个病例研讨会，然后跟德斯和大卫开诚布公地谈了谈。我们已经帮安娜走了这么远，现在她也醒过来了，虽然她的神经系统不太可能复原，两位家属还是希望她能得到最好的治疗。

"不要心肺复苏"到底是什么意思？随着黏液瘤的摘除，她已经拥有了一颗年轻而正常的心脏，它绝不可能停止，也不需要谁在她胸口猛按或是用除颤器电击。她需要的只是一段时间的理疗和抗生素治疗，再加上充满爱心的护理，让她重新觉得自己是个人类。她绝不仅仅是床上一件不方便的物体。我这番鼓舞士气的讲话达到了目的，我们的团队齐心协力为她治好了肺炎。

渐渐地，安娜完全清醒的时间越来越长，没过多久就能坐在椅子上了。她的呼吸更顺畅，还学会了通过眨眼交流，对提问做肯定或否定的回答。善良的护士们发明了一套用睁眼和眨眼与她交流的系统，可是她们把说明书贴在远处一只储物柜上，安娜根本看不清，也没有人想到为她戴上眼镜。随着时间的推移，她移动头部的能力恢复了一些，接着还学会借助一块特别设计的"讲话板"与访客交流。这种交流很慢，但毕竟给了她手段来表达自己保存完好的智力。后来她对我们说起那段恍如隔世的经历：

　　我记得醒来时好像是深夜。周围很暗，不时传来断断续续的嘟嘟声，好像还有许多电视机在闪光。现在我知道它们都是重症监护病房的心脏监护仪。感觉好像脖子在盆里，有人把舒服的热水倒在我的头发上，按摩整个头皮。我不知道那是谁，但我知道他们在给我洗头！那感觉真舒服极了。

　　洗完之后，他们把盆端走了，我试着抬头。我想看看自己在什么地方。我的脖子好像丧失了所有力气，后脑勺仿佛灌了水泥。我说不出话，也不记得自己能不能哭出来。我很害怕。我的上方有一个方框，里面有挂帘子的导轨，还有油漆过的天花板。我既不能移动也不能抬头，只好静静地平躺仰望。视野里没有一点动静，耳边却有许多说话声。有一个声音我认得。那是一个女人，是我在银行的直管经理。我担心她是来查岗的，来看我为什么没去上班。有个人提到下礼拜的一场葬礼。我心想那就是我的葬礼吧。我叔叔想到我可能误会，安慰了我。我的脑子运转正常，可我的身体又在哪里呢？

　　我的床边常常围着许多穿白大褂的人。他们总在谈论我，却不和我说话。谈的都是我闻所未闻的事，谈完就走了。我有很多事想问他们：我在哪儿？为什么在这里？他们说话时怎么可以当作没我这个人？我很愤慨，却不能把心情传达出去。要是有人能和我说说话，许多混乱的心情和可怕的念头就都可以避免了。可就是没人向我解释发生了什么。

一天，一个名叫伊马德（Imad）的主治医师从里瓦梅德康复中心来看望她。他为人和蔼，还跟安娜说起了话。他问她要不要把鼻饲管拔掉，换一根直接通到胃里的饲管。

"我很讨厌鼻子里的那根管子。"安娜回忆说，"于是我睁大眼睛，用微笑表示了'好的'。在我的记忆中，这是第一次有人尝试让我也参与自己的护理。"

伊马德来这里是为了评估安娜出院后能否参加一个康复项目。那要等到三个月之后，因为她还需要比现在强壮许多，并且能够吞咽了才能出院。她的进步缓慢而稳定。她肺部又感染了几次，还接受了几个疗程的抗生素治疗。至少"不要心肺复苏"那几个字从她的病历封面上消失了。现在的安娜活力充沛，她也希望自己能保持活力。到 1 月底，她已经强壮到能移动头部和眨眼，而且看她的状态还能继续康复。虽然她的四肢依然瘫痪，但是能不靠呼吸机自主呼吸，已是一大幸事。

全部治疗持续了大约三年之久，一直到 1997 年的复活节，安娜才跟着德斯回到改造过的家，建设新的生活。她的身体仍然依赖他人，精神却很清醒。德斯在工作日一早就出门上班，这时家里会来两个帮手。他们帮助安娜起床，然后其中一个会陪她度过整个上午。到了午餐时间，第三名护理者会来接班，到晚上 7 点左右离开。那以后会再来两名帮手，帮她上床睡觉。这是每天的固定功课。她用头部的动作控制一部复杂的电动轮椅，去当地的超市或公园。她喜欢大家把她当作正常人，喜欢别人跟她说话。

她的轮椅上有一只遥控盒，可以用来开关前门、拉窗帘和操作电视。这只遥控盒通过一只红外线控制器操纵。她只要点点头，就会推动头部左侧的一根操纵杆，这又会触发一只光标在一张指令列表上向下移动。移动到希望的指令时，她再对操纵杆点点头将它选中。

她还有一间电脑室，窗口正对花园。室内有一部接收器，通过固定在她眼镜中梁上的一个白色反射点探测她的头部运动，她由此指挥一只光标在电脑屏幕上移动。电脑里还安装了特别开发的软件，让她能收发邮件，和朋友保持联系。就和手机短信有联想功能一样，她的电脑也总在猜测她接下来想写的词语。

除了失去行动能力之外，安娜声称中风后的生活并没有多少变化。身为一个女教徒，她接受了自己的处境，并尽量把日子过到最好。当地电台发起了一次募捐，用募到的钱为她买了一部能搭载那部轮椅的改装面包车。她父亲仿照"教皇专车"（Popemobile）的名号，把这辆蓝色的沃克斯豪尔面包车命名为"安娜专车"（Annamobile）。她生活中最担心的事是什么？那就是心脏里再长出一枚我不能摘除的黏液瘤。她对自己的身体很满意，不想因为又一次中风而缩短寿命。

福法医生始终在监测她的健康状况，每六个月就给她做一次超声心动图。第一只黏液瘤已经根除，不太可能再长出来了。但我知道黏液瘤会在家族中遗传，我相信她母亲就是因为这个死的。携带这种基因的患者还可能在不同部位长出黏液瘤，我只希望这不会发生。

然而在1998年8月，我接到福法医生的电话，当时安娜和德斯正在他的办公室里。她最近一次扫描结果仿佛晴天霹雳——黏液瘤复发了。福法告诉我安娜害怕极了，问我能不能再把肿瘤取出来。

我向他担保：只要能在当天下午把安娜送进心脏科病房，我隔天就能手术。这回是再次手术，所以要准备好输血。再次手术总是比较复杂，看安娜的情况，她的心包应该已经被第一次手术造成的炎性粘连彻底破坏了。就像我多年前在皇家布朗普顿医院学到的那样，她的心脏可能贴在了胸骨的背面。不过经过那第一次惨败之后，我已经数百次操刀再次手术，这次应该也没什么问题。

我在病房见到安娜时，她正坐在轮椅上，看样子吓呆了。德斯也垂头丧气，父亲大卫还在赶来的路上。我们隔天早晨就会在手术室见面，我告诉他们什么都别担心，我现在要去更改一下手术安排。事实上，我的内心就要被情绪的黑洞吞噬，我需要逃跑。

第二天，德斯陪着安娜进入麻醉室。他一直陪在她身边，直到她失去意识。我第一次见到安娜时她已经瘫痪在床，但手臂和腿上还有发达的肌肉。现在看着手术台上的她，我发现这无法行动的三年已经使她的肌肉明显萎缩。我在做标记前先用听诊器听了听她的胸口。我清楚地听见了这枚肿瘤，而且和我猜测的一样，它生长在一个不同的位置，接近我们称为"左心耳"的地方。这次的肿瘤没有茎，只有一个宽大的底部。我把它剜了出来，然后将心房壁重新缝好。

我仔细检查了心脏的其余部分，想确认有没有别的肿瘤潜伏在隐蔽处。没有。我们轻松地撤掉了呼吸机，关闭胸腔，然后把安娜送进重症监护病房。我们知道她这次肯定醒得过来，所以提前给她准备好了沟通装置。理疗师也在一旁待命。经过上次的彩排，这次简单多了。她的家人朋友又一次围在她床边，我暗暗替她希望这是我们最后一次见面。

但那不是。我们第三次见面时，安娜32岁，距离第一次手术已有七年。2001年4月，复查扫描显示，她的左心房上又长出一个巨大的黏液瘤，这次依然在不同的位置，就在二尖瓣的正上方。这枚肿瘤更加结实，在二尖瓣的开口"扑通扑通"地进进出出。情况危急。大型黏液瘤可能完全堵塞二尖瓣，造成猝死。看着超声心动图在屏幕上渐渐展开，安娜和家人再次陷入了痛苦。

第二天，我直接把她带回医院的手术室。第三次切开胸骨总是一件麻烦事。我再次由右心房进入心脏，打开房间隔的剩余部分。肿瘤就在我眼前，生长点一部分在二尖瓣旁，还有一部分在房间隔上。我用一把普通的厨房勺子把它从左心房上盛起；对于质地如同果冻的组织，这是一件很好用的工具。我从来没见过或听过有哪个病人需要做三次以上心脏肿瘤手术。用不了多久，她那颗小小的心脏就没有地方接心肺机的插管了。

安娜再次从死亡边缘走了回来，或者应该说爬了回来。她的精神力量和德斯、大卫两人的支持真是超乎寻常。她的肺部难以避免地发生感染，但理疗师帮她渡过了难关。我们努力为她控制疼痛，还使用了和前两次一样的沟通装置。这就是那个年代病房护理团队稳定连续的好处。

她又在医院住了三周才回家。我们听说她在和抑郁症做斗争，她这种情况不得抑郁症反倒奇怪了——先是大范围中风，再是数次心脏手术，接着又意识到这肯定也是母亲英年早逝的原因，最痛苦的是，她还要时刻担忧肿瘤卷土重来。她已经复发了两次，每次都在不同的位置，以后还会不会复发？再做第四次手术，在技术上可行吗？能安全完成吗？我们都希望事情不要坏到那个地步。

现在德斯已经不敢再跟来复查，坐在那里观看屏幕上的超声图像让他没法承受。他没来医院，而是去了教堂祈祷。安娜瘦得叫人心疼，她的超声图像却也因此显示得一清二楚。每次复查她都躺在那里，急迫地希望看见空空的心腔。每做一次手术，图像上的心房都变得更小。

2002 年 8 月，就在最近一次手术完成 16 个月后，意外的坏消息又来了。福法医生打来电话向我展示了那个怪物——这是到现在为止最大的一只肿瘤。我不敢相信新的黏液瘤会在短短几个月内长到这么大。我没说话，心里却在猜想这次会不会是恶性的。我以前也给一名情况类似的年轻女性做过手术。她的第一枚黏液瘤是良性的，但第二次就变成了恶性程度很高的黏液肉瘤。我们不希望同样的事发生在安娜身上。我把她带回医院，紧急开展了第四次手术。

要取得手术的书面同意，我们就必须解释风险。没有人敢说她在第四次手术中死亡的概率会低于 20%。同样，再发作一次中风的风险也很大，因为这只黏液瘤很可能掉下碎片，进入脑部。但如果不做手术，肿瘤就会越长越大，最终梗阻心脏。它长得越大，栓塞的危险就越高。我们被困在一个两难境地，一边是凶残的恶魔，一边是汹涌的大海。我认为还是要对付恶魔。神会在这场战斗中庇佑安娜和她家人的。再说她也不会游泳。

就在安娜接受手术那天，当地的教堂为她守夜祈福。和前几次一样，德斯和大卫带她来到手术室。他们道别时，我待在手术室的咖啡间。对他们来说，这是一个情感耗竭的时刻，就像父母将幼童领到麻醉室，最后又不得不把他交给一群陌生人一样。德斯怀疑她这次还能不能从手术台上下来。

这是到现在为止最大、最凶的一只黏液瘤，它几乎填满了整个左心房。我做了根治性切除，然后又花很长时间仔细查看这个布满战斗伤痕的心腔。有什么办法能阻止肿瘤再生吗？我决定用电刀将左心房内表面的细胞全部杀死，因为正是这层细胞接受了终结安娜生命的遗传指令。我将目力所及的组织尽数烤焦，一股青烟冒了上来，仿佛玉米地里燃烧的残株。我决意要实施焦土政策，因为我不想让安娜在这道诅咒前倒下。

就在我们消灭内表面的细胞时，我又意外地交了一次好运：在推开二尖瓣检查左心室时，我又在二尖瓣的一块肌肉上发现一枚小小的黏液瘤。它太小了，就算用最好的超声心动仪也无法找到，但是一旦错过，它就势必会越长越大。我把这小兔崽子揪了出来，和另外那只大肿瘤一起扔进罐子里。两个都要交给病理学家化验。

她的心脏看起来还是不错：心律正常，烧焦的左心房内壁也没有引发不良反应。我隔着手术巾旁观了剩下的手术——我的团队是一流的，用不着我亲自收尾。

胸骨缝合完毕后，我跑去给德斯打电话，希望尽快结束家人等待的痛苦。手术中出血很少，因此整个过程比预想的快，我猜想他可能还在教堂里没回来呢。电话接通后，我告诉他战斗结束，安娜又安全了，她一定能从这次创伤中恢复过来。

但是我也担心她会因为太担心复发而放弃。安娜现在需要超大剂量的积极心态和充沛的斗志，才能撑过接下去的几个礼拜，熬过那些疼痛、恐惧和彷徨。于是我请德斯在回医院时把上帝也带上。

安娜慢慢康复了，这次没有出现严重的肺部感染。大家又一次围在床边守护她——医生、护士、理疗师、牧师，尤其是她的亲人和朋友们。每个人都为她注入了剂量庞大的积极信念。现在她已经是医院和社区里的知名人物，每个人都在祝愿她康复。

她再一次回家，也再次面对那逃不掉的门诊复查和可怕的超声心动仪。几个月过去，风平浪静。然后是几年——至少有两年。

2004年，篝火之夜*的前一天，在11月的一个灰色潮湿的下午，安娜像往常一样应约到她的心内科医生那里复查。一起来的父亲帮她躺上心动仪前的躺椅。医生在她瘦骨嶙峋的小小胸膛上涂了凝胶，以改善探头的接触。在等待中，父女俩的肾上腺水平都高了起来。但是，几秒之内，他们的心就再次沉了下去：他们又在左心房里看见一只漂浮的肿块，就像果酱瓶里的一条金鱼。我的焦土政策看来失败了。

---

* 又称"盖伊·福克斯之夜"（Guy Fawkes Night），在每年11月5日。盖伊·福克斯（1570—1606），主导用火药炸毁英国国会的密谋，败露后被处死，败露之日正是篝火之夜的前一晚。《V字仇杀队》即受他的事迹启发。

　　安娜和大卫都被打垮了——还有德斯也是。到了这个地步，旁人已经很容易理解他们的心情：为什么一个人要经受这么多磨难？为什么上帝允许这样的事情发生？更重要的是，他们今后还能怎么办？最后一个问题需要仔细考察：这名年轻女子的心脏还有多少可以摘除？当时的场面太过悲伤，谁也不能立即决定。安娜和父亲怀着凄凉的心境回家了。福法医生也必须认真思考这个情况，然后和我探讨，但是在那之前，他让这家人先安心过圣诞节。他们当然安不下心。这时候保持平静是不可能的事，因为安娜知道自己已经被判了死刑。

　　她在 2 月初和大卫一起回来复诊，德斯也来了——这时，他内心不再彷徨，只想和医生讨论还有没有什么可以做的，有的话又是什么。福法又给她做了一次超声心动图，结果使他重新陷入难以置信的痛苦。安娜之前长过的全部四只黏液瘤，还有现在这只，都长得很快，虽然都是良性的。新长出的这只直径 2 厘米，已经脱垂到了二尖瓣的另一边，情况非常凶险，再次中风的可能很大。

　　福法医生在电话里告诉了我这个不幸的消息。我当时是怎么想的？我在想，要不要给安娜做心脏移植？悲哀的是，不行。移植也要留下她自己的一大部分左右心房，好把供体心房缝上去，所以还是没法保护她不再长出肿瘤。一次心肺联合移植术可以摘除她整个心脏，但是没人会考虑这种手术，因为经过上一次手术之后，她的两侧肺都已经贴在胸壁上了。我说我同意再做一次手术，但我们都应该认可这是最后一次。我和福法都觉得，不能就这么把安娜丢给病魔。

我问安娜一家有什么打算，他们都说她宁愿死在手术室，也不愿被医生抛弃。如果手术成功，她就不会再做超声心动图了。这是一种鸵鸟政策，但的确没必要让大家再受苦。

安娜入院的那天正好是情人节，那也是她和德斯订婚十一周年纪念日。第五次手术如同我们预料的那样艰难而危险。我们怀着耐心和万分的小心重新进入胸腔，然后切掉了进入右心房所需的最少组织。安全做到这一步之后，我走到外面休息了一会儿。这是开展复杂再次手术的一个良好策略，也是一名膀胱老化的外科医生的必要做法。接下来是第二回合。

我打开右心房，由此进入左心房。我打算从第三次手术的切口直接过去。我看到来自腹部的下腔静脉进入右心房的地方有一只毫不起眼的黏液瘤，体积和我们在左心房追踪的那只一样大。我们摘除了它，尽管实际上它自己就快掉出来了。然后，我们又摘除了左心房的那只黏液瘤。工作再次完成，巨大的满足感油然而生。我们关闭心脏，将空气排出，又提高了血温。这个备受摧残的小小器官并未受到这第五次入侵的干扰，从心肺机上干脆地脱离下来。和上次一样，这回也是出一只黏液瘤的钱，摘除了两只。我们为她关闭胸腔，从此不再打开。我卸下了一副担子，安娜一家也听天由命了。

术后的恢复起初很简单：安娜在呼吸机上连了两天，然后拔掉管子，频繁理疗。每个人都为她能活下来而兴高采烈。接着，她却在没有充分监护的情况下喝了些汤。由于脑干曾经中风，她吞咽一直很困难。她大口吸进灼热的汤汁，呛到了，接着因为肺部感染在呼吸机上连了很长时间。她接受了好几个疗程的抗生素治疗，后来还做了气管切开术。不过她终于还是恢复了，情况并不比术前更糟。最后她和德斯回了家，一起去应付那不确定的将来，努力赶走抑郁，尽可能好好生活。

时间一天天过去，我们没有再把她带回医院复查。里瓦梅德康复中心很帮忙，始终对她保持关注。最重要的是，她得到了教会和社区的大力支持。我时不时会向福法医生打听有没有她的消息，然而过了一阵，我们就都和她断了音讯。直到有一天，我发现有一位邻居是她在教会的熟人。接着，我开始收到一连串最新的消息。她很幸福。德斯也很幸福。生活起起落落，他始终支持着她。偶尔我还会收到他们寄来的卡片。

2015 年，在她的第五次，也是最后一次手术过去十多年后，那辆安娜专车停在了我的家门外面。她坐在后排轮椅上笑吟吟地望着我，仿佛一朵盛开的鲜花。德斯手捧一只蛋糕走到我门前。那是安娜为了庆祝他们结婚 21 年，在护理员的帮助下亲手为我做的。

那些黏液瘤呢？看来这场遗传风暴已经平息，战斗打赢了。我想神明也帮了忙吧。这使我想起 19 世纪诗人乔治·赫伯特（George Herbert）的诗作《花》（The Flower）中的一句："谁能想到，我这枯萎的心竟还能萌生绿意？"

我祝他们一直幸福下去。

第十二章

电子人克拉克

> 把真相告诉病人之前，先确定你知道真相，而且病人确
> 实想听。

> ——理查德·克拉克·卡伯特[*]

2008 年 3 月 18 日。我做完了这天的第一例手术，正漫步走回
办公室。患者是一名婴儿，心脏上有一个缺孔，手术很成功，家
长也很满意。这时，我看见有一名女子在走廊的另一头哭泣。她
穿着入时，两个年幼的孩子正抓着她的外套。虽然这不关我什么事，
但在从事外科 40 年之后，我依然不能对别人的悲伤无动于衷。这
幅小小的绝望画面让我心烦意乱。

周围所有人都迈着大步从她们身边走过，他们目标明确，各

---

[*] 卡伯特（Richard Clarke Cabot，1868—1939），美国医生，推动了临床血液病学
的发展。

自履行着在医院里的职责——他们想的绝不是人道或者礼仪，而是截止日期、数字或候诊名单。我本该转进办公室处理一堆文书，但是我办不到。虽然身穿汗津津的手术服，外表和心情都一团糟，我还是朝她走了过去。

这可怜的女士沉浸在悲伤中，完全没有注意到我。即使注意到了，也肯定以为我是等电梯的搬运工。我轻声问她有什么可以帮忙的。她用了一分钟才平静下来，告诉我她刚把丈夫留在心导管室。他快死了，医生说已经没办法了。现在她需要有人帮忙照看孩子，这样她就能坐在他身边，让他不至于孤零零地死去。

我向她追问了更多信息。她的丈夫克拉克先生今年 48 岁。那天一早，他毫无征兆地发作了一次大面积心肌梗死。他先是由救护车送到附近的地区总医院，入院后心脏停搏，医护人员把他救过来，然后连上了呼吸机。确诊心梗之后，那里的心内科医生给他塞进一只主动脉内球囊泵，接着把他转到牛津做急诊血管成形术（urgent angioplasty）——这是一个多小时之前。

血管成形术的目的是打通堵塞的冠状动脉，使缺氧的心肌免于死亡——也就是"心肌梗死"的"死"。心内科医生将一根气囊导管送进病人的主动脉，再送进堵塞的冠状动脉，接着用充气的方法将这根细小的血管撑开，最后再塞进一只小型金属支架使它保持通畅。这个过程称为"再灌注"，在大多数情况下都能使血液重新流向受损的心肌。再灌注的关键在于时机：如果在病人胸部开始疼痛后 40 分钟内实施，就能挽回 60%～70% 的危险肌肉。而如果拖过了三小时，那就只有 10% 的肌肉能存活了。

克拉克先生之前被救护车带着东奔西跑，治疗时长已经远远超出了合理的限度。各种治疗指南都建议在治疗延误时使用"溶栓"药物。它们能溶解堵塞狭窄动脉的血栓，按理说也能恢复血流——效果虽不及血管成形术，但总比什么都不做要好。

牛津的急诊血管成形术水平很高，24 小时服务，昼夜不停。一旦送进心导管室，克拉克先生就接受了最好的治疗。他堵塞的动脉打通了，左心室却因为治疗延误而严重受损，这时已不再搏动，排出血量也很少。一颗正常的心脏每分钟能泵血 5 升，而他的心脏费尽力气才泵出 2 升不到。他的血压也降得很低，才 70 毫米汞柱，只有正常血压的一半，血液中因此堆积了大量乳酸。他现在到了我们称为"心源性休克"的阶段，生命正在急速流失。再不出现奇迹他就完了，孩子们就要失去他这个父亲。

我可不想让这个结果发生，于是告诉克拉克太太，说我会尽量想办法救他。或许还有一个办法。因为我们过去的成就，有人从美国寄给我一部新的心室辅助装置。现在就可以拿出来试试了！

我和克拉克太太说好，让她带着孩子们去食堂休息，暂时忘记这里的痛苦，等我忙完了再去找他们。我需要尽快把克拉克送进手术室，因此当天的手术计划必须重新安排。我准备先给他连接心肺机，改善致命的代谢状态，然后再用辅助装置接替他垂死的心脏。

我迈开步子朝心导管室走去，半路经过我的临时板房办公室。我的新秘书苏正在消灭窗台上的蚂蚁，她还等着我处理文书呢。谢天谢地，这下有新的借口可以不干这个了。我吩咐她打电话给 5

号手术室的麻醉室，告知他们计划有变。

"什么计划？"她问。

问得相当合理，因为她还不知道克拉克先生的事。然而情况紧急，容不得我解释。我又请她提醒灌注师，说我准备使用那台新的离心磁浮泵（CentriMag pump）。

我想先看看克拉克的冠状动脉造影，这样就能知道我们对付的是什么情况，心脏有没有康复的可能。这一步只花了两分钟时间。之前他的冠状动脉左前降支完全堵塞，现在装了金属支架，已经重新打开了一些，而且不会再闭合。他的冠状动脉血流比正常情况要缓慢。虽然冠状动脉已经打开，超声心动图却显示左心室的一大部分已经没有动静，停止了收缩。

最重要却难以回答的问题是，他的心肌到底是死了（也就是心肌梗死）还是处在所谓的"心肌顿抑"状态。后者虽然也很糟糕，但远没有前者严重。"顿抑"的肌肉仍然活着，只是需要几天或几周的时间恢复。如果现在能成功保住他的性命，我们接着就会知道到底是怎么回事。

这些我不可能向克拉克先生一一解释，因为他的情况正在迅速恶化。他人平躺在推车上，喉咙里插着呼吸管。我试着向他介绍自己，却一眼看出他精神已经很差，接近昏迷。他的肾脏已经不再产生尿液，肺部也充满积液，身体冷得像冰，皮肤死一样的惨白，毛孔却还在出汗。他嘴角流出浮沫，在青紫的嘴唇上冒着泡泡，眼睛也开始向上翻。这就是心肌梗死患者的死法，我外公也是这样去的。没时间叫搬运工了，我吩咐几个护士赶紧朝电梯的方向推，一定要在心脏停搏之前把他送上去。知情同意书留着待会儿再处理——不管死还是活，他都当然不会起诉我。

有人说，生命中的一切都要讲究时机。对克拉克先生来说，他的时机好得像奇幻作品，你连编都编不出来：我正好在走廊里遇见那位悲伤的女士，一间手术室正好空了出来，我手上又正好有一台新的离心磁浮泵。这使我想起了朱莉和她的 AB-180。他俩都是幸运的人。

给这台心泵取名"离心磁浮泵"很有道理。它里面推动血流的部件（称为"叶轮"）像离心机一样在磁场内部旋转，转速是每分钟 5000 转。名字里的 Centri 指的是"离心"，Mag 指"磁悬浮"。它每分钟最多能泵 10 升血液，远远超过人体所需。有限的泵血能力向来是人工心脏的缺点，但现在技术快速发展，已经解决这个问题了。

克拉克先生的代谢平衡遭到严重破坏，不能再让他在麻醉室里逗留，于是我们径直把他推到手术台上。这时给他全身麻醉有可能引起心脏停搏，于是我们在局部麻醉下给他插了监护线和输血插管。要保住他的性命，我就得赶紧给他连接心肺机。他的血液需要过滤，然后才能切换到离心磁浮系统。

我切开他的胸骨，切口没有出血。尸体不会出血。他受伤的心脏颤抖着，随时会停止运动，但是和往常一样，心肺转流术改变了一切。挣扎的心脏排空了血液，让我看清脱离了血液和氧气的僵硬肌肉。很显然，它还没死，我甚至能看到、摸到冠状动脉里的支架，就像被蛇吞进食道的一只老鼠。通过它，血液流向肿胀的心肌。左心室已经倒下，但还没有出局。

克拉克先生正在经历一次普通的心肌梗死导致的死亡，在使用国民保健服务的人中，每年都有数百位因此死去。但是我已经打定主意，一定要用合适的技术把他挽救回来。为了他的家人。

离心磁浮系统用塑料管把血液从左心房导出身体，送进一只旋转的外部泵头，然后通过别的管道将血液送回胸腔，注入主动脉，再由主动脉将血液输送到身体各处。磁浮泵的速度由老式打字机大小的控制板操纵。这个简单的装置绕过克拉克先生挣扎的左心室，让它得以休息，同时也向脑和身体输送充沛的血流。

我们松开管子上的钳子，让它注满血液，排出空气。和以前一样，整套系统必须杜绝空气。我们对这一点相当执着，"空气到头上，病人死床上"这句格言不管重复多少次都不为过。该启动离心磁浮泵了。我们一边减小心肺机的血流，一边增加离心磁浮泵的血流，使两者始终保持平衡。最后磁浮泵完全替代了心肺机，双方衔接得分秒不差，转换过程相当平稳，毫不费力。就像魔法。

我看了一眼时钟。从我让悲痛欲绝的家属去食堂休息到现在，已经过去了将近三个小时。不妙。眼下他们正坐在那里，不知道亲人是否还活着，而且多半认为他已经死了。我很挂念他们，但现在也没法跑去安慰。等有了好消息再去补偿吧。

我少有地继续手术，亲自关闭胸腔，同时小心维护那些挽救生命的管子。现在有两根心脏起搏器的电线和四根塑料管从他肋骨下方伸出，其中两根是放出淤血的引流管。

我接着就去找克拉克太太。这时其他家属已经来医院把两个孩子接走了，我想亲自带她到丈夫的病床边。她跟着我到了这边，一定觉得像是走进了一艘太空船——四壁都是高科技设备，呼吸机在帮他呼吸，离心磁浮泵辅助着他的血液循环，床边仅剩的狭小空间也放满了监护设备和引流瓶。在这重重包围之中是她丈夫残破的身体，现在只能探望，还无法交流。

她的第一反应是惊慌——毕竟这个画面太过震撼，等于在她心口刺了一刀。我眼看她的双腿就要站不住。我们赶紧过去，扶她在丈夫身边坐下。她的第一反应是握住他的手。他没有反应，但至少身体是温暖的，甚至透出了粉色。而她之前见到他时，他的身体还冰冷黏湿，皮肤也因为心源性休克而呈现垂死的青灰色。几个护士都很和善。她们先安抚克拉克太太镇静下来，然后向她一一介绍了设备。她们对操作这些设备很有信心，我给她们的指令也很简单：什么都不要动。胜利在望。

克拉克先生的心肌并未受伤，只过了一周时间，它就看起来健康多了。于是我决定采取最佳方案，将离心磁浮泵拆除。我们回到手术室，一边慢慢调低磁浮泵的血流，一边在超声心动图上观察他心脏的表现。左心室射血良好，心率正常，血压也够高。上周的打击似乎没有留下多少损害。太他妈的棒了，我心想。

我们取出心泵，为他清洗胸腔，放进干净的引流管，然后最后一次合上了他的身体。整个过程他都十分稳定。又过了24小时，他醒过来，呼吸管也取走了。和一周之前相比，他仿佛死而复生。我终于有机会和他说话，可之前的种种他一点都不记得。他没有什么"灵魂出窍"的体验，没有看见过往人生在眼前闪回。他不知道我是什么人，也想不起自己在哪家医院。

我希望他的孩子回来时，我也在场——不是跟他们在一起，而是远远地躲在房间的某个角落，看他们走进来见到爸爸的样子。这一刻当然值得等待。说来奇妙，又过了短短一周，克拉克先生就出院回家了。同样了不起的是，在三个月后的复查中，他的心脏看起来完全正常。那些"顿抑"挣扎的心肌已经康复。这次千钧一发的抢救堪称典范。

*　*　*

对我来说，克拉克的病例是一道分水岭。在这之前，许多病人在心肌梗死之后死亡，即便用急诊血管成形术打开他们堵塞的血管也无济于事。而我们的经验证明，至少有一部分病人可以用简单而廉价的技术挽救回来。后来我又反复证明了这一点。

给断骨绑上夹板，它就会愈合。让受伤的心脏休息，它也可能康复。虽然不是个个如此，但是在我看来，病人应该获得这个机会。何况重症监护病房的护士们都觉得离心磁浮泵很好操作，只要调高或者调低就行。只靠旋转一个把手，我们就操纵了病人的整个血液循环。这可比开车简单多了。

这件事有个意外而不太愉快的结局。就在克拉克先生心肌梗死之后的六个月，同样的事情也发生在了他弟弟身上。他才 46 岁。我当时正在别处参加会议。这位更年轻的克拉克先生被送进当地医院，他们毫无办法，只能把他转到牛津。抵达时他已经心源性休克。他的家人收到了和他哥哥的家人一样的通知：我们已无能为力。他们找到我的办公室，不顾一切地想求我帮忙，然而我正好不在，没能帮上。没有医生，也没有心泵。他的妻子失去了丈夫，孩子失去了父亲。

年长的克拉克先生接过了照料他们的担子。听说这件事，我伤心极了，同时又庆幸自己不必面对那个家庭。随着年龄增长，我的中立态度开始消退，共情渐渐占了上风。这个职业让我深受折磨。

第十三章

肾上腺素飙升

我们凡人只是租客，很快大房东就会通知我们：租约到期了。

——科德角桑威治市，约瑟夫·杰斐逊[*]墓碑文字

参加不列颠空战的盟军飞行员在空中激战靠的是肾上腺素——这是人应对压力时由肾上腺分泌的一种激素。前一分钟，他们还在帆布躺椅上轻松地欣赏落日；后一分钟，他们就冲进飞机飞上天空。他们知道前方会有激战，也做好了刹那间战死的准备。

医学生都学过，肾上腺素是负责"战斗或逃跑"的激素。有时，我也必须和那些战斗机飞行员一样紧急起飞，每一分钟，甚至每一秒钟都很要紧。有时医院接到电话，说有胸部穿透伤的病人正在由直升机或救护车送往急诊部的路上。他们的伤口贯入点离心

---

[*] 约瑟夫·杰斐逊（Joseph Jefferson，1829—1905），美国喜剧演员。

脏很近，血压也很低，需要尽快得到心脏外科医生的治疗。冲啊！

有时候，一些简单却令人沮丧的事情会造成生与死的差别：路上一串红灯，前方一辆警车，医院停车场上没有空车位，诸如此类。我不能像救护车那样超速，我的车顶也没有蓝色的闪光灯，一开快就会惹上麻烦。做高级专科主治医师时，我常常在伦敦各家医院间飞驰，被警察截停无数次，最后他们甚至给我出起了主意：如果需要超速，就打 999（报警和急救电话），跟接线员说明情况，我们会带你到想去的地方。

他们还真的送过我几次。这种事现在不会有了。现在他们都是叫我停车，我冲他们发火。我会让他们同急救车中心确认情况，然后把我护送到医院。这类冲突尤其能激发肾上腺素，所以我每次到医院时，总是迫不及待抄起手术刀立即行动。

* * *

夜里 11 点，我的手机响了，来电号码"未知"。"未知"永远代表医院。接线员说："我现在把你接到急诊部。"我听得很仔细，虽然这么晚被打搅很火大，我的耳朵还是不会放过任何信息。急诊部的医生说，一辆救护车正从斯托克曼德维尔医院驶来。病人左胸有一处高速枪伤，人已经休克。斯托克曼德维尔的医生已经给他插好了输液管，而且当时就说："直接送去牛津。"

我后来得知那位急诊部医生是一名空军卫生员，我问他怎么知道那是高速枪伤。他说因为那是猎枪打出来的。我问他有子弹出口吗，他说没有。这条信息对确定体内受伤情况很重要。我了解枪伤。我在华盛顿医院的创伤中心工作过一段时间，后来又在约翰内斯堡索韦托的贝拉格瓦纳思医院待过一阵。我还为英国军队的急诊医学教科书写过《胸部弹道伤》一章。我很喜欢做胸部穿透伤手术，因为它们捉摸不定，每一例都不相同，次次都能考验我的技术。

"好的我这就来。你能打给我的手下的主治医吗？叫他把手术团队集合起来。"

当时我开的是一辆大马力捷豹，后来被我撞得稀巴烂了。这时公路又黑又空，我一边猛踩油门，一边小心提防路上的鹿或狐狸。我在心中梳理着刚刚得到的稀少信息：这个人是怎么在深夜被一把高速猎枪击中的呢？

高速子弹遵循可预期的路线击中胸腔，但它们同时高速旋转，能量在肺部钻出洞口，形成次生弹片，比如金属碎屑、肋骨的碎片和软骨的残片等等。这些往往是致命的。要是近距离中枪，子弹就会从后背直接穿出，形成一个很大的出口伤。

这位不幸的先生住在一片森林猎场边。那天晚上，他刚刚关掉电视准备睡觉，却听见外面好像传来了枪声。是盗猎者吗？那天夜里很冷，天上一轮满月，万圣节就要到了，林间的空地上笼着一层诡异的薄雾。但他还是沿着小径走到森林边，走进草地里看个究竟。

忽然，他胸口受了重重一击，声波还没传到，人已倒在地上。随后他才听见猎枪的轰鸣声。他左侧乳头上方一阵剧痛，喘不过气，意识瞬间模糊起来，但他强打精神，掏出手机拨通了999。他告诉接线员自己中弹了，还报告了方位，接着瘫倒在身体休克与精神冲击之中。仰望着沐浴月光的朦胧群星，他心想这下死定了。

那名伤人者麻烦大了。他当时在自己的土地上偷偷猎鹿，看见被害人眼镜反射的月光，还以为是一对明亮的鹿眼。他把猎枪的准心略微调低，瞄准下方的较大物体，满以为那是鹿的胸膛，扣响了扳机。那的确是胸膛，但不是动物的。他还差两厘米就打中被害人的心脏了——这对双方都是一大幸事，因为如果被高速步枪击中心脏，谁都没法活下来。

几年前，我曾在米德尔塞克斯医院救过一名在东伦敦被警察开枪击中的年轻人。不同的是，当时警察用的是手枪，子弹直接穿过心脏，但是他心包上的一个血块堵住了弹孔——在身体失血、心脏血压下降时就会出现这样的现象。但是高速子弹就完全不同了，它们会把心脏撕成碎片。伤者还活着，说明他的心脏没有受伤，我有把握治好他。

我赶在伤者之前到了。急诊部正好没什么病人，一群医生和护士待命，随时准备出动。但我只需要一个人——一个麻醉医生把管子插进他的气管，帮他维持呼吸就行了。大量失血时我不喜欢输液太多，输普通补液只能简单地提升血压，加剧出血，并不能提供凝血物质促进止血。

当时，高级创伤生命支持指南（Advanced Trauma Life Support guidelines）还很不足，甚至危险。华盛顿特区的一项研究发现，同样是胸部穿透伤，由私家车送到医院的伤者，幸存率要高于急救护理送来的那些，因为急救护理还要多花时间插输液管、输入凉凉的液体。

我们听见救护车的警笛越来越近。这时，伤者的血压已经不到 60 毫米汞柱，心率则高达 130。他身体苍白冰冷，大量出汗，意识模糊。急救护理知道时间紧迫，把救护车倒着开进医院，用力推开后门。车上放下一道斜坡，我们匆匆把伤者推进复苏区。我问他叫什么，他没回答。

伤者身上还穿着满是汗水与血迹的衣衫，正面有一个边缘粗糙的弹孔。下面就是小小的伤口贯入点，被肿起的肌肉和血块堵住了，周围惨白的皮肤下血色发黑。不仅如此，我还感觉到他皮肤下面组织里的气流，这清楚地表明他的主要气管已经受损。我需要由伤口贯入点的位置推断他体内的受伤情况，看样子很不乐观。伤口离肺门很近（那可是至关重要的人体结构），位于几根血管上方，幸好离心脏还有一点距离。

出主意的人太多了，大家七嘴八舌，肯定把事情搞砸。我想让他快点睡着，快点通气，好让我切开他的胸腔，找到出血点。要往他的静脉里插两根大口径静脉插管，X 光或 CT 是没时间做了。他需要的是治疗，不是研究。麻醉医生把管子伸进他的气管，我叫护士给我拿手术衣和手套，准备好开胸器械。

我意识到就要在推车上给他开胸，不由得有些惊慌。麻醉药已将他仅剩的一点血压全部夺走，他的心脏即将停搏。我必须找到出血点，止住流血，再给他输血。普通补液不携带氧气，只有红细胞有这个本领，而他恰恰缺乏红细胞。我估计他的胸腔至少流了 3 升血，左肺应该完全萎陷了。我的主治医也刷了手，过来协助我。我要护士们侧转他的身体，让他左侧向上，然后用剪刀破开那件湿漉漉、血淋淋的上衣。我们迅速在他皮肤表面涂上碘伏消毒液，擦掉那些黏黏的东西。

奇怪的是，我发现子弹还在皮肤下面，就在左侧肩胛骨下方。它一定打到了胸腔后部，被肩胛骨弹回来，又向下射到一片瘀伤中间。我记得当时心想，我们应该把子弹取出来作为弹道证据，用来寻找开火的步枪。

我用手术刀打开他的胸腔，在肋骨之间下刀，从胸骨边缘一直切到肩胛骨，子弹从那里掉了出来。我继续操刀，切开那厚厚的几层苍白的肌肉。在活的病人身上，这些部位通常会大量喷血，但这时他已经没有血压，也没多少血好流了。我一打开他的胸腔，大量像肝脏般的血块就蠕动着流了出来，"啪塔啪塔"地掉在地上，接着又流出一些新鲜的液态血。我拿起大号肋骨牵开器撑开他的胸腔，想要暴露伤口，找到出血点。

这时，一位手术护士带着一部大功率吸引器赶来。我看着血从他胸腔深处汩汩涌出。我猜得没错，他的肺动脉撕裂了，主支气管不断吹出空气。我需要在肺根上夹一只大钳子，管住肺动脉和主支气管。手术护士摸索一阵，找到一只给我。我夹好钳子，要麻醉医生赶紧给他输血。

伤者的心脏越跳越慢，简直快要停了。透过薄薄的心包，它就在我眼皮底下。我把它握在手心，捏了几下帮它泵血。它里面像是空的。我问护士要了一针管肾上腺素，把针头直接刺进左心室的心尖。只要注射几毫升就能让它振作起来。我们必须让他血压回升，用碳酸氢钠中和他血液中的乳酸。肾上腺素让血压回升到可以接受的水平，心率也回到了每分钟140跳。我们干得不错，他这个健壮的男人会活下来的。

为了妥善完成手术，我需要他躺到手术室的明亮灯光下。此外还要铺上无菌手术巾，监护他的血压和重要生命体征。现在是半夜两点钟，医院的走廊上早已没了人影，手术室随时可以使用。他还开着胸腔，里面夹了一把钳子，我们在上面盖了一块手术巾保持伤口清洁，然后径直把他推进手术室，抬上手术台。

我脱掉手术衣和橡胶手套，从地板上拾起子弹。这样的小东西会成为让人爱恨交加的纪念品，也总是很容易失踪。但这枚子弹是重要的法医学证物，我想把它交给正在外面聚集的一大群警察。

我走在这奇怪的一行人前面，进入手术室重新刷手。几名护士已经在那里等候，手术灯也打开了。这下我看清楚了。我轻轻拿掉钳子，一股深蓝色的血液从肺动脉里喷涌出来。胸部伤口的边缘滋出鲜红的血，撕裂的支气管向外喷着空气。但是除此之外，其他地方都没有受伤。

为了更好地检查损伤情况，我把萎陷的那侧肺部拉了出来。果然是高速枪伤，他体内的重要结构就像被狗咬过一样。我本来还想保住这一侧肺，这下立刻改了主意。它保不住了，必须整个摘除。我们的任务是保证他安全，而不是尝试什么英勇的修补。他要是死了，不但他的家人会伤心欲绝，那个猎场看守人（后来证明元凶就是他）也会面临谋杀指控。

我在肺动脉上围了一根粗粗的丝质结扎线，然后系紧。深蓝的血液不再涌出。有两根大静脉从肺部通到心脏，我把它们也扎紧了。接着用剪刀把这三根大血管全部剪断。现在只剩下受伤的那根支气管，血液和泡沫从那里喷涌出来。我把它钉牢、剪断，然后把那侧丧失功能的肺取了出来。托盘没有接住，它掉到了地上。剩下的一侧肺足够他呼吸，何况右肺本来就比左肺大。我们用温盐水和强劲的庆大霉素清洗空出的部分，现在感染是他最大的威胁，因为子弹把外套和衬衫的碎片也带进了他的胸腔。

我让主治医和住院医给伤口边缘做止血缝合，自己坐下来写病历。对刑事案件来说，存档至关重要，哪怕是凌晨3点。公路黑沉沉的，我开车回家，在路边草坪上看到一只狐狸，接着是一只鹿，眼睛在车灯下闪闪发光。我感觉放松而满足。又打赢了一仗，我的肾上腺素渐渐消退了。

我们的伤者顺利康复，没有出现并发症。打伤他的子弹和猎场看守人的步枪对上了。看守人被捕，在付了一笔保释金后获释，以分毫之差躲过了谋杀或过失杀人的罪名。在安静的牛津，这是绝无仅有的案例，好像《摩斯探长》里的故事。[*]

* * *

没有什么会像心脏刺伤那样激发肾上腺素。我还记得年轻时第一次处理这类病例的情形，那是在遥远的1975年。我当时在伦敦南部的国王学院医院做急诊住院医，医院隔壁就是刀光剑影的

---

[*] 摩斯探长，英国探案小说和电视剧中的虚构人物。

布里克斯顿，那一带是伦敦的哈莱姆*，我在那儿见识了许多例刺伤。那时我刚在布朗普顿医院获得最初的历练，正处于天不怕地不怕的阶段，就像一只压紧的弹簧，随时准备跳起来行动。

先介绍一下当时的情况。在哈莱姆短暂实习之后，我知道大多数心脏刺伤者都会在事发当场或者送到医院的途中死亡。即使活着送到医院，伤者也仿佛坐在悬崖边缘。他们的死亡风险很高，但是如果治疗得当，大多数人还是能活下来。而"治疗得当"就是指立即手术。

大多数袭击者都是面对被害人动刀，刀子刺中的一般是右心室正面。少数伤口会同时牵连到左右两侧心室。左心室的刺伤一般是从腹侧或背部刺入，这也是"家暴事件"的路径。薄壁的右心房受到胸骨的保护，而左心房位于胸腔更里面，因此极少有刀伤会涉及心房。

急救法则第一条：如果刀子（偶尔还有螺丝刀）还插在那里，先不要动它。如果它正随着心脏的每一下搏动而摇晃，那么刀身或刀柄可能在心肌上捅出了口子。这类伤者往往是自杀未遂，因为别的袭击者鲜少会留下自己的刀子和指纹作为证据。

刀子抽出时，带着压力的血液会喷入心包，也就是容纳心脏的那个闭合空间。如果血液逸出心包，自由进入外面的胸腔，伤者就很有可能失血过多而死。如果伤口较小，血液只在心包内淤积，我们称之为"心包填塞"。由于心脏受血液挤压，伤者的血压

---

* 哈莱姆（Harlem），美国纽约市的犯罪高发地区。

会持续下降，直到最终达到一个平衡点，出血停止。这时伤者的血液仍在较低的血压下循环，他们多半还能活下来。他们刚到医院时皮肤苍白，身体发冷，躁动不安；他们心率很快，颈静脉扩张，但只要血压维持在低位，他们完全可以再活一阵。

急救法则第二条：那些入院时完全清醒的伤者一般都是心包填塞，许多人需要立即开胸复苏。标准的复苏技术不适用于心脏有破孔的情况，因为要是给伤者静脉补液，他们会出更多血，往往还会致命。重要的是先止住血流。一旦心包填塞缓解，伤者可能就不需要补液了。我曾经给几个心包填塞伤者做手术，他们被注入太多补液，心脏都快胀裂了。我只好在缝合伤口前先打开心脏，用吸引器吸出大量稀释的血液。在那之后，心脏才算恢复到可以缝合伤口的状态。

有的伤者送来时身体还是热的，但是没有任何别的生命迹象。这时我会检查他们的瞳孔，只有瞳孔对光线仍有反应，才能继续开展急救手术。在强有力的心脏按压与肾上腺素的共同作用下，任何心脏都有可能重启，即使脑已经死亡也不例外。所以一定要先查看瞳孔。没有一个验尸官会接受谋杀遇害人仅仅作为器官供体活着。

遇见这个病例时，我只是国王学院医院的初级医生，还没当上心脏外科医师。那是半夜两点，急诊部里满是吸毒、醉酒、流浪的人，还有尚能行走的伤者。我们不是不照顾他们。照顾是照顾的。我们的护士都是圣人，但也时刻需要保护。这是个容易出乱子的环境。

这名伤者被自己的团伙丢在医院大堂里。他上衣全是血，皮肤死一样苍白，已经失去意识。搬运工把他抬到复苏区，主管护士召集了复苏团队。他仍有微弱的脉搏，瞳孔对光也还有反应。

几名护士脱下他的上衣。我看见刺伤就在心脏正上方，宽约1厘米。血从伤口边缘缓缓流下，心脏没在泵血；因为心包内压力过高，颈静脉在消瘦的脖子下像树干一样隆起。这明显是一个心包填塞的病例。

麻醉医生做完气管插管，此时正发狂般往他的肺部通气。但我们还需要往颈静脉插一根大内径插管，用来输血。一个护士接替麻醉医生按压气囊，让他腾出手来做颈静脉插管。他插得准确无误。深蓝色血液在高压下喷射出来。

那个年代，夜间的急诊部还不设主任医师，整座医院也当然没有心脏外科医师。那个护士知道我在布朗普顿医院工作过，她看着我说："给他开胸，我来协助你。"

我的脑袋嗡了一声，嘴巴里却说："那快动手吧，不然就来不及了。"

那个麻醉医生是高级专科住院医师，他点头表示同意，知道如果我们什么都不做，这孩子就死定了。当心脏受到挤压而无法填满血液时，体外的心脏按压没有任何效果。我们连刷手都顾不上，因为他脉搏和血压都没有了。周围这一群人把他翻过来左面朝上，我同时穿上手术衣，戴上手套。护士长随后穿戴完毕。我站在伤者背后，护士长站在前面，我借着飙升的肾上腺素，用手术刀切开他的胸腔，再用金属牵开器撑开他的肋骨——那是医院专门备下以防不测的，平时很少使用。

　　伤者的胸腔里没有血和空气，因为那把匕首直接扎进心包和右心室，我能看见的只有绷得鼓鼓的蓝色心包。我知道该做什么，假如我能阻止汗水迷住眼睛、滴进切口。

　　我用手术刀划开紧绷的薄膜，血液和血块喷涌出来。他的心脏仍在跳动，但里面是空的。随着心包排空，心室再次充满。血压开始上升，刺伤口也重新开始喷血，不过这已经不是什么大问题了。

　　我用食指堵住又长又深的刀口，说："给他输血，我来缝合心室。"

　　"你要用什么缝？"护士长问。

　　我也不知道要什么，于是说："只要是弯针，有什么就给我什么。"

　　第一种针太大，第二种太小，第三种正好——那是一种蓝色的编织缝合线，非常适合打结。妙极了。我让护士长替我用手指堵住伤口，血喷到她身上。这是她第一次触碰心脏。

　　接下的工作就棘手了。我用针持（持针器）夹住弯针，慢慢伸到最佳缝合位置。我知道，护士长一旦拿开手指，血就会喷射出来。不仅如此，这颗年轻的心脏在不停跳动，要精确缝合一个快速移动的目标，并不容易。我深吸一口气。动手吧。

　　我把针头由伤口中部的一侧穿入，从另一侧穿出，刺得很深。接着，护士长把针头从缝合材料上剪下来。为防止撕裂肌肉、拉开伤口，我打结的动作很轻。缝上了。但是为了确保他的安全，我还需要在伤口两侧多缝几针——一共三针。这对一个新手来说很伤脑筋，因为每次针头刺穿心肌，都会激起一阵迅速而不受控制的搏动。我估计缝这三针花了十分钟，比现在慢太多了。

护士长的目光在口罩上方注视着我。我知道那双眼睛在说什么：这小子干得不赖。我也这么认为——此刻，我是英雄。伤者的血压和心率很快恢复了正常。这时，心胸外科住院医师也赶来了。虽然已经不需要他，我还是很乐意把剩下的工作交给他，自己和护士长去了咖啡间。我们出了一身大汗，但精神振奋。胸腔关闭之后，他们把伤者仰卧着放到推车上。

到处都是血：担架的帆布上有血，他的头发里有血，衣服浸透了血，地板上也积了一汪半干的血。这些都在证明我们刚才的搏斗。他们要把他送到重症监护病房清理一下。急诊部还有几十个病人，全都等得焦躁不安。

就在这时，这小伙忽然醒了。他刚刚经历生死关口，现在躁动得难以自持。他一下子坐起来，开始拽身上的输液管。脖子上的颈静脉插管脱落了。接着他深吸一口气，胸腔里的负压将空气吸进了血液循环。他一下子瘫倒，脉搏再度消失，尽管与之前一次原因不同。周围的人都不知道这是怎么回事，他们尝试体外心脏按压，但没能救活他。我的第一次独立心脏手术以病人死亡告终，短短几分钟之内，我从英雄变成了狗熊。窘透了。

这个夜晚转瞬之间变成一场噩梦，我不由得开始妄想。我担心有人把他的死怪到我头上，责备我鲁莽。但其实不必。护士长和麻醉医生说得很清楚：要不是因为我介入，他只会死得更早。这个案子后来上了死因裁判法庭。裁决结果是：非法杀害。死亡原因：心脏刺伤后的空气栓塞。

这不仅是我第一次操刀开胸手术，也是我第一次遭遇这种致命的并发症——空气进入脑血管。悲哀的是，这不会是最后一例。我注定还要在职业生涯中做许多例心脏刺伤手术，它们大多简单，只有少数比较复杂，牵涉到心脏瓣膜或冠状动脉。好在伤者都活下来了。

＊　＊　＊

不只有刀和子弹才会造成胸部穿透伤。一些最恐怖的伤口是在交通事故中产生的。

2005 年秋天，一个宁静的周日下午，我正在等儿子的橄榄球比赛开场，这时手机忽然响起来，我又要冲锋陷阵了。伤者是一名年轻女子，伤势很重，随时会死。我儿子马克的学校离医院只有十分钟车程，当不幸的伤者送来时，我已经在医院等候。

急救护理一路发来消息，说有一辆轿车高速冲出 A40 分隔车道，撞碎了木栅栏。一根长度相当于长矛的锋利木片刺破挡风玻璃，穿透了女司机的颈部。消防队员把她从轿车残骸里拖出来，但是她呼吸困难，伤口往外吹着气。她血压也很低，他们因此怀疑她有内出血。

和创伤团队在复苏区域等候时，我脑子里亮起了几盏警示灯：听起来，好像是她的气管给切成了两段。如果是这样，盲目塞进呼吸管可能把两段气管越推越远，完全阻塞气道。我需要一个经验丰富的心胸外科麻醉医生，还要让心脏手术室团队待命。

我亲自给迈克·辛克莱（Mike Sinclair）医生打电话，请他以最快的速度赶来。等待期间，我礼貌地请复苏团队先不要动，等我有机会检查伤者后再说。从车祸发生到这时已经一个多小时，既然她还活着，说明她的身体达到了某种平衡状态。花两分钟检查可能的受伤情况，还是很值的。

女伤者被推进来时，气氛骤然紧张起来。她还醒着，但面色惨白，身体吓僵了，嘴唇发青。所有人的目光立即汇聚到她右颈根部的那道伤口上。她一呼气，呼出的气体就吹起她撕裂的皮肤，露出下面的胸锁乳突肌。她每次呼吸听起来都像通过伤口放屁，同时从里面喷出一阵血雾。虽然我很清楚她受伤的原因，还是觉得难以置信：她的颈部被这样贯穿，两根颈动脉竟然都完好无损；如果再刺偏一点，她就会当场死去。

女子无力地抬起右手，请我握她汗津津的手。我很乐意地照办了。我们要一起度过这个下午，因此需要建立联结。我本能地告诉她会好的——不是我知道她会好，而是觉得应该给她一些安慰，把她当成一个人，而不是一个奇怪的物件。

她正处于休克状态，不单精神上痛苦，身体也显然失了好几升血。我猜想木片向下刺穿了她的颈部，进入左侧胸腔，破坏了一根重要血管。一支好的老式听诊器就能判断这一点。在这个满是高级扫描仪的时代，一个快速的身体检查仍然重要。她的右肺正在充气，左肺却没有呼吸的声响。我叩击肋骨，左侧胸腔发出了"叩诊浊音"，这是液体包围肺部的传统体征。总之，她的胸腔有淤血，血压几乎记录不到，心跳每分钟110下。

我们正面临一项严酷的外科考验：病人的颈根严重受伤，左侧胸腔还在出血。这是一个棘手的组合，不过治疗时的基本原则还是一样：先建立安全可靠的气道，然后控制呼吸，再辅助循环（对这个病例要靠止血和输血）。还是急救 ABC。

我需要迈克将她麻醉。要为她建立气道，唯一可靠的办法就是用硬质支气管镜。那是一根又长又细的黄铜管子，前端有一只灯泡。我和迈克一起做过几百例支气管镜检查，有的是为了诊断肺癌，还有的是为了从孩子的气管里取出吸入的花生。

这时，复苏团队已经在女子的手臂上插进两根输液管，开始给她输注补液。我不想给她注射太多这东西。她虽然受了重伤，但情况还算稳定，和之前的几个病例一样。她血压下降，血块封住了伤口——这是人体的自然急救策略。而补液会推动血压上升，使伤口重新流血。我把这种做法称作"治疗数据"而不是"治疗病人"。这时迈克进来了，我们一致认为应该直接把她送进手术室。在那里我能完全掌控，身边都是自己的团队成员，可以远离外面乱七八糟的人。

琳达护士在麻醉室里准备好了支气管镜，但是首先要让迈克麻醉伤者，我才能把支气管镜伸进她的喉咙，经由声带塞进她受伤的气管。这就像杂技演员表演吞剑，只是这把剑是通过气管吞下去。高压空气通过支气管镜送进去，使得颈部喷出一股淤血，洒得到处都是，但这也让我很快看清了伤口。她的气管有 2/3 的截面被切断，只有气管后壁的肌肉还连在一起。

我把一根长长的弹性树胶探子沿着支气管镜伸进去，直到受伤部位。我使劲往里吹气，提高她体内的氧气含量，然后把支气管镜撤了出来。接下来，迈克就可以沿我探明的路线把气管插管安全地送进去。A（气道）和 B（呼吸）已经解决，我们可以安全地向肺部通气了。

现在我得处理 C（循环）的问题，止住威胁她生命的出血。他们把女子推进手术室，把她左侧朝上翻转过来。唐已经刷手完毕，开胸的器械也都摆在了无菌亚麻布上。我一句话都不必说，一切都像上了发条一样在我周围自行运转。迈克准备好了两个单位的供体血液，正通过女子手腕里的一根插管监测她的动脉血压。

在刷手池刷手时，一连串想法在我脑中浮现。首先，我为这可怜的女子松了一口气，因为她已失去意识，不必经受这可怕的磨难。接着我又担心起来：我会在胸腔顶部发现什么？我生怕她的锁骨下动脉从颈部撕裂到了手臂，虽然她的左腕还能摸出脉搏。希望这只是低压静脉出血，那还好控制一些。我想起左臂上的神经离伤口很近，使用电刀时要避免伤到它们。

她的胸腔里溢出两升血液，我的裤子、鞋子和地板上溅得都是。那是温暖湿润的好血，但是就这么浪费了。哪怕浇灌花园也比这要好。压力减轻后，她的左肺像孩子的气球一样鼓了起来。它的颜色粉红无瑕，不像吸烟者的肺那样斑驳灰暗。我们把淤血从她胸腔深处舀出吸走，直到边缘粗糙的伤口显露出来。谢天谢地，她动脉里没有喷出鲜红色血液，只有胳膊的主要静脉流出暗红色的血。我开始给她止血。如果我结扎静脉，她就会胳膊发肿，于是我从另一根不那么重要的静脉上取了一片补上去，维持她的血流。

这时我确信她安全了，于是我们用消毒液为她清洗胸腔。在她的胸腔顶部，我清楚地看见其他重要的动脉和神经。木片只是将它们顶到一边，大致将破坏范围局限在最不重要的结构上。这名女子的运气好得令人不敢相信。代表循环的"C"现在也解决了。

我们还剩下另一个严重伤口需要解决——被横切的气管。这只是一根内含空气的大管子，远不如我们刚才处理的情况吓人。我们关闭了她的胸腔，只留下一根引流管排出残存的空气和血液。接着，我往她肋骨下方的神经注射了大量效力持久的局部麻醉剂来缓解疼痛。她受的苦已经够多了。

他们重新把她翻到仰卧的位置，准备检查颈部的伤口。我趁机喝了杯茶。我喜欢做颈部手术。她的颈部修长，没有脂肪，做什么都很容易。那道可怕的伤口就位于胸骨和锁骨之间的关节上方，长8厘米。口子开得很大，里面的肌肉露出来，就像咧开的嘴唇下面露出牙齿。对这种情况，最简单的办法是切掉粗糙的边缘，把伤口扩展成一个甲状腺切口。

她那根撕裂的气管就在我眼前，上面是甲状腺，从裂口处可以看见硬质的塑料气管插管。得益于全面复苏，伤口边缘正在渗出鲜红色的血。这种血很容易止住，但是因为乡下的木栅栏难免布满细菌，我还是切除了受到污染的伤口边缘，然后间断地缝合几针，将清洁的两端缝了起来。

伤势很吓人，手术却很简单。我努力将伤口修补得牢固而不透气，最后结束时检查了一下连接声带的神经。像其他组织一样，声带也躲过一劫。事故发生时，上帝一定也坐在她车里。或者现在正坐在我肩头。也可能都在。麦克额外给她注射了大剂量抗生素，接着我们就用金属夹关闭了皮肤和皮下层。干得漂亮。

家属在重症监护病房焦虑地挤作一团。他们从急诊部过来，来之前先给灌输了一肚子悲观情绪，然后又被发配到这里漫长地等候。等待医生告知急诊手术结果是一种格外煎熬的体验，尤其当伤者是你的孩子，他们又告诉你一根木栅栏差点把她的头砍掉时。她是活着还是死了？是残废还是健全？是毁了容还是仍然漂亮？心里想着这些，你很难关注足球赛的结果。

我对她的家人说的，正是她在生命流逝时我握着她的手说的那句话——她一定会好的。接着，我就又在落日余晖中打马而去——也没那么夸张，只是开车到酒吧和我的小家庭团聚，听听儿子的橄榄球赛和女儿的高尔夫球赛。争斗，划伤和碰伤。一场女子高尔夫球赛，就有这么激烈。

至于那名女子，她恢复得很快。迈克和我周日早晨查房时，她已经完全清醒了。于是我们果断拔掉她的气管插管。自然，经过这样一场意外，她感觉像被一辆卡车撞了。她喉咙和胸口都痛，但是呼吸已经正常，也可以说话。一切都完整无缺，她住了一个礼拜就出院了。

有一件事我心怀感激：随着年岁的增长，我对肾上腺素和睾酮的沉迷正在消退，但是对未知情况的兴奋却保存了下来。对一名不幸的伤者来说，幸存的一线希望取决于身边有没有经验丰富的创伤外科医生。而这是少数人才有的优待。

第十四章

致爱丽丝

力量不是从胜利中得来的。你的斗争会增强你的力量。
当你经受艰苦而能坚持不放弃，那就是力量。

——阿诺德·施瓦辛格

牛津布鲁克斯大学距离我的医院不到两公里，里面有许多快乐而充满活力的大学生。其中有一个学日语的 21 岁女生去看医生，说自己最近昏厥过几次。她接受一系列初步检查，包括心电图和超声心动图，结果都显示她的心脏正常。但是一天晚上，和几个朋友在校园散步时，她却突然倒在了地上。

在这之前几天，刚刚有一名英格兰足球超级联赛球员，在伦敦北部的球场上被紧急抢救回来。这件事在媒体上广为流传。他能够幸存，是因为当时球场里正巧有一位心内科医生为他做了有效的复苏，紧接着又将他送进一家优秀的心脏中心。因为这件事，心肺复苏成了广为人知的技术。

　　女孩倒下后，她的几个朋友立刻为她做心脏按压，拨打急救电话。附近一家急救中心派出一辆救护车，不到四分钟就开到了她所在的位置。车上的心脏监护仪显示她心室纤颤——心脏的电活动紊乱，心脏不再泵血，只是没有目的地蠕动。那时候的救护车已经自带除颤器了。女孩们继续胸部按压，急救护理则设置除颤器，他们把电极贴在她胸部的正面和侧面，开到 90 焦耳。呲啦！

　　除颤在心脏病发作的患者身上往往能够奏效。但是这一次，短暂地显示一阵平线之后，纤颤又开始了。虽然医院离校园只有两分钟车程，里面有大量专科医生，他们却没有送她过去。相反，他们在她气管里塞进一根管子，继续做现场复苏。有这根管子，她至少可以吸进氧气了。那辆救护车上还有一件新玩具：一台"卢卡斯"胸外按压机。手动按压心脏很累人，但机器从不疲倦，它有节奏地按压胸骨的下半部分，迫使血液流出心脏，流遍全身。

　　几次电击均告失败后，他们把这台机器固定在她的胸口。这下，心脏挤在胸骨和脊柱之间，像要让肉变嫩一样不断被捶打。时间一分分过去，直到她心脏停搏 30 多分钟后，他们才把她推进医院急诊部。这时她已没有生命气息，全身挂满医疗设备，那台卢卡斯机仍在猛击胸口。她的瞳孔对光线还有反应，说明他们把脑保住了，然而那颗可怜的心脏仍在蠕动，伤痕累累。

　　之前救活的球员是博尔顿足球俱乐部的法布里斯·穆万巴（Fabrice Muamba），他很幸运，因为球场里正好有一名经验丰富的心内科医生。这个女孩就没那么幸运了，她需要针对病因的专门治疗，得到的却是标准的加强生命支持方法：先用 150 到 200 焦耳的电极做多次高能量除颤，如果反复失败、纤颤不止，再用机器做持续心脏按压，往静脉里注射肾上腺素。要是心脏总是收缩，肾上腺素还有可能发挥作用，但在目前的情况下，它只会加剧心脏兴奋性，引起病人连续室颤。

作为补充，他们还使用药物"胺碘酮"，希望能平息这场电风暴——这一步走得好，但在 30 次电击后，她重新开始室颤。十万火急之际，待命的心内科医生巴希尔大夫（Dr Bashir）赶到了。他仔细查看病人，仅做了一处改动：电极在她胸腔上的位置。他把一个电极放在胸部正面，右心室上方；另一个放到背部，左心室的正后方。

以 200 焦耳电击一次，心律恢复正常。在体内肾上腺素的作用下，她的血压立刻回升到正常水平以上。这虽然增加了流向受伤心肌的血液，却也加剧了心脏电活动的不稳定性。结果发生反复室颤。反复室颤需要更多电击，还要用大剂量的 β 阻断剂抵消肾上腺素的作用。一旦电极放到正确的位置，每次电击就都能奏效了。巴希尔大夫不愧是经验丰富的电生理学家，他接着又给女孩开了几种大剂量的强力心律稳定药物。

女孩倒下约两小时后，紊乱的心律开始平稳下来，身体情况也稳定到可以用超声心动图绘出心脏图像了。超声心动图显示的一切都很重要。只有少数疾病会使年轻人猝死，一种可能是遗传的肥厚型心肌病。但是超声心动图很快排除了这个可能，因为她的两侧心室在大小和厚度上都很正常。

经过长时间的心脏按压和电击，她的右心室明显受损。它出现了扩张，收缩也很差，虽然心脏瓣膜看起来很正常。有几种非常罕见的冠状动脉异常可能导致心室纤颤，但就我所见，她的这些细小血管也很正常。

她得的是原发性心室节律失常吗？也就是说，她那颗经受重击但结构依然正常的心脏，是不是出现了电活动异常？得这种病的人，确实可能在没有可辨认的遗传综合征的情况下，就昏迷或者心源性猝死。这很可能源自心脏本身的电力系统故障，和锻炼或压力都没有关系。它可以表现为短暂脉冲式的电震荡，或者一次全面的"电风暴"。

如果真是这样，我们就可以用心电标测的方法找到发病点，然后摧毁那个异常兴奋的源头。这是巴希尔的专业，可以在心导管室内完成。治疗可以在电风暴发作时展开，只要能同时保住病人的血液循环就行了。但是这样的治疗在夜间很难组织，因为需要一支训练有素的辅助团队。

我的计划是将她从急诊部转到心脏重症监护病房。重症监护主任已经加入了救治，正努力使她血液中的生化指标在三小时的复苏治疗后恢复正常。他们焦急地表示她正在滑向心力衰竭，关于她是否需要机械循环辅助，他们想听听我的意见。

我在晚上九点半来到急诊部，发现复苏区有一群人正围在她床边，他们大多是看热闹的，什么忙也帮不上。那部心脏按压机还在她胸口，但是谢天谢地，终于关上了，因为她的心律已经恢复正常。我个人并不喜欢这机器。心脏按压确有它的作用，但心脏是一个脆弱的器官，我不喜欢看见它被机器猛烈挤压。这时，重症监护医生已经给她镇静、通气，她的血液生化指标有了改善，因为正常的心律使血流顺畅了许多。那个心内科住院医师在除颤器旁紧张地徘徊着。

我刚到那里三分钟，她又开始室颤。这一次他们没有捶打她的胸部，只用手指按了一下除颤器开关。呲啦！她的心脏恢复了正常的窦性心律。我建议把她送进心内科重症监护病房，远离这个乱哄哄的环境；再把那只大锤子放回救护车，离她断裂的肋骨远点儿。

70 次电击后，我们确诊她为特发性心室纤颤。这时，抗心律失常药对她起作用。也许不送她去心导管室更明智，因为我们好像就快赢了。随着电击的频率降低，她的心脏也比刚才更容易除颤了。

在重症监护病房，我们在她床边陪着她。当天夜里，她的父母和男友从英格兰北部长途跋涉赶来医院，在悲痛和焦虑中不知所措。这也是我最难受的部分。我看着护士在远离病床的地方告知他们病人的情况，又目睹他们亲眼见到她连着呼吸机，肤色惨白，嘴唇发紫，脖子、胳膊和手腕上都插着大大的输液针头时的震惊表情。其实重症监护看起来一直如此，但第一次见到总是令人震惊。如果在生死之间徘徊的是你的孩子，那画面就更恐怖了。

接着，我听见他们开始小声责问：怎么会这样？她在布鲁克斯是那么快乐。这病是我们传给她的吗？现在该我问她父母问题了，但我实在无法应付这种场面，于是让主治医代劳，自己躲到了人群中。主治医师问：家族里曾经有人猝死吗？有没有心脏病史？她的心脏以前出过问题吗？每个人都很茫然。

我知道下一步会发生什么，所以留了下来，虽然我希望那种情况不会发生。肾上腺素的效力散去后，心肌的电兴奋性降低，血压却开始下降，到凌晨时降到了令人担忧的地步。与此同时，在她遭受重创、而今彻底毁掉的右心室作用下，她的静脉血压却徐徐上升。她的尿量慢慢变少，在这种情况下总会这样；血液中的酸性物质却开始上升，这是肌肉在血流减少后产生的。

她需要再接受几次电击。不幸的是，来不及把她的父母引开了。对他们来说，这是一个冷酷的提醒：女儿就快死了。她的手和腿因为心源性休克而变得冰冷，这不是因为心律失常，而是大量的心脏按压和反复电击所致。用来抵消肾上腺素的大剂量β阻断剂显然也是元凶之一。

我要求再做一次超声心动图，这次借助食道里的探头。摄像头就在心脏后方，因此画质比前一次好得多。看起来她的病情正在急剧恶化，左右心室的收缩现在都很差了。这种时候，人难免会想到很多"假如"：假如除颤器的电极一开始就摆在正确的位置，这一切还会发生吗？假如他们直接把她送到医院，早点让能够诊断继而确定药物疗法的医生同事治疗，情况还会坏到这个地步吗？她当初需要的是专家意见和药物，而不是一把机械大锤。

但这些"假如"对心脏外科没有好处——因为它们于事无补。我们要做的是动手治疗眼前的疾病。我知道她现在需要什么。她那颗挣扎的心脏还可能复原，但是需要循环辅助。我们能立即做的只有一件事，就是插入一个动脉内球囊泵。我们很清楚这对休克的病人没什么用，但还是动手做了。监护仪上的血压稍微改善了一些。但她还需要更大的血流，球囊并不能做到这一点。我们只好给她注射血管加压药去甲肾上腺素，让她的血压维持在 70 毫米汞柱以上，然而这很快又引发了几轮室颤。

我说她需要循环辅助，是指她需要一台心室辅助装置来接管血液循环，也就是我们在经费用光之前有过的那种血泵。针对这个病例，我们需要一台体外膜肺氧合器，简称"ECMO"*。ECMO由一台离心泵和一部氧合器组成，功能与心肺机里的氧合器类似，不同在于它可以长期使用，连续运行几天或几周，直到病人的心脏好转。我们之所以需要这部机器，是因为她的左右心室都发生了衰竭，两侧肺部也因休克而恶化。问题是我们没有这么一部机器。在英国，只有少数医疗单位才有充足的经费使用 ECMO，主要用来治疗有严重肺部疾病的年轻患者。

望着病床边绝望的父母，我的血液沸腾起来。这时，水灵灵的春日阳光透过地平线照出来，正常健康的人们正在开始新一天的生活，就像昨天早晨在布鲁克斯的她一样。

那么，英国国家卫生与临床优化研究所（NICE）的最新指南对急性心力衰竭有什么建议？它建议"向一家拥有循环辅助设备的医院咨询"。我们照做了。几个由我培训出来的外科同行都说她需要 ECMO。但是，要把一个不时室颤的垂死女孩安全送到那家医院，成功的希望又有多大？她被电击了 70 次，心脏像烤过一样。

---

*　ECMO（extracorporeal membrane oxygenation），国内又称"人工肺""叶克膜"。

把她安全送到另一家医疗中心的几率微乎其微。这是无可辩驳的事实。

考虑到我们之前的创新纪录，同行们都惊叹我们居然没有ECMO，他们都说我应该尽快叫那家公司的代表把设备送到牛津来。我们一直到早上八点半才找到供应商，这时她的血压已经再度下沉，静脉压却再次上升。这导致组织灌注量不足，重要器官的血流严重短缺，血液中的酸含量开始攀升。

我仔细考虑是否要将她送进手术室，给她连上一台传统的心肺机。然而这样做可能会引发灾难，原因有几个：这会进一步损伤她的肺，破坏血液凝结能力。在使用 ECMO 时，出血是最常见的威胁生命的并发症，而在长时间施行标准的心肺转流术之后，风险会变得更高。

还有一个选项可以为我们争取一点时间：有一种强大的心力衰竭药物叫"左西孟旦"（Levosimendan），我们以前也用过。它能促使钙和肌肉分子结合，使肌肉收缩更加有力，同时又不会增加组织摄氧量或心室兴奋性。我要重症监护病房的医生为她注射，他们却告诉我，医院里已经不备这种药，因为价格太贵。我们所有的药都只能收缩血管，使心脏更加不稳定；要不就是鞭策心脏，让情况更糟。

这就是丑陋的真相：我们拼命想保住少女的性命，手上却没有她急需的设备和药物。这是个紧张而悲戚的清晨，我们眼巴巴地看时针嘀嗒而过，还要安慰那对可怜的父母，说我们正在竭尽所能。我们一边等待 ECMO 送到，一边用一小瓶一小瓶的碳酸氢钠中和她血液里的酸，同时密切观察她的瞳孔。它们对光还有反应吗？她的脑部还有足够的氧气吗？大剂量的动脉收缩药物能暂时提高她的血压，希望也能增加流向她脑部的血流——但这样一来，四肢和肠道又会供血不足。她的手和腿发冷发白，血流量极低，缺氧的肌肉往她的循环系统倾倒了大量的酸。

到中午，我再也看不下去了。我走进手术室，告诉他们必须给她做心肺转流术，希望只要持续一小段时间，ECMO 设备就能送到医院。接着有人问了不可回避的问题：谁来支付 ECMO 的费用？谁在夜里监督它运行？出了问题怎么办？

我又累又急，忍不住发作：他们算老几，凭什么质疑我们挽救这个 21 岁年轻人的努力？我们不是移植中心，那又怎么了？她不需要心脏移植。她的心脏只需要休息一阵，好从过去 24 小时遭受的重击中恢复过来。为什么这个被称为"优秀中心"的地方不能挽救医院外不到两公里的地方倒下的孩子？显然不是因为医务人员不够努力。

就在我快要彻底失控的时候，有人说设备送到了。我们的病人已经在送往手术室的路上，于是我去和那家公司的代表碰了个面，他费了很大力气来帮助我们。其实他一个多小时前就到牛津了，但是车子塞在路上，怎么也到不了医院，到了医院又一圈圈地找停车位。这一路上，他越来越沮丧、焦虑。拖得越久，病人生存几率越低。他知道这一点，所以气得火冒三丈。

东西备妥之后，我们只用几分钟就通过病人两侧腹股沟的血管建立了 ECMO 回路。超声波影像显示她的股动脉狭窄，于是我用手术方法暴露了它，在它的侧面接了一根人工血管，这样就能确保这条腿还能接受足够的血流。对侧腹股沟的股静脉，则直接用针头和导丝做了插管。长长的插管伸进右心房，然后借助她食道里的超声探头小心翼翼地安放到位。

血泵启动后，她的血压立即升到 110/70 毫米汞柱，静脉压则从 25 毫米汞柱下降到了 5 毫米汞柱。虽然我们在她颈部插了一根肾脏透析插管，排尿还是因为血流增加而有所改善。短短几分钟内，ECMO 系统就改变了她：她的肤色变好，生化指标也改善了，现在的她已经换了一个人。我很高兴，她的父母也终于放松下来。

最初几个小时，她的瞳孔始终对光线有反应。然而下午晚些时候，虽然心脏大幅改善，瞳孔却突然扩散开来，对光线也没了反应。完全是噩梦般的场景：病人的身体好转，脑却坏了。因为缺乏血液和氧气，她的脑部发生了肿胀。这导致颅骨内压力上升，脑干脱垂到下方的椎管里——这是医生的行话，意思是他妈的要不行了。

这时，我躺在办公室的沙发上，盼望这场战斗最后的结束。我的秘书苏下班回家前，在我门上试探地敲了两下。她说重症监护病房要我再去一趟。听到这话我总会心里一沉。没人会打电话报告好消息——从来都是麻烦。我预期是出血或者什么我能解决的问题。但是等我赶到病床边，发现帘子已经完全合上了。

她的父母正坐在病床两侧，一人握着她的一只手。如今，他们已身心交瘁。在打扰他们之前，我要先知道问题出在哪儿。负责照看她的护士心烦意乱地走出来，说病人的瞳孔扩散得很快。我说我要马上知道原因——是因为肝素的抗凝作用引起脑内出血，还是因为缺氧导致脑肿胀？

　　如果是第一种情况，那或许还可以找一位脑外科医生帮忙去掉脑子里的血块。若是第二种情况，我们的努力就很可能宣告无效，要知道我们才刚刚击退了室颤。距离她上一次休克已经过去四个小时，现在我们需要尽快为她做脑部扫描。我亲自去做了安排，又请了一位脑外科同事一起查看扫描结果。

　　脑部扫描结果一张张出来，呈现着一个个灰质和白质扭结的截面。解剖结构复杂而清晰，其中每一个区域都负责我们生命的一个方面，有的区域同其他相比尤其重要。颅骨是一个坚硬的盒子，当脑部发生肿胀，有些东西就必须排出。流体空间受到压缩，继而消失，脆弱的脑组织和神经被扭曲，最后脑干的一些部分也挤到颅骨外面，于是瞳孔对光线失去反应。而当脑干的反应消失，病人就死了。

　　扫描过程在几分钟内完成，接着经过运算的图片组合出整个器官的三维形象。它说出了一个我不愿听到的故事。"严重脑肿胀，脑干经枕骨大孔突出"，这是放射科医生的正式报告。我想劝说脑外科医生摘除她的颅骨顶部，解除脑的压力。他们很同情病人，但都说现在太迟了，很遗憾。却不像我那样遗憾。

　　我们将她推回重症监护病房。因为她全身携带着设备——ECMO 回路、呼吸机、球囊泵和监护仪，整个过程颇费功夫。再加上我们悲伤的心情，行进速度就更慢了。

　　她现在状况如何？所有其他器官都在复原。皮肤温暖粉红，机器把富含氧气的血液注满全身。肾脏正产生尿液，肠道在吸收食物，肝脏在排毒。这些器官都需要血和氧气，而 ECMO 这项简单而廉价的技术，对这两样都能充足供应。然而对于脑，它来得太迟了。我们没能挽救的脑细胞，正是所有细胞中最重要的。

我痛心疾首。整个英国，没有一支团队像我们这样拥有丰富的经验，在实验室里付出那么多辛苦，做出过那些重要的发现。然而这一切都不重要。重要的是我们不是一家移植中心，所以没有资格获得经费。重要的是节约成本。而节约的结果就是死亡。

我无法亲自把结果告诉她的父母。我选择懦夫的方式，面色铁黑地回到办公室。几个重症监护医生仍在尽力用药物治疗脑肿胀，但于事无补。结果已经注定。我们在 48 小时后撤掉了ECMO，因为病人已经脑死亡。我亲自为她拔了管。此时她的心脏运转很好：血压稳定，心律正常，没有室颤。至少这场战役我们打赢了。

正式检验脑干死亡之后，我们向那对万念俱灰的父母提出器官捐献的建议。女孩以前表示过，如果夭折希望能捐出器官，父母答应了她的愿望。捐献之前，我趁她父母还在，去见了她一面。那位帮助我们抢救的护士也在床边，想守到最后，确保顺利交接，也给这对父母以情感上的支持。真是少见的情操。这么做是需要道德决心和勇气的。

到了这一刻，我还能说什么呢？我真的很伤心。我的儿子也是布鲁克斯的学生，差不多同样的年纪。如果我是这对父母，我会是什么感受？我不必思索这个问题——我见过太多失去孩子的父母，已经知道答案。我对他们说：我为他们痛失爱女而深感难过。

由于形势严峻，经验丰富的主任医师团队日夜奋战，努力挽回局面。我所有的同事都为这个结果十分伤心。我们感谢他们捐出器官的善举。这一举动会改变其他人的命运。

最后她捐出了肝脏和两侧肾脏，三名患者因此受益。这三个器官的功能依然正常，也证明了 ECMO 的功效。

＊ ＊ ＊

不出几天工夫，我们就又用到了这部设备。这次，病人是一位年轻女性，她刚刚分娩，羊水栓塞了肺部。我只好建议将她直接送进一家 ECMO 中心，我十分清楚转诊路上的拖延会要了她的命。不幸的是，我猜对了。

接着，又来了一个原本可以用 ECMO 救活的病人。她 40 岁，在我们的重症监护病房里意外发生空气栓塞、心脏停搏，最后死了。冒险故事就这样绵延不绝。

年轻女孩的死使她在布鲁克斯的师友们悲痛不已。于是，我给这所学校的副校长写了封信。我说她的朋友们在她倒下后勇敢相助，但我们终究还是没能救她回来，我为此深深遗憾。几个月后，我收到一封大学毕业典礼的邀请函。他们打算在她身后授予她一个学位，问我能不能和她的父母一道出席。

典礼上，我和她的爸爸妈妈及男友一起坐在第一排。我们看着年轻亮丽的男男女女走上讲台，领取各自的奖励。接着，校长沙米·查克拉巴提（Shami Chakrabarti）介绍了一个特殊奖项，感谢外科医生挽救学生的英勇举动。得有人上去领证书。她妈妈去了。

爸爸在哀伤中一动不动，男友也悲痛地坐着。我喉咙哽咽，说不出话来，总算帮着那位可怜的女士蹒跚走上台阶。事情本不该如此，她的大学生涯不该就这么结束。她所有的朋友和老师都围过来。家人见到他们很高兴，还勇敢地参加了招待会。

但我心如刀绞。离开时我已经垮掉了，好像整个世界都压在肩头。执业几十年，那是我最伤心的一天。

* * *

让我们记住爱丽丝·亨特（Alice Hunter），为了其他人能够得救。

第十五章
双重危险

那时我年轻精力多，爱上了本地医生的老婆，我每天都吃一只苹果，好让医生不来找我。

——托马斯·W. 拉蒙特[*]，《牧师住宅里的少年时代》

朱莉娅 40 岁，漂亮，金发，充满活力。她在伦敦有一份忙碌的职业，每到周末还练习马术。她骑马的水平很高，和顶尖高手相差不远，常常和最好的骑手并肩——或者说并辔而行。因此她怀上第一个孩子时年纪已经不小，不过问题不大，因为无论身体还是精神，她都还很健康。她曾在杜伦大学念心理学，上学时就参加了曲棍球队，后来又代表所在的莱斯特郡参加比赛。她还踢足球，玩板球。

---

[*] 小托马斯·拉蒙特（Thomas William Lamont, Jr., 1870—1948），美国银行家，成长于卫理会牧师家庭。

然而她身上却有一件怪事：她从来完成不了折返跑测试，总是栽在这上面。她还常常在开会时睡着，严重到去一家私立医院接受睡眠研究。医院怀疑她有发作性睡病，但也没找到什么确切的证据，钱倒是花了不少。

发现验孕棒变成蓝色时，她兴奋得快要疯了。那是2015年4月，离她开始备孕只有两个月的时间。好极了！但接着她就十分疲倦，有点喘不上气，再然后越发严重，光是爬上马背就气喘吁吁。不过她确信这是正常的孕期反应，都是激素变化和滞留的体液导致的。

她决计不被疲倦击倒，于是重新开始跑步，执意要变得强壮起来。第一次，她强迫自己跑了五公里。但是第二个礼拜，她刚跑一条街就喘不上气，喉咙就像着了火，胸口发紧。她的乳房柔软肿胀，她觉得这个状态部分是由于乳房疼痛。看来跑步时要放慢一点速度了，但至少还能骑马。

怀孕第13周时，她在一个周一到医生的诊所里见了助产士。对方建议她吃阿司匹林预防先兆子痫——那是危险的高血压症状，一些妇女在孕期最后阶段会发生。朱莉娅说感觉身体很不好，而且恶化得很快。助产士没有认为她神经过敏，而是建议她去做心肺检查，还保证会和她的医生谈谈。这位助产士做得很对——这是一个至关重要的决定。

医生尽责地倾听了她的描述。他态度和蔼，使人安心。他对她说："人体的血量会在怀孕期间增加1/3，这会使人呼吸急促。我先来听听你的胸腔吧。"听了一会儿，他的语气变了，表情也忽然严肃起来。"你的心脏有一点杂音，保险起见，我们应该尽快找人给你看看。"

他很快给梅登黑德镇的温莎诊所打去电话，为她约好周三，也就是后天去看一位心内科医生。朱莉娅忧心忡忡，但还是回去上班了。联合饼干公司需要她，工作也能使她不去想"杂音"那两个字。

温莎诊所有很好的候诊室、干练的接待员和舒服的沙发，不过这些一点也没法安慰朱莉娅。心内科医生在见面之前给她安排了两项重要检查。她脱下时髦的黑色连衣裙，换上医院里随处可见的白色长外衣。她的屁股露了出来，因为系带在背后手够不到的地方。

先是心电图检查。她爬到躺椅上，一位女士叫她把外衣的上半部分脱掉。几个传感器检测了她手腕、脚踝和胸壁的电活动，接着一台心电图仪迅速在一长条粉色的纸上打出一条弯弯曲曲的黑线。这条曲线对医生很重要，虽然外行人完全看不懂，但技术员说看上去还好。多么令人安心的一句话！但实际上，她的情况并不好。

在训练有素的人看来，朱莉娅的心电图显示了我们所说的"左心室肥大"，也就是心肌紧张。接下来她又做了超声心动图，这是对心脏的一种无创性检查，用一只探头拍下超声图片，然后投映到屏幕上。这一次朱莉娅有点脸红，因为给她检查的是个男人，不过他人不错，在她胸口涂抹黏胶时一直在跟她说话——这也是工作的一部分。

屏幕上过了一阵才显示出清晰的图片。他拿着探头在她肿胀的左乳上移动，尽量不弄疼她。他先从心腔开始检查，看了她的左心室和右心室，这在"四腔心"切面看得最清楚。她的左心室比预想的还要厚，右心室、左心房和右心房都很正常。但这时超声波还没抵达关键之处。他把探头放到她的胸骨顶端，然后向下移动。

猛地，他的举止和表情变了。他不再说话，手指摆弄着探头。朱莉娅意识到坏消息就要来了。她的心沉了下去，感觉冰冷空洞，就像肠子刚刚掉出来了似的。

"怎么了？"她忍不住问道。

"主动脉瓣狭窄。"他的回答像是机器自动发出的，"很遗憾，我去告诉医生。"

接着又来了一位女士，带了另一台超声心动仪来为她检查胎儿，这次把黏胶涂在了她的腹部。这是朱莉娅第一次见到胎儿，她担心孩子是否还活着。但是听到后面的对话，她又觉得孩子还是死了好。虽然朱莉娅的前景看来不妙，但胎儿的心脏仍在以每分钟 150 下左右的正常速度搏动着。

到了该和医生会面的时候了。他是一个年轻聪明的心内科医生，和我一样在国民保健服务的体系下工作。他已经了解朱莉娅的情况，也知道了诊断结果，但他帮不上什么忙。好在这时朱莉娅已经重新穿好衣服，感觉不像刚才那样暴露、那么脆弱了，但在心理上，她却到了崩溃的边缘。她在念本科时了解了许多心理学知识，但这并不能帮她更好地控制情绪。

她先开口了，没有寒暄："我有麻烦了，是吗？"

"是的，很遗憾。"

又是这该死的字眼。所有医生都这么说，但没一个是说真的。

"你有非常严重的主动脉瓣狭窄。事实上，是先天性的。在你决定怀孕之前，就没人听见你心脏的杂音吗？"

朱莉娅仔细回想。是的，确实有其他医生听过她的胸腔。但是他们没有一个提到心脏杂音的事。

当主动脉瓣变得非常狭窄时，确实很难听出杂音。而现在她的主动脉瓣就十分狭窄，她的症状因为血流量增加才显现出来——心脏必须额外做功才能支持胎盘。

要解释这一切背后的生理学原理，我们必须知道，从妊娠 12 周到 36 周的时间里，心脏泵出的血量最多可以达到非妊娠期血量的 150％。朱莉娅之所以在 16 周时情况变差，是因为她左心室出口处的瓣膜严重狭窄。她在锻炼时胸部剧痛是因为冠状动脉血流不畅。她手臂上的血压虽然才 100 毫米汞柱，左心室的血压却高达 250 毫米汞柱——岌岌可危。另外，试图进入心脏的血液被拦在肺部，让她的肺变硬。要是再受到任何压力，水肿液就可能充满肺部，造成猝死。而朱莉娅还认为自己很健康呢！

接下来才是致命一击：严重主动脉瓣狭窄患者的预期寿命，在没有怀孕的情况下顶多 6 到 24 个月，而以她目前的情况，她只有几周可活了。继续妊娠太危险，心内科医生认为她必须在周末之前安排人工流产。只有在那之后，她才可能接受手术，换掉主动脉瓣。越快手术越好。

然而这和朱莉娅的愿望背道而驰。她之前虽然迟迟不想要孩子，但是经过这三个月的兴奋和期待，她的身体已经和胎儿连在一起。她的心也是。要是她没有机会再次怀孕怎么办？她在什么都不做的时候感觉身体还好。那么她在孩子出生前都不再运动，不就好了吗？这是个简单的道理，也是值得付出的代价。但她想错了。那位心内科医生对一件事坚信不疑：如果不加治疗，朱莉娅和胎儿就会很快死亡，她根本无法等到分娩，就连20周的早产期限都等不到。

朱莉娅的选择很有限。没有一个外科医生会在她怀孕时给她的主动脉瓣开刀。她要是愿意，他明天就在一个跨学科团队会议上讨论她的情况，参会的有心内科、外科和重症监护领域的医生；鉴于她的境况，还会有几位产科医生来。他们会详细研究，考虑不同的治疗选择，推荐最合适的方案。

朱莉娅不是一个畏缩的人。"那我的意见呢？"她坚持说，"我想保住孩子。我不想让一群人聚众对付我。最乐观地估计，我保住孩子的可能性有多大？"

这不是一个容易回答的问题，要保孩子也没有简单直接的方法。那位心内科医生思索片刻，说："我给你介绍牛津的一个心内科医生，他是专门治疗孕期心脏疾病的。"

关于孕期的伦理原则很简单：医生的首要责任是保护母亲，宁可牺牲胎儿维护母亲的健康，也决不能为了没有出生的孩子置母亲于险境。正常来说，孕育30周后出生的婴儿都能存活，甚至28周也可以。但是仅仅为了保胎，很难让垂死的母亲保住性命。

地区总医院的几位心内科医生看了超声心动图。他们的判断是朱莉娅的主动脉瓣已经太窄，不可能坚持到妊娠30周实施剖宫产的时候。她的激素变化和血量增加已经威胁生命，不可能再活16周了。每个人的意见都一样：朱莉娅应该在几天内中止妊娠，然后尽快置换主动脉瓣。人工流产会把复杂的问题简单化——要是你认为心脏外科手术简单的话。

最初的那位心内科医生在周四午后给她打了电话，大致转述了同行们令人沮丧的共识。听到他又说出"很遗憾"三个字时，朱莉娅的五官扭到了一起。好消息是，他为她预约了第二天下午去见牛津的奥利弗·奥默罗德医生（Oliver Ormerod），费用由国民保健服务支付。他强调要尽快治疗，同时告诫她绝对不能再骑马或做其他运动。

赴约本身就是一场噩梦——通往医院的几条干道上塞满汽车，好容易到了医院却没有车位，也没人帮忙。她眼看就要错过一场决定她和孩子生死的会面了，更糟的是，胸部剧痛偏偏又在这时来袭，随后的焦虑更使她动弹不得。就在上周五，她还是兴致勃勃的准妈妈，现在心中却充满末日逼近的恐惧。

但奥利弗使这一切大为改观。他和别的医生截然不同，不穿西装，不系领带，对什么都好像不大在乎。朱莉娅不由想起童年很喜欢的一个人物，大力水手。在那间诊室里，他让朱莉娅感觉她是特别的。

"你想保住孩子是吧？我们来看看怎么帮你保。"他说。

茱莉娅胸口的紧张感消失了，松弛的感觉流遍全身，她的手在不经意间落到小腹上，好像在说："放心吧！这个医生会照顾我们的。"

那么，要保住茱莉娅的安全和胎儿的生命，可能性有多大呢？奥利弗也同意她的主动脉瓣撑不到 28 周胎儿发育成熟的时候。必须一边维持妊娠，一边处理主动脉瓣。前面有两条路可走。第一条是顺势而为，用球囊撑开严重狭窄的瓣口，为母子俩争取一些时间。第二条是直面难题，靠心肺机实施开心脏手术。当时所有的医学知识都反对第二条路。

球囊扩张是在心导管室内、由 X 光引导完成，胎儿可以免受辐射。球囊放进瓣口后膨胀扩张，以撑开狭窄的部位。如果这能让朱莉娅挺到妊娠的第 30 周，她就可以先生下孩子再换掉瓣膜了。到那时她将以一个新妈妈的身份，接受安全的心脏外科手术。

我的同事班宁教授是球囊瓣膜介入治疗的专家，奥利弗需要再拍几张详细的超声心动图给他过目。如果他同意，治疗将在下周的前几天进行。这个疗法风险何在？主动脉瓣可能裂开并严重反流，引起急性心力衰竭。所以在介入治疗的同时，必须还有一支外科团队在手术室里待命。另外，球囊也可能无法充分扩张主动脉瓣，使治疗没有效果。无论哪种情况，对母亲和胎儿来说都是重大风险。这种治疗可不简单。

奥利弗决定过了周末就让她住进心内科病房。与此同时，他还要去找一位外科医生谈一谈，只有那个医生曾经给相同处境的患者动过手术。

周五晚上，奥利弗打电话到我家，和我聊了聊之前合作的病例。我们共同治疗的上一位孕妇在妊娠 28 周时，查出了反常的心脏杂音。我们在她的左心房上发现一只巨大的良性肿瘤，那是一个左房黏液瘤，和安娜的那只一样。我们在医院里仔细观察她四周，等到妊娠 32 周时，在一间心脏手术室里用剖宫产帮她生下那名婴儿。三天后我摘除了肿瘤。母亲和婴儿都很健康。

在那之前，我们还治疗过一名年轻女子，她的人工心脏瓣膜发生感染，因此解体并严重反流。我们在她妊娠 33 周时带她进手术室，给她做了剖宫产；紧接着，我为她置换了主动脉瓣。手术后母子平安，虽然也有子宫出血的问题。

我又提醒奥利弗说，我还在另一家医院为一个妊娠 20 周的 35 岁妇女置换过主动脉瓣。新的瓣膜功能良好，术后我也听见了胎儿的心跳。可是就在当天半夜，她流产了，而且大量出血。差一点母子都没保住。

孕期的心脏外科手术是极少数可能导致两名患者——母亲和胎儿——死亡的疗法。关于这类手术的每一篇公开报道，我都阅读过、分析过，还写过一篇详细的综述。当时全世界只有 133 个病例，其中仅 19 例是主动脉瓣置换术。虽然这些手术中的母亲都活了下来，却有 7 名胎儿死亡。这个数字能叫人放心吗？不能。

这里还有一个更大的问题，那就是外科医生都喜欢报喜不报忧，因此在公开的数字背后，可能还有数百个没有公开的失败病例，其中的胎儿，甚至母亲都可能因手术失败而死去了。但这种事最好别说，对吧？隐瞒失败是人的本性。尽管如此，我们终究有了一些统计数字，可以说给朱莉娅和她的家人听。

奥利弗又问我对球囊术怎么看，我说这个主意不错，但实行起来有困难。大多数先天畸形的主动脉瓣并没有明确的瓣叶分隔，可能无法在球囊的压力下分开，这不像治疗风湿性二尖瓣那样已经有成熟的技术。这实际上是在摸索中治疗：球囊可能摧毁她的主动脉瓣，甚至可能撑破主动脉，引起大出血。我们需要问问班宁他认为成功的把握有多大。但是如果他们决定走瓣膜成形术的路子，我一定全力支援。我们的讨论到此结束。

过了周末，朱莉娅又回到医院做更多检查。这位孕妇的两难处境迅速传开了，周四清晨的先天性心脏病团队会议上来了许多人。除了我和奥利弗，还有南安普顿医院的小儿心内科同行。奥利弗用清晰的心脏影像介绍了这个病例。

朱莉娅的主动脉瓣口呈一条狭缝，正常人有三个瓣尖，她却只有一个，我们称这种结构为"单尖瓣膜"。它看起来仿佛一座岩石构成的火山，厚度近 1 厘米，看上去很僵硬。瓣口下方的肌肉很厚，一看就不是好兆头，她居然以这样的状态活到了 40 岁，真让人吃惊。在这里面塞进气囊能有所改善吗？不太可能。能保证安全吗？也不太可能。

接下来是关键，而他们已经做了决定。应该直接给朱莉娅做主动脉瓣置换术，用一种生物人工瓣膜替换她原来的那个。这种瓣膜不需要抗凝，因为抗凝会危害妊娠。这正是朱莉娅的意愿。决定是她做的，而她不喜欢不确定性。她不仅活泼，还很勇敢。这一点会场上没人否认。

我能主刀吗？可以是可以，但手术一定要快，连在心肺机上的时间越短越好。虽然心肺转流术对母亲绝对安全，但它往往会引起胎儿死亡，因为子宫和胎盘一点都不喜欢它。心肺机里的预充液会稀释母亲的血液，而这个稀释效应又会降低孕期激素黄体酮的浓度，从而增加子宫的兴奋性。当子宫在心肺转流期间发生收缩，那就是胎儿死亡的重要征兆。接下来，如果胎盘供血量和血氧含量降低，造成胎儿心率变慢，就可能引起应激反应，造成血压升高，对胎儿发育中的心脏形成压力，常常引发不可逆转的伤害。

我向大家解释如何在孕妇身上开展心肺转流术。我们要把血压和血流都调得比平时更高，还要防止血液冷却，使胎盘的血管不至于收缩。快速手术是关键。朱莉娅增厚的心肌按说要用心脏停搏液保护，但这种液体富含钾，而胎儿的心脏又对钾的增加非常敏感。母亲如果摄入太多心脏停搏液，胎儿的心跳也可能停止。

因此我们必须监测胎儿的心率和子宫收缩情况，如果检测到收缩，可以注入孕期激素黄体酮来抑制这些反应。我们还可以在胎儿心率下降时，调高心肺机的血流量。只要每个人都清楚手术中可能出现的情况，我们就有很大把握能让孩子活下来。

到这时，医生的心情已经从中止妊娠转变成保住这个小家庭。但我们还需要一支后备团队。万一胎儿在术后的夜里死亡或自然流产，就需要一队妇科医生及时出手相助，他们可能要为一个刚刚接受过心脏外科手术的病人治疗子宫出血。这两个科室分布在两栋楼里，但至少还在同一个院区。

第二天是周五，并不是做手术的好日子，因为周末只有值班的医生和护士负责看护。而我需要召集一支最好的团队，又鉴于朱莉娅的情况十分稳定，我决定等到周一上午再做手术。不用着急。这只是又一台主动脉瓣置换术，而且有谨慎的计划和恰当的后备团队。

怎样才算是一个麻利的外科医生？不是指动作匆忙或手速飞快。实际恰恰相反：一个麻利的外科医生必须很有条理，不能有不必要的动作，只在需要的地方缝针，不做任何重复劳动。因此，一个麻利的外科医生动作未必很快，但大脑和手指一定默契配合。这是天生的本领，不管受多少训练都于事无补。

现在我要和朱莉娅见面了。奥利弗带我去她的心内科病房。早晨还没有家属探视，她一个人在病房里。她果然像他们说的那样活泼而好奇，但也对我可能说出的话忐忑不安。她很紧张，因为其他人曾反复劝说她中止妊娠。

她见到我的第一句话是："我想保住孩子。"我回答说我也想保住孩子。就这样，一种积极的关系在我们之间建立起来。

那么手术什么时候做呢？我告诉她：周一上午。接着我向她描述了将要植入的人工瓣膜类型，还告诉她我们不会使用抗凝剂。这一点显然对怀孕后期及分娩相当重要。我告诉她这片人工瓣膜会慢慢磨损，15 年后还要再植入一次，也许不到 15 年。然而朱莉娅还没想那么远。她现在只想把这场可怕的动乱从她有秩序的生活中清理出去。

她问我："周末我能回家一趟吗？"她急着安排一些事情，还要把自己的情况告诉同事。

"可以，但是不准骑马，不准用力。什么花力气的事都不准做！不过现在你还不能走，我们要先给你配血型，麻醉医生也要见见你。"

奥利弗也认为最好放她回家一次，把她强留在医院没有意义。周一的麻醉医生是伊莱恩，我打电话向她解释了情况的复杂性，她立刻赶来了。就在伊莱恩和朱莉娅交谈时，我去提醒灌注师，给他们看了些文献，告诉他们怎么配合，还特别指出这次手术关系到两条生命的安危。

我再次见到朱莉娅时，已是周一早晨7点。她看起来平静极了。她要求我不要扔掉那片畸形的瓣膜，因为那是她的东西，她想保存起来。她的全部家人都到了病房：丈夫，姐姐和年迈的双亲，都来给她精神上的支持。我说我过一会儿再来和他们谈话。

我们先在局部麻醉下放进了动脉和静脉监测插管。我真的不想监测胎儿的心率。以前有过这个经验：胎儿的心率一下降，我就忍不住焦虑分心，而我们事先已经做了适当的防范，实在没有别的办法可以让它回升。伊莱恩小心翼翼地在麻醉诱导期维持她的血压和血氧含量。把朱莉娅推进手术室前，我们检查了胎儿的心率——很正常，每分钟140跳，是母亲的两倍。我们把超声探头沿食道塞进朱莉娅的胃部，准备观察她的心脏。我们在手术开始前始终为她盖着毯子，防止她血液变冷，到最后一刻才去掉她所有的装束。她微微隆起的腹部时刻提醒我们要集中注意。

我们很快用消毒液在她身上做了标记，然后给她盖上蓝色手术巾，只在双乳之间留出一道狭长的空隙。我们把电刀、除颤器和心肺机的几根管子挂到手术台边，然后开始手术。

我用手术刀切开皮肤。因为她的血液循环现在格外活跃，切口出血超出了常规。接着，电刀又切开薄薄一层脂肪，直抵骨头。然后，锯开胸骨中央。伴随着使学生们反胃昏厥的"嗡嗡"声，骨髓渗了出来。接下来，再用电刀切开余下的胸腺，切开心包。

伊莱恩给她注射了肝素，准备开始心肺转流术。

　　我们将插管插入主动脉和右心房，另一头连接机器。接着，停止给肺通气，让心肺机接手。我们没有给她降温，反而用热交换器为她保暖，同时保持高流量泵速。这都是为了保护她的子宫和胎盘。我用一把钳子夹住主动脉，然后注入心脏停搏液，直到心脏死死不动为止。它并没有真死，只是变得弛缓而冰冷，暂停新陈代谢是对它的保护。

　　我用手术刀割开主动脉，暴露了造成这一切的主动脉瓣。它已经看不出瓣膜的样子。就像超声心动图显示的那样，它是一座坚如磐石的火山，中间仅一道狭缝而已。我换了一把尖刀将它整个挖出，然后轻轻放在一瓶保存液里；这是我送给朱莉娅的礼物。接着我缝了间断的十二针，把新的生物人工瓣膜缝了上去。这是用牛的心包精心制作的，现在由一只缝合环挂在一个塑料架上。我把它缝在旧瓣膜曾经的位置。这台手术常见且并不复杂，却能一次造福两位病人——一个现在的，一个将来的。到此一切顺利。

　　我们缝好主动脉，然后松开钳子，温热的血液一下子涌入冠状动脉。得到这股生命之血，心脏重新活了过来。它先是室颤着扭了几下，接着突然自动除颤。它一动不动地躺在那里，我用手指捅一下，它就开始收缩、射血。我又捅一下，正常心律出现了。通过超声探头，我看见人工瓣膜一开一闭。从左心室通向主动脉的道路几十年来首次贯通，数千个小气泡纷纷冲向排气针。这场景司空见惯，并不令人兴奋，但正是我们需要的。

　　我叫伊莱恩开始给肺部通气，检查血气，准备脱离心肺机。

伊莱恩将气体有节律地泵入朱莉娅的气管，原本萎陷的肺部充气后开始扩张，从刚才的又软又空，变得鼓胀、粉红而自豪。它们围绕在心脏两侧，和以前一样，日日夜夜，永远如此。通过谨慎的冒险，我们让生命暂停又重启，大大改善了她的健康。

　　脉搏波回到了动脉血压描记线上，规则而有力。但我没看屏幕，而是盯着心脏，它还在吐出残余的气泡。它们向上漂浮，直入并堵住了右冠状动脉。这让右心室失去血液供应，肿胀了一会儿。但问题不大。我们增加了泵流和血压，把空气推了出去。右心室再次收缩，一切正常。

　　现在我想尽快关掉心肺机。我让灌注师慢慢把心肺机调低，让朱莉娅这颗疏通了管道的心脏接过泵血任务。我们一共只在心肺机上连了 49 分钟。在这段时间里，我们维持了高流量和正常体温，竭力照顾子宫和里面珍贵的货物。我听见灌注师说"停止转流"。我们拔掉插管，用鱼精蛋白中和了肝素的抗凝作用。

　　切口仍在流血，血量超出以往。我的多动症又犯了，膀胱也鼓胀起来，我觉得最好还是把收尾的工作留给穆罕默德——用电刀凝住出血点，把引流管和起搏电线装好，确保她的安全。我们一方面想尽可能避免输血的负面影响，另一方面又不想使氧输送因为红细胞太少而打折扣。最后我们还是不得不为她输了两个单位的供体血，以及携带凝血因子的新鲜冰冻血浆，接着又输了血小板，也就是能够堵住小孔的黏性细胞。不到一个小时，流血就得到了控制，可以送去重症监护病房了。

　　伊莱恩和穆罕默德把朱莉娅护送到手术区外面。一切进展顺利，他们很高兴。然而，虽然他们做了充分的准备，前来接手的却是一个缺乏经验的护士。重症监护病房已经像其他部门一样接到预先提醒——其实也很难怪罪那个可怜的护士——伊莱恩还是发火了。她问：照顾胎儿的计划是什么？胎儿最可能在什么时候死亡？朱莉娅要是下身大出血要怎么做？迎接她的是茫然的面孔，瞪大眼睛的护士，还有不知所措的初级医生。伊莱恩要他们找一支经验丰富的团队来合作，专心护理。我当时对这一切并不知情，但伊莱恩说得对：在危险的境况中，经验尤其重要；而在这个病例中，处境危急的是两条生命。

朱莉娅的血压还偏低。她血管比一般病人扩张得更严重，因为我们不循常规地在心肺机上为她保持了较高体温。但是我们不能给她使用一般的升压药物，因为它们会收缩通向子宫和胎盘的血管。另一方面，我们也不能让她的平均血压低于70毫米汞柱。应对方法都写在指南里了，每个人手上都有。问题是，重症监护病房里的人都读了吗？现在说这些没什么意义，不然会有人投诉的。

我回来后，让穆罕默德去陪她。奥利弗用一台超声仪显示胎儿的心脏，它仍在以每分钟140跳左右的速度搏动着。目前为止，胎儿活着，子宫也没有收缩。于是我让他们唤醒她，关掉呼吸机，撤掉镇静药物。之后，她的血压自会上升。离开去为下一个病人手术前，我说了一句："你们现在照看的是两个人，不光是你们能看见的这一个。"

朱莉娅很快醒了，气管里的管子也终于拔了出来。据她描述，醒来后发现喉咙里插着管子是整个体验中最难受的部分。我第二天早晨 7 点和奥利弗碰面，一起看胎心成像，它仍在以每分钟 140 跳的速度搏动着。不仅如此，胎儿还在子宫里翻起了跟斗。朱莉娅那颗置换了新瓣膜的心脏运行良好：她的两只脚暖暖的，导尿袋里也有了不少尿液。把尿当作好事来庆祝，就只有医学这一行了吧。不过我的心还是没完全放下，因为她的血压仍然偏低。我们对孕期心脏外科手术的理解还谈不上完善，也就是说，我们还不知道低血压在这个阶段是否有害，但我们还是不想用药物为她升压，那样会干扰胎盘的供血。

醒来时，朱莉娅的第一个问题是孩子怎么样了。我们安慰她说现在看来情况不错，但我们希望能在 24 小时后看到更强的心跳。我感觉到那时候，危险期应该过去了。到接近中午的时候，我们从她胸口拔出引流管。她急着想回到单人病房，但我还想对她的血压和血氧含量再监测 24 小时。我们把她转移到一个安静的隔离病房，那在平时是给败血症病人住的。

到了第二天，胎儿还是老样子，身子动着，心率也正常。但朱莉娅不舒服。手术后的第二天总是最难熬。第一天是幸存的狂喜，第二天就只剩下疼痛了。不幸的是，为了胎儿的健康，我们不能给她使用大剂量镇痛药。

我们是在周一做的手术。到周五，朱莉娅已经没有了不适感，她觉得住院无聊，执意要回家，我们谁也拦不住。奥利弗还是很担心她，在接下去的一周每天给她电话，还定期在门诊部看她。超声波扫描显示胎儿的发育和活动都很正常。五个月后，也就是 2016 年 1 月，她生下一个 4 公斤多的健康男孩——她的奇迹之子。

他本来注定要成为不锈钢托盘上的一堆碎肉，现在却顺利来到人间。我们，奥利弗和我，改变了这一切。欢迎来到世上，参孙。真是个强壮的小伙子！

第十六章

你的生命在他们手中

有一颗永不变硬的心，永不厌烦的脾气，一双手触碰人时永远不会伤害别人。

——查尔斯·狄更斯，《我们共同的朋友》

那是 2004 年。这之前将近五十年，电视节目《你的生命在他们手中》在哈默史密斯医院拍摄的那一集，在我的大脑皮层播下种子，塑造了我的命运。一天，BBC 打电话到我的办公室，和秘书迪伊了谈。我在治疗两个病例的间隙溜回办公室，迪伊兴奋地迎了上来。她说，BBC 问我能不能为他们录一期节目，在黄金时段播出整整一个小时。他们要找一位脑外科医生，一位移植医生和一位心脏外科医生。节目的名字，正是《你的生命在他们手中》。

接着，那位杰出的制作人带着他的女助手到牛津和我讨论拍摄事宜，解释说拍摄可能会打扰我一段时间。他们要在医院和我家里拍六个月，其间要和病人会面，还要和我的家人交流，好让观众明白一个心脏外科医生的生活是什么样。那是艰难而危险的，我的生活尤其如此。

他们想让我在镜头前植入一部贾维克2000，还问我能不能为他们找一个合适的心力衰竭病人，好让他们在术前、术中和术后跟踪拍摄。当然，他们还会拍摄别的病例。他们想拍摄一个婴儿，还有其他富有戏剧性、高风险的素材。他们要现场拍下鼓舞人心的前沿手术，病人最后是死是活没有关系。他们先拍，之后再决定素材的取舍。所以我不必感到有压力。

他们做过背景研究，知道我经常为手术室外的观众直播手术过程。他们也知道我是个高调而自信的人，不会被轻易吓倒。只要我点了头，他们就去和医院交涉拍摄事宜。当时我们正好有一位愿意和属下交流的院长，他很招人喜欢，时不时会从象牙塔里钻出来，会见我们这些工蜂。我肯定他会同意协助。现在我唯一要做的就是让家人知道，有一支摄制组会在我下班后跟我一起回家，每天早晨还会上门来接我。对方还会采访他们：和一个心脏外科医生一起生活是什么感觉？好问题！

有摄制组跟随很快成了我的生活常态。他们录下了很多手术：心脏有孔的早产儿，患了马凡氏综合征*、要做大手术的年轻人，还有主动脉瓣需要第五次置换的一位中年女士——那是一台艰难的手术，总共花了24个小时。在摄像机前，手术进行得很不顺利，

---

* 　一种遗传性疾病，患者四肢、手指、脚趾细长不匀称，身高明显超出常人，可能影响骨骼、关节、眼、肺等器官，严重时会伴有心血管系统异常。

但她还是活下来了。他们当然采用了这段素材。

他们还拍摄了我和马克一起慢跑，观看杰玛代表剑桥大学打高尔夫球的情景。然而几个月过去，能植入贾维克2000的合适人选还没出现。最后，我给皇家布朗普顿医院的菲利普·普尔－威尔逊打了电话。他一周不到就为我找到一位理想的病人。那是一个性格开朗的苏格兰人，当时58岁，心脏移植申请被格拉斯哥的医院拒绝。这位吉姆·布雷德（Jim Braid）和彼得·霍顿很像。他已垂死，但还是一心想看到女儿毕业结婚。时钟无情地嘀嗒前进，告诉他肯定看不到了。

吉姆的上次移植评估是在很久之前，而我们需要最新的信息。菲利普把他从苏格兰带来，让他住进布朗普顿医院。他需要再做一次左右心脏导管检查，拍摄详尽的超声心动图，还要做很多血液检验。有一件事我始终没忘：我们还在用慈善基金支付这些费用。国民保健服务不肯出钱，认为他和彼得等人一样，没有挽救的价值。我是他唯一的机会。

格拉斯哥那边认为他不适合心脏移植，这个判断是正确的。他肺部血压太高，虽然右心室对此已经习惯。不断变差的是左心室。他和彼得情况一样，得的都是扩张型心肌病。他的肾功能也不好，无法承受心脏移植术所需的免疫抑制药物。一部左心室辅助装置将取代他松垂、衰竭的心脏，不仅如此，它或许还能帮助他的心脏复原——或许。从超声心动图上判断，这颗心脏已经坏到极点。要么现在治疗，要么就此完蛋。我们不能放他回苏格兰，那样风险太大了。

　　我带着兴奋的BBC团队到富勒姆路会见吉姆和他的妻子玛丽。彼得·霍顿也从伯明翰赶来，他状态很好，还在为其他人也能装上心泵而募捐。这时距他植入心泵已有近四年，他正在逼近携带任何一种人工心脏存活的世界纪录。他很乐意为吉姆和玛丽提供咨询，他的意见很专业，也很渴望我们把他当作团队中的一员。

　　吉姆和玛丽自然心情紧张，但是也渴望继续治疗。新技术给他们留下了很好的印象。吉姆颇有个性，很适合上电视。他拖着步子走在过道里，脑袋低垂，急促喘气，鼻子和嘴唇都发青，虽然已经很难开口，还是对着镜头说了一句玩笑话："伦敦真好，帮助我的技术人员都好像法拉利，不像我们北方，只有福特福睿斯。"这话我同意。

　　回到布朗普顿真好。由于牛津原来的重症监护人员大多去了别处，我问菲利普能不能就在伦敦做植入。他听了非常高兴。我首先要和这里的高级外科医生约翰·佩珀（John Pepper）教授接洽。他很乐意帮忙，于是我们定了下周植入的计划。罗伯·贾维克答应一接到通知就带着心泵从纽约飞来，我在牛津的同事安德鲁·弗里兰也说好来协助安装颅骨基座。

　　现在，我们有病人，有心泵，也有一支顶尖团队——制作人美梦成真。接下来要做的就是在摄像机前做一次成功的植入手术，而且吉姆必须活下来。布朗普顿的几位麻醉医生强调，吉姆的身体不适合麻醉。不过医院仍然热心支持，我们不必向管理层争取什么。这是布朗普顿医院第一次植入左心室辅助装置，要是我半道中止，反而会令他们失望。

　　早晨五点半，天又黑又冷。摄制组搭出租车来家里接我，然后我们一起去牛津找安德鲁。他正在伍德斯托克路上游荡，手上提着器械，用来把插头安装在吉姆的颅骨上。我们捎上他，沿M40公路进发，还在车子里做了一次访谈。

　　"在别家医院做手术，你感觉怎么样？"

　　"很兴奋。我在许多地方做过手术，从德黑兰到多伦多。其实哪里的手术室都差不多，关键是我有一支好的团队。就像鲍德里克在《黑爵士》里说的：'我们的计划很巧妙！'"*

　　"病人随时可能死去，你对此作何感想？紧张吗？"

　　"一点都不。要是我们不出手，吉姆几天后就会死。现在没有别人指望得上了。"

　　"你认为国民保健服务应该为这些心泵出钱吗？"

　　我没有正面回答，而是反问了几句："你认为一个第一世界国家的医保体系应该用现代技术延长人的寿命吗？还是应当让年轻的心力衰竭病人悲惨地死去，就像在第三世界国家那样？"

　　BBC喜欢我这个回答，但是在节目中并没有播出。这话争议太大，也太令人恐惧了。

　　早晨7点，我们到达布朗普顿。我把安德鲁和摄制组的人直接领进那间没什么人的食堂。我走之后这里几乎没有变化，他们的早餐还是做得很棒。我给自己选了一份"健康"餐：火腿、熏肉、

---

* 《黑爵士》（*Blackadder*），英国著名历史情景喜剧，1983—1989年在BBC 1台首播，主演为罗恩·阿特金森（"憨豆先生"）。

猪血肠、煎蛋和油炸面包。安德鲁点了和我一样的。我们在摄像机前坐下就餐。这正是制作人期待的素材：心脏医生吃下一大堆油炸食品，里里外外全是胆固醇。

我说："太好吃了，我在家里从来吃不到这些。"

安德鲁："你妻子知道了会怎么说？"

我："管她呢！"

这番对话后来成了大家对这期节目印象最深刻的一段。我的脑外科医生朋友亨利·马什（Henry Marsh）在同一集出现，他们拍到他骑着自行车穿过伦敦的街道去上班——他没戴安全帽。他们问他为什么不戴，他只简单答了一句："从来不戴，出了事根本没用！"BBC 想拍个性人物，他们如愿了。

约翰·佩珀来和我们会面。虽然情况紧急，我们这支团队却相当放松。这一点也许出乎常人意料，但对吉姆却是好事。紧张的外科医生一般表现不好，这一点已有多项研究证明。压力会干扰判断，使人手抖。实际上，压力正在破坏我的职业。

吉姆进入手术室前，我们到病房见了他和玛丽一面。吉姆很兴奋，玛丽则吓呆了。这会是他们的永别吗？会是两人共同旅程的终点吗？吉姆返回苏格兰时，会走地上还是地下的路？＊我做了这个时刻一向会做的事：安慰他们一切都会好的。并不是我知道会好，而是我想让他们带着信心进入手术室。摄像机下，我们大家一起全力以赴。

＊ 苏格兰古代信仰，战士死后灵魂会从地下回到故乡。

手术室里满是兴奋忙碌的气氛：护士们准备好一盘盘闪闪发亮的器械，灌注师组装心肺机，技术员们眼红地看护着人工心脏——到关键时刻它才会拿出来用。但是这一次已经没有布罗克勋爵的靴子，我要完全靠自己了。

衣服去掉后，可怜的吉姆露出被心力衰竭弄得消瘦不堪的身体。左侧头部已经剃光头发，准备安装颅骨基座和供电线。他即将成为一个电池驱动的人。用针头、导丝，再借助小的创口，约翰将心肺机的几根管子接入吉姆左腿的大动脉和静脉。这部心肺机比我们自己的那部复杂。我一边看他操作，一边学习。

等到吉姆的胸部涂好碘伏、贴好黏性手术巾，安德鲁暴露了他的颅骨表面，我同时切开他的肋骨。摄像机从一头转到另一头。大约一升淡黄色的液体从吉姆的胸腔里喷涌出来——这是心力衰竭造成的积液。透过心包，我看到他严重扩张的左心室。

我开始将心泵的动力线沿胸腔顶部伸到颈部，一路小心避开左臂上那些危险的血管和神经。到达颈部后，我把电线末端的微型插头递给安德鲁。他把插头穿过钛质颅骨基座的中央，将基座固定在耳朵后面的颅骨上。这叫作"坚固内固定"（rigid fixation）。完成了这一步，外部的电线就可以安全地接进来了。这一切在电视上看起来十分精彩，但其实我们还没有进行到最巧妙的部分呢。

我一打开心包，里面就溅出了清亮的液体。苍白肿胀的左心室抽动了两下——实在不配用"收缩"来形容。我叫摄像师赶紧给它特写，因为接下来我就要把心泵的约束环缝上去了。每次缝针穿过心肌，心脏都要抽动两下，好像随时都会纤颤。场面让人不适，因为我正试着在不开心肺机的情况下植入心泵，这能降低手术结束时出血的风险。然而吉姆的情况太不稳定了。还没等我装好约束环，他的心脏就真的纤颤了。血压也没了，但问题不大。我们启动心肺机，抽空了心脏。

现在到了影片最激动人心的部分：在心尖上挖一个孔，把贾维克2000塞进去。我先用手术刀做了一个十字形切口，这个步骤总会喷血。接下来，我们用一个木塞钻孔器挖掉一块圆形的肌肉，从里面涌出的血液流入了心包。我们把钛泵塞入心脏，血流随即停。有一位外科教授协助我，一切都进行得十分顺利。安德鲁将外部电线连上颅骨基座，接着我们就为吉姆打开了心泵。起初我们只让它低速运转，直到血液把气泡从涤纶的人造血管里全部排出。

和往常一样，空气带着咝咝声、和着泡沫从排气针出来，白色的管子里浮现出红色的泡泡，看得我心满意足。我吩咐灌注师降低血流，好让我们在调高贾维克2000的叶轮转速之前先让心脏充盈。最后几个气泡从心室的最高部分，也就是心尖的一端飞出去了。这是个简单的物理过程，做的时候不用多想。这里也有大量化学过程，比如优化血钾浓度、用碳酸氢钠中和血液中的乳酸等等。此外还有生物过程，比如用电流给颤抖的肌肉除颤，从而得到稳定的心律。我在学校里考过的那三门功课总算没有白费。

在许多旁观者看来，手术中的工程学部分才最激动人心：病人头上有电插头；心脏里还有涡轮，每分钟转12000下，却不会破坏血细胞；而且他的循环系统没有脉搏。我一边指导麻醉医生和灌注师，一边不停对电视观众解说："开始给肺部通气。你那边减小血流。调高贾维克。"如此细致的协调工作，却来自一个不愿打开汽车引擎盖也不会使用电脑的人。这台手术进行得相当顺利，顺利到谁都不敢相信的地步。

我们是为吉姆高兴，还是仅仅关心怎么把节目做得好看？老实说，两样都有。我有一个幼稚的念头，觉得公众如果看到他奇迹般的康复过程，就会敦促国民保健服务用这些技术来治疗患者。我们的慈善基金计划快维持不下去了——这种二手商店式的医疗保障终究不是办法。普尔−威尔逊也是这么想的。

我们也想开展正式的临床试验：将垂死的心力衰竭患者随机分成两组，一组使用心室辅助装置，一组继续传统治疗。我们知道试验结果会是什么：一组是症状消失、寿命延长，一组是不可逆转的恶化和死亡。我们觉得这对那些没有心泵的病人不公平，但要是没有试验，国民保健服务就绝对不会批准这类设备。现在有足够经费支持这项事业的只有英国心脏基金会（British Heart Foundation），但他们拒绝了我们。当时这类试验也无法在美国开展，他们要先看看那些没有脉搏的患者的长期状况，然后才能批准试验。于是所有人的眼睛都盯住了我们。

吉姆轻松脱离了心肺机。接下来的部分会很考验布朗普顿的几位麻醉医生。他们还是第一次经手有持续血流的病人。吉姆的最佳平均平线血压是 80 毫米汞柱，这对任何别的心脏病人来说都低得不像话。对一般的病人，我们会用血管收缩药物将血压升到100 毫米汞柱以上，但吉姆需要一条和直觉相反的思路。

我们给他使用血管扩张药物来降低血压。他的血管阻力越小，贾维克2000能泵出的血量就越多。他的器官需要充分的灌注压，而70到90毫米汞柱已经够用了。肾脏、肝脏和脑都能在这个血压水平上正常工作，微小的毛细血管也能为组织供血——毛细血管里是没有脉搏的，即使在动脉搏动时也没有。这些知识都是我们一次次试错学到的。它们在实验室里有效果，在病房里也应该行得通。我们早已习以为常，布朗普顿的医护人员和摄制组却又惊又喜。

安德鲁关闭了吉姆头皮和颈部的切口，随后动身回了牛津。下午他还有好几个门诊要看——都是鼻子流鼻涕、耳朵有耳屎之类的，和人工心脏无关。约翰从吉姆的腹股沟里抽掉管子。我在他的胸口放了引流管，然后开始关闭胸部切口，同时用电刀小心翼翼地封住所有出血点。他的头皮还在渗血，于是我在他头皮上又缝了两针，然后擦掉了颅骨基座上的血迹。今天不比往常，要讲究美观。我们的服装要洁白清爽，伤口引流要够少，每一点血迹都要擦干净。

我心中泛起怀旧之情，想起我在这间手术室里的第一台心脏手术。当时我穿了布罗克勋爵的靴子。还记得我用骨锯锯开那位可怜女士的胸骨、切入她的心脏时，穿着细直条纹西装的马蒂亚斯·帕内特大步走进手术室里喊道："韦斯塔比，这次你又闯什么祸了？"现在我这个毛头小子也管事了。

吉姆在摄像机前被推进重症监护病房。我最后回望了一眼这间手术室。手术台下有几滩血，在灯光下泛着红光。地上还有一滩尿，那是导尿管渗漏的结果。几个灌注师正把多余的管子收进一只黄色塑料容器，沾血的绿色手术巾塞进几只干净的塑料包，穿着蓝色手术衣的护士们正在收拾多余的白色棉签——彩虹里有的颜色都有了，像艺术家的梦。

这是历史性的一天。来自斯肯索普的陋巷小子来到布朗普顿，在一档电视节目里植入了一颗人工心脏；而50年前，就是这档节目把他带到现在这个位置。

等吉姆安全连上呼吸机和监护仪，我们就去找玛丽和她的女儿。摄像机仍在拍摄，躲都躲不了。他们追求戏剧性，执意发现戏剧性。我们带母女俩看望吉姆。重症监护病房里的陈设总是很吓人，这一次尤其吓人。吉姆头发剃了一半，一根黑色的电线从脑袋上垂下来，靠电池维持生命。

我们把一切都向她们做了解释，但她们之前已经从彼得·霍顿那里了解了大多数情况。现在霍顿也在来医院的路上。不过，她们现在还看不到彼得头发下面的电插头。这东西正面看时更吓人。我递给吉姆的女儿一副听诊器，把听筒放在吉姆的心脏位置。她脸上露出惊讶的神情。她听见叶轮旋转的呜呜声，正是这东西在维持爸爸的生命。我指了指心输出量监护仪，那部植入设备每分钟泵出4升血液，同时通过控制器和电池消耗7瓦特电力。我可以把吉姆的血流量调高或调低，很简单，只要动一个开关就行了。制作人很喜欢这个细节。他们觉得这很令人兴奋，比脑外科强多了。在脑袋上钻几个小孔吸出肿瘤？那需要一种完全不同的性格。

吉姆的情况非常稳定，稳定得简直有些无聊。他没流血，而之前彼得和其他病人都曾大量失血。我、约翰和菲利普愁苦地谈起其他潜在的患者。我们可以去哪里弄钱？我可以再募一些来多买几部，但要开展完整的临床试验还是不够。最后，讨论转移到了它该去的地方：酒馆。摄像机也跟去了。

我漫步回到重症监护病房时，彼得·霍顿正和吉姆一家在一起，笑得像只柴郡猫。他很看重吉姆这个他所谓的"电子人同伴"——他们都是靠电池驱动获得新生的人，是弗兰肯斯坦博士制造的颅骨上有金属插头的怪物。在我眼里，这是一个温馨的画面，我觉得有一天所有生物都会变成这样。怀着这样的奇思妙想，我决定回伍德斯托克街的家里去。我在布朗普顿待得越久，就越希望我还在这里工作。这里有一个"能做成事"的环境：一家著名的旧医院，依然在向往做些新的事情，而不是一味寻找不做的理由。

第二天，我先到牛津做手术，然后返回伦敦。吉姆已经撤掉呼吸机，拔掉气管里的管子，和玛丽聊着天，回到了活人的世界。他看起来和前两天完全不同，活泼泼的，浑身散发出喜悦的光芒。他的鼻子和耳朵粉粉的，再也不发青了。心泵每分钟泵出 5 升血液，在动脉血压描记线上却完全看不出脉搏。尿袋里有了一升尿液，这液态的金子，显示他的肾脏也很畅快。

这时摄制组都在酒馆。我问重症监护医生有没有开华法林。他说一切都办妥了，不再需要我添什么。这个曾走上绝路的心力衰竭病人正在迅速恢复，体内没有免疫抑制，也没有心脏移植病人要用的那些毒药。不仅如此，他自己的右心室也在额外血流的帮助下应付得很好。于是我怀着深深的满足，回到了伍德斯托克。

我在吉姆返回苏格兰之前又和他见了几面。菲利普把他的心力衰竭药物减了许多，尤其是让每个病人都很难过的利尿剂。吉姆的家属顺利适应了这部心泵，她们定期更换电池，每天夜里都把插头插进插座。吉姆的脚踝消了肿，呼吸也不再急促。几个月来，他第一次能平躺了。

几周之后，他手持一杯香槟，出席了女儿的毕业典礼。后来，BBC又去苏格兰拍下他和玛丽在落日沙滩上散步的画面：一个幸福的男人，一边自在地呼吸，一边回想这一路上的经历。他们用这个动人的画面结束了这一期节目。《你的生命在他们手中》这个系列赢得了声誉卓著的最佳电视纪录片奖，我很自豪能在其中出一份力。那是我职业生涯的一个闪光点。

吉姆后来很少回布朗普顿复查。当地的医院和全科医生熟悉了这项技术，都很乐意照看他。然而就在圣诞节前不久，苏格兰却传来了令人沮丧的消息：吉姆去看望一个朋友时，忘了带上多余的电池。他正在享受人生，心思全在别的事情上。那天，控制器上响起表示"电量低"的警报：20分钟内必须换掉电池，不然就会彻底断电。

吉姆没来得及赶回家。他自己的心脏也没有恢复到能帮他渡过难关的程度。电池耗尽，吉姆死了，肺部充满积液。他已经高品质地多活了三年，最后却是这样一个结局，实在令人伤心绝望。不过在我看来，这场灾难也证明了这类设备的效用。真是悲惨的损失。

* * *

时光飞逝，转眼到了2016年。至此，我已经从事了一辈子的心脏外科。这一行我还能干多久？麻烦的是，我依然干得不错。我是个有强迫症的手术专家，遇到难题就忍不住设法解决，再加上我还有 35 年 * 的从业经验，阅历是年轻外科医生没法相比的。我应该为了病人留下，还是为了家人而退休，转做一份轻松的职业？

　　我的个性一点都不适合退休，但我的右手已经畸形。因为常年接洗手护士用力递来的手术器械，我手掌上的筋膜缩短，手变得像爪子。这叫"杜普伊特伦挛缩"（Dupuytren's contracture）。现在我甚至没法恰当地和人打招呼，因为我的手始终蜷曲着，就像总握着一把剪刀、针持或胸骨锯。这是真正的"职业适应"，也在逼我做最后的决定。另外，像许多上年纪的外科医生一样，在手术台上连续弯腰几小时也伤害了我的脊柱。我常常吩咐手下的主治医："请你们接手吧，我的背很不好，前面也不舒服。"然而说到破坏力，还没有哪种身体疾病能和医院里的官僚体系相比：今天不能手术，明天没有床位，后天护士人手不足，大后天初级医生罢工。除此之外还有所谓的"法定强制"训练：我要坐在一间教室里，跟急救护理学怎么做心肺复苏，或是接受测验，回答怎么开胰岛素和抗癌药的问题——这些在我工作中都绝对用不到。还要在 68 岁高龄写什么"个人发展计划"。纯粹浪费时间。我本该在病人胸口忙碌，做些真正有益的事情。

　　就在不久前，手术室里突然响起火灾警报。当时我正在做一

---

* 作者 1972 年取得注册医师资格。如果算上 60 年代做医学生的时间，从业经验有近 50 年。

台瓣膜手术，病人还连在心肺机上。他的心脏冰冷弛缓，人工瓣膜刚刚缝了一半。一个行政人员从门后探出脑袋，说："刚才火警响了，我们认为起火的可能性不大，但还是得撤离。"

我只说了句："好吧，我不干了。"她脸上的表情好笑极了。我接着说："那你跑吧，快保命去。麻烦给我们留一只桶，我们往里面撒尿灭火！"一个人的忍耐是有限度的。我的整个职业已经失去方向，是该放手了。

后　记

不要因为结束而哭泣，

要因它发生过而欣喜。

——西奥多·苏斯·盖泽尔（苏斯博士）

1972年，我取得行医资格之后，老查令十字医院就歇业搬迁了。当最后一个病人离开了河岸街上的这个著名地标，我们很多学生回到那座空荡荡的建筑，缅怀自己受过的训练。我重新乘上那部晃晃悠悠的旧电梯上到屋檐，最后一次推开乙醚厅那道绿色的门。这里的电灯还亮，但所有积灰的古旧设备都搬走了。我试探着踏过木板，就像六年前那样望向下面的手术室。我看得真切：贝丝的最后一滴血仍在手术灯顶上，黑黑的，染在上面，擦不掉也够不着。他们始终没能洗掉她的痕迹。

贝丝常在夜深人静时来找我，特别是在那些艰难的日子——那样的时候还真不少。她怀里抱着孩子，脆弱的胸膛上撑着冷冰冰的金属牵开器，死去的心脏空空的，一动不动。她朝我走来，肤色苍白，眼睛睁得很大，锐利的目光直盯着我，和那天的情景一模一样。贝丝希望我当一名心脏外科医生，我没有辜负她。我在这行很优秀。然而尽管我竭尽所能，还是有病人走上通向天堂的快车道。有多少人我实在不知道。我像轰炸机飞行员，对死去的人不会多想。我猜这个数字超过了300，400应该不到。在这些人中间，只有贝丝的魂会来找我。

时间到了2016年6月。50年前，还是一个年轻学生的我迟疑着走进解剖室的大门，紧张地开始解剖一具布满褶皱和油脂、经过了防腐处理的人体。50年后的今天，我站在皇家外科医师学院的讲台上，面对一群正在受训的心脏外科医生发表演说。会议组织者把我树成模范：心脏外科领域的先驱人物，执业多年，既没有被告也没被停职。越来越稀有的物种。我的演说主题是心肺机和循环辅助技术的光辉历史，向伴随我成长的伟大人物和勇敢行为致敬，当然也谈了我自己的壮举。

下一场演说开始时，我想趁没人注意，悄悄溜出去。但我身后起了一阵骚动，一群热心的年轻人冲过来要跟我合影。我很受用。我们在门廊里一尊大理石雕像前站好，雕像上的人是约翰·亨特（John Hunter），传奇外科医生、解剖学家和盗尸者。我每次站在这地方总不大自在，因为我总是在这里发现自己考试没过、名字没上榜。我们很多人都曾羞愧地从这里走开。

就连我在这里的最终胜利也是痛苦的。当时我带着严重骨折的下巴参加口试，痛得一句话都说不出来。那是一个阴冷的冬日下午，我在剑桥阿登布鲁克医院的急诊部坐着候诊。在那之前，我刚刚在一场橄榄球比赛中判断失误，弄得浑身是泥。我身上还穿着橄榄球装，正等着正畸医生来给我诊断。这时，救护车送来一个年轻人，他在车祸中受了重伤，左胸流血，生命垂危。他们来不及去叫帕普沃斯医院的心脏外科医生。急诊医生和护士长都知道我在那里工作过，要求我赶紧介入，救救伤者。于是我穿着肮脏的短裤，膝盖上还糊着烂泥，给他开了胸，其间还往刷手槽里吐了几口血。

这个离奇的故事很快传开了，而那场口试的考官中也恰好有剑桥的外科医生——也许他们还因此给了我一点印象分。然而最终的成功并未模糊我当时的记忆。我痛恨那种无聊的精英主义：考官们穿着鲜红色的礼袍在立柱间稳稳走过，我以前管那叫"飞侠哥顿装"。现在的皇家学院已经成了一个默默支持"点名羞辱"文化的机构，他们同意政府公布外科医生经手病人的死亡率，乐于向主管医疗的政客示好，而不是保护自己的成员。

和我出道时相比，世界真的变了很多。我们那时虽然艰苦，但是一旦成功当上心脏外科医生，就立刻感觉自己成了巨人，那种自豪和自信，就像战斗的公鸡。世界仿佛就在我们掌中，我们站在巅峰，受人尊崇。相比之下，现在这些规培医生看上去饱受践踏，谨小慎微，对自己毫无把握。学院里弥漫着阴郁的气氛。

一个认真的小伙子来自中东，想和我谈谈。他的医院正因为越界行为受到调查，他的导师（他很尊敬他）正在报纸上遭受唾骂，这让他怀疑还该不该继续走这条路。他在这里的奋斗值得吗？还是应该放弃求学回家去？我告诉他，我曾在伊朗给一个蓝婴做手术。那是伊斯兰革命后的艰难岁月，孩子的父亲从政。当时我也担心如果孩子死去我自己的安全问题，但我还是勇敢地站了出来，因为除我之外，病人没有其他选择。因此我给他的第一条建议是："我们做这行是为了病人，不是为我们自己。我们或许会因此吃苦，但很少会在将来后悔。"

我们从那座历史建筑的阴影里出来，走进河岸街的阳光中。我问他当初为什么选择心脏外科，他告诉我因为他姐姐是得先天性心脏病死的。他想用手术医治儿童，但现在看来，那似乎是一座"遥不可及的桥"了。

经过萨伏伊酒店时，我向他讲述了我自己的身世：我如何失去心力衰竭的外公，又如何想找到心力衰竭的疗法。既然一个出身斯肯索普的陋巷小子都能做到，那么他肯定也能。接着我又跟他说起温斯顿·丘吉尔，说起我经常在布莱登的墓地与他交谈。他在第二次世界大战的黑暗日子里，在身陷抑郁的时候都决不放弃，而我在自己的第一次心脏手术溃败之后也没有放弃。我的第二条建议是："追逐你的梦想，为你的姐姐而努力。"

我们走出河岸街，经过科文特花园的鲁尔斯餐厅。还是穷学生的时候，我在这里讨好过几个有望成为女友的姑娘，代价是后半个月只能挨饿。我告诉他不要害怕冒险，有时冒险的回报很丰厚。我们一边谈话，一边又走了两百米，来到老查令十字医院的门廊，我记忆中那座光辉的医学院，如今已经改建成一个警察局。我向他描述乙醚厅和那台崇住我的手术，就是那一次惨败差点改变我的人生，但我坚持了下来，并且更加坚决地向未知挺进。于是我最后告诫他一句："过去就是过去，扔到脑后就行。重要的是将来。"

小伙子很感激。这番谈话对他很重要。我还记得在美国时，柯克林大夫（Dr John Kirklin）告诉我要选择艰难的路，为儿童做手术；还有库利大夫第一次向我展示人工心脏的情景。这小伙子现在的感受，也许正是我当年的心情。回去继续参加研讨会之前，他和我握了手。从他疑惑的表情，我知道他对我严重畸形的手感到惊讶。直到不久之前，这只手还没有干扰我工作。很早就有人建议我接受手术，但这些建议我一般不听，我担心那会终结我的外科生涯。但是现在它已经太严重，我很难抓牢手术器械，每次总要掉一两件；和人握手时，对方也常常以为我是某个秘密社团的成员。

到了这个份上，我只好承认自己的外科生涯已经结束。我再也不会回去做复杂的手术了。我会把心思放在新的干细胞研究和我们正在研发的心室辅助装置上——我还有很多事情可做。那些研究不同于手术，却都有可能改变几百万人的生活。短短几周之后，我悄悄从医院消失，给右手做了治疗。在正常情况下，我的整形外科同事会利用局部神经阻滞术，让我清醒着完成手术，但他们不想受我干扰。老实说，我也很乐意睡过去，因为我真的不喜欢处在手术对象的位置。况且对我来说，这不仅仅是一台手术。这是一个时代的终结。

致　谢

我在美国的导师是伟大的约翰·柯克林大夫，是他首创了依靠心肺机的心脏直视手术。他在杰出的职业生涯接近尾声时，这样写道：

在从事心脏外科手术多年、通过了重重测试与考验，经历了许多当时无法避免的死亡之后，我们会渐渐有一些倦怠，某种意义上还会无限伤感，因为生命有其必然性，是人力无法扭转的。

我之所以写这本书，是因为在见证了国民保健服务的兴衰之后，我的职业生涯也走到了和柯克林大夫相同的关口。因此，这篇致谢将和本书的其他部分一样充满感情。

心脏外科手术是艰难的道路，又是孤独的目的地。在 20 世纪七八十年代，我们真的是夜以继日地工作。美国同行的作息规律是早晨5点查房，6点给老板打电话，白天做一整天手术，傍晚去实验室研究，更妙的是，之后还要到重症监护病床边守夜。在伦敦的布朗普顿和汉姆史密斯医院，情况差不太多。

在这个学科初创的日子里，竞争十分激烈，初级心脏外科医生是医学世界里年轻的急先锋。我很幸运能成为其中一员。我之所以成功，是因为在受训早期曾向那些伟大人物学习：罗伊·卡尔尼（Roy Calne）、约翰·柯克林、登顿·库利、唐纳德·罗斯（Donald Ross）、巴德·弗雷泽，还有许多前辈。我知道在专业上取得进步需要什么品质：对我来说，那需要不懈的努力，横向思维，还有直面鲜血的勇气。

而这些都会摧毁对于正常家庭生活的一切渴望。外科医生不是正常人。大多数有理性的年轻人，一想到切开别人的胸腔、让心脏停跳、把它切开再修复，就会怕得动弹不得。但我每天都这样做。外科医生被睾酮刺激，受肾上腺素驱使。我们中很少有人年轻时能维持婚姻，许多人到后来都深深懊悔。

我一直为我的第一任妻子珍妮所受的痛苦而抱歉。我也永远感激我才华横溢的女儿杰玛，她在剑桥受了教育，现在是一名人力资源律师。我花了许多时间努力挽救别人的孩子，和自己孩子相处的时间却总是不够。这本书部分解释了我到底在忙些什么。它也使我有机会强调，对我来说，没有什么比我的孩子们更加重要——还有我那个珍贵家庭的其他成员。我唯一的弟弟大卫在斯肯索普和我进了同一间文法学校，不同的是他后来上了剑桥。他在剑桥的基督学院念了医学，然后像我一样去了查令十字医院，成了伦敦一名杰出的消化科医生。

不意外的是，我后来在急诊部遇见了自己的灵魂伴侣，当时我正面对一具打开的胸腔，到处是血，绝望即将把我淹没。萨拉是我见过的最善良的急诊护士。她出身英雄家庭，父亲曾在不列颠空战中驾驶喷火战斗机，因此她从不慌乱，做什么都游刃有余。我治疗的那个少年死了，当我无法面对他的家人，是她向他们报告了这个消息。她还替其他医生做过这件事，一次又一次。她是来自非洲的自由灵魂，眼睛里没有流浪汉和政治家的区分——他们都是宝贵的人，都要待以尊重。我毁了与她的恋爱，让她受了很多苦。但是她继续给我忠诚而持久的爱和支持，在过去35年中从未间断，这在那些艰难的岁月里尤其宝贵。在杰玛出生十年后，我们有了马克。他是一个运动员和冒险家，后来去了南非学做猎场看守。

牛津项目的创立是一场艰苦的斗争。承蒙几个员工的奉献精神和努力工作，心脏中心开展的手术从1986年的不到100台发展成2000年的1600多台。我们的手术能力和科技创新息息相关，团队中有很多经验老到的外科医师和心内科医生，有许多得力的麻醉医生和灌注师，还有一群优秀的护士——人名太多，不能枚举，但我对每一位都很感激。

我们的儿科和人工心脏项目绝对离不开院长奈杰尔·克里斯普的支持，他是一个富有远见的人，从医院卸任后成为国民保健署的管理者，现在理所应当地成了上议院的一员。我们大量的人工心脏研究都是靠慈善基金完成的。在这方面，有一些个人和机构对我们特别慷慨，其中包括英国心脏研究所（Heart Research UK）、科比·莱恩爵士（Sir Kirby Laing）、赫里斯托斯·拉扎里（Christos Lazari）、TI 集团的克里斯托弗·勒温顿爵士（Sir Christopher Lewinton）、大卫·利利克罗普（David Lillycrop），还有马歇尔音箱公司的吉姆·马歇尔（Jim Marshall），他是艺人弗兰基·沃恩（Frankie Vaughan，我的病人）介绍认识的。我还想向菲利普·普尔－威尔逊教授致敬，他是欧洲心脏病学会的前任主席，在贾维克 2000 心脏项目中对我们帮助巨大。菲利普在前往皇家布朗普顿医院工作的途中猝然离世，令人伤感。

最后，因为医院里仅剩我一位小儿外科医生，我们失去了小儿心脏手术的资格。我只能将人工心脏研究转移到牛津之外的机构。

我很感谢我的朋友马克·克莱蒙特教授（Marc Clement），他在斯旺西大学的生命科学院和商学院担任院长，为我们提供了一间实验室和一支工程队伍。我们能够认识是拜著名的心脏病人彼得·霍顿所赐，他和尼基·金（Nicki King）一起不懈工作，为慈善研究基金募款。我们成立了"卡隆心脏技术"（Calon CardioTechnology）公司，现已研发出一套英国的植入式心室辅助装置，能与美国的心泵媲美，而我们的所有研发经费不过相当于一辆法拉利轿车的价格！心脏硬件公司（HeartWare Company）和贾维克心脏公司（Jarvik Heart）的前任总经理斯图亚特·麦肯基（Stuart McConchie）帮我们做成了这件事。

这位威尔士朋友还介绍我认识了诺贝尔奖得主、加的夫大学教授马丁·埃文斯爵士（Sir Martin Evans），就是他第一个分离了胚胎干细胞。他和同事阿健·雷金纳德（Ajan Reginald）以及赛利克斯尔公司（Celixir）一起为再生医学研发了一种心脏专用细胞。利用心泵和这些细胞，我们决心开发一种能彻底取代心脏移植的新疗法。

我虽然有生物化学的学位，博士阶段研究机械心脏的生物工程，但是我不懂电脑，也害怕技术，就连轿车出了一点小问题也不会修。在这方面我很老派，要靠秘书帮忙。过去十年，苏·弗朗西斯（Sue Francis）一直为我保驾护航。她和我都会在早晨六点半之前到办公室。我们的活动板房窗外是一部空调机的嘈杂管道，就像班克西的迪士马主题公园*里的末世场景。到了夏天，飞蚂蚁会咬穿窗框；冬天来临，冷雨就从它们咬穿的洞口渗进来。我在这里度过了许多个漫长而忙碌的夜晚，因为生怕病人的情况恶化，只能蜷在一张小沙发上不敢回家。除了病人以外，还有一些举世闻名的人物也访问过这间办公室——克里斯蒂安·巴纳德，登顿·库利，罗伯特·贾维克，甚至还有上届首相大卫·卡梅伦。看到国民保健体系下的一位心脏外科医生的总部竟如此简陋，他们没有一个不感到惊讶。但就是在这样的条件下，苏和我却做成了许多大事。她将我发表的数百篇文章带回家打成了铅字，这本书也是如此。

说到出版，我要感谢约翰·哈里森（John Harrison），我有几部外科学教材就是由他出版的。他还鼓励我为大众写作，并将我

---

* Dismaland，由街头艺术家班克西组织的临时艺术项目。

介绍给我的出版代理朱利安·亚历山大（Julian Alexander），这本书的出版就是朱利安的功劳。我很欣慰能与哈珀柯林斯的专业出版人杰克·福格（Jack Fogg）、艾米莉·阿比斯（Emily Arbis）及马克·博兰（Mark Bolland）合作。我还想感谢我的医学插画师、同事和朋友迪伊·麦克莱恩（Dee McLean），谢谢她精彩绝伦的插画。

那么，心脏外科手术在英国的现状又如何呢？在发生了几桩医院丑闻之后，英国的国民保健署决定公布每个外科医生手中病人的死亡率。现在已经没人想从事心脏外科了。要操持漫长而辛苦的手术，接待焦躁等待的家属，夜晚和周末也要随时待命，谁还愿意做这行？这个系统已经为莫名其妙的官僚气息所盘踞，医生只要碰到一次坏运气就会被带去示众。现在英国已经有六成小儿心脏外科医生是海外留学生了。

归根结蒂，这本书里的明星是我的一个个病人。但要是换作今天，这些激动人心的病例恐怕没几个能进手术室。说到底，一门面对死亡的职业是不可能繁荣的，只有殡葬业和军事除外。就像柯克林大夫强调的那样，在心脏外科，死亡不可避免。即使外科医生在能力所及的范围内尽量救助病人，其中的一些仍会死掉。然而我们不能再接受不合标准的设施、团队或设备，否则病人还会没有必要地死去。喜剧演员休·丹尼斯（Hugh Dennis）并不以同情著称，在 BBC 的讽刺节目《一周讽刺秀》（*Mock the Week*）里，他对柯克林大夫的那句深思熟虑的话做了另类的表达：

玫瑰是红的，紫罗兰是蓝的。

你是活不了的，我是没办法的。

怎么解决？埋葬这责备医生、羞辱医生的文化，给我们工具，让我们干活！

术语解释

AB-180 心室辅助装置：一款暂时性的离心血泵，最初要植入胸腔使用。现已更名为"串联心"（Tandem Heart），是一款用于治疗心源性休克的体外血泵。

CT 扫描：以 X 光为基础的胸腔和心脏三维成像技术。加入造影剂后能对冠状动脉做细致呈现。

插管（cannula）：一根插入心脏或血管的塑料管，用来输血或其他液体。

超声心动图：对心腔的一种无创性超声检查。

磁共振成像（MRI）：对器官形态（如心脏）的一种无创性（不带X射线）详细研究手段。

代谢紊乱：组织血流不畅造成的结果。动脉流向肌肉的血液减少，使组织产生乳酸和其他有毒代谢物。

低血压：血压过低（低于 90/60 毫米汞柱）。原因可能是失血或左心室衰竭。当血压跌到 60/40 毫米汞柱以下，病人就会休克，需要紧急复苏，肾脏也不再产生尿液。

电刀：一种电气设备，用于切割组织并同时凝结血管以中止出血。

动脉：向身体的器官和肌肉输送血液的血管。

二尖瓣狭窄：因风湿热引起的左心房与左心室之间的二尖瓣变窄。通过二尖瓣的血流受限，造成患者气急和慢性乏力。

肺动脉：将血液从右心室送往肺部的大型薄壁血管，分为左肺动脉和右肺动脉两支。

肺静脉：从肺部伸出，将血液送回心脏的静脉，共四根。

肺水肿：左心室衰竭时发生的"肺部积水"，积水中常含有泡沫并带血。

风湿热：一种由链球菌感染所引起的自身免疫疾病，会破坏心脏瓣膜和关节。在没有抗生素的时代这是瓣膜疾病非常常见的原因。

高血压：血压过高，导致心脏超负荷工作。高血压的程度取决于周围动脉的紧张度。过高的血压（超过 200/120）会导致心力衰竭或中风。

冠状动脉搭桥术 (CABG)：在病人的胸壁动脉、前臂动脉或腿静脉上摘取几段，用来替代狭窄的冠状动脉的手术。

冠状动脉疾病：冠状动脉因粥样斑块而逐渐变窄的疾病。富含脂肪和胆固醇的斑块会突然堵住冠状动脉并破裂，造成栓塞（冠状动脉血栓形成）。

富氧血：充满氧气的鲜红血液，由左心室泵向全身。参见"缺氧血"。

灌注师：操作心肺机和心室辅助装置的技师。

恢复前过渡 [治疗]：在可逆转的疾病中，用心室辅助装置维持血液循环，使急性衰竭的心脏得到休息并恢复的过程。如果心脏无法恢复，可用长效的植入装置替换短期作用的心泵。

急性心力衰竭：左心室迅速衰竭，无法维持充足的血流供应全身。接着肺部会充满液体。常见病因是心肌梗死或病毒性心肌炎，死亡率很高。参见"休克"。

贾维克 2000：一款拇指大小的旋转式血泵，能植入衰竭的心脏，发挥长期作用。这是对严重心力衰竭的一种"即买即用"式的长期解决方案。最长使用纪录超过八年。

静脉：将血液送回心脏的薄壁血管。

离心磁浮泵心室辅助装置：一种体外磁浮离心血泵，广泛用于短时间循环辅助。目前由 Thoratec 公司出售，用于治疗心源性休克。

慢性心力衰竭：左心室因一些疾病而发生逐渐的、不可阻挡的衰竭，最常见的原因是冠状动脉疾病。慢性心力衰竭会导致严重呼吸困难和疲乏。有很高的两年内死亡率。

毛细血管：人体内的数十亿根微观血管，血管壁仅有一个细胞厚，负责与身体组织交换营养物质、氧气、二氧化碳及代谢副产物。

腔静脉：流入右心房的大静脉。上腔静脉运送上身的血液，下腔静脉运送下身的血液。

缺氧血：离开组织返回右侧心脏的蓝色血液，含氧量低，携带由肺部排出的二氧化碳。参见"富氧血"。

体外膜肺氧合器（ECMO）：急性心力衰竭或严重肺衰竭时，暂时提供循环辅助的体外循环回路。由血泵和能持续工作几天的长期氧合器组成。回路通过经皮（经由皮肤的）插管和腿部的血管连接。常用作安装长期血泵或心脏移植前的过渡手段。

先天性心脏病：病人生而有之的心脏畸形，如房间隔缺损、室间隔缺损、右位心等。

心伴侣左心室辅助装置：一种老旧的大型搏动式植入心泵，曾在20世纪90年代广泛应用于移植前过渡治疗，是第一部能够永久植入的心室辅助装置。Thoratec 公司后来又生产了一款成功的旋转式血泵供永久使用。

心包：包围心脏的纤维囊，可用作修补心脏的材料。如小牛的心包就被用来制作生物性人工瓣膜。

心包填塞（心脏压塞）：血液或体液因压力淤积在心包内，使血液无法注入心脏的病情。

心导管检查术：将一根长而细的导管从腹股沟或手腕插入心脏或冠状动脉，接着迅速注入造影剂以显示心脏或血管的内部结构。心导管还可用来测量心腔内部的血压。

心肺机：在心脏停跳后接受修补时，用于维持病人生命的体外循环回路。包括一台机械血泵，以及一套称为"氧合器"（即"人工肺"）的短期（持续工作几小时）复合气体交换装置。另有其他几部泵，用于将血液吸入贮血器、输送心脏停搏液使心脏停跳等。

心肺转流（体外循环）：手术修复期间将患者的血液从心脏和肺部导出的过程。病人的血液接触"血泵—氧合器"系统的合成材料表面后会发生炎症反应，因此血液和异质表面的接触有安全时间限制。手术时间越长，全身炎症反应的破坏性就越大。

心肌病：心肌的病变。心肌病的原因有几种，具体病因可能无法确定，因而有"特发性"一说，意思是致病的原因不明。心肌病可以在所有年龄段自发产生，在妊娠后，或因酒精或者其他毒性物质中毒之后都可能发作。心肌病会导致慢性心力衰竭。

心肌梗死：冠状动脉突然阻塞后造成心脏部分死亡。死去的肌肉被瘢痕取代。

心肌炎：病毒感染心肌，造成心力衰竭。

心绞痛：胸部、颈部和左臂的压痛，原因是冠状动脉疾病造成的心肌血液不足。一般在锻炼时发生。若在休息时发生，具有心脏病发作的危险。

心内膜炎：可能摧毁心脏瓣膜的细菌感染。

心舒期：心室放松并注入血液的阶段。

心缩期：心搏周期的一个阶段，其间两侧心室收缩并向外泵血。

心脏瓣膜置换术：将患病的心脏瓣膜摘除，然后用人工瓣膜替换。人工瓣膜可以是生物性的（如猪的瓣膜），也可以是机械性的

（如热解碳斜碟瓣）。

心脏停搏：在利用心肺机的手术过程中，将低温（4 摄氏度）停搏液（无血或含血）注入冠状动脉止住心跳，使心脏进入弛缓状态，以保护心脏。停搏液中往往含有高浓度的钾。修补结束后，再恢复冠状动脉的正常血流，使心脏复苏。

心脏移植：将病人患病衰竭的心脏摘除，并替换成一名脑死亡的供体捐献的心脏。

休克：心脏无法继续向组织供应充足血液和氧气的病情。心脏病发作之后,会发生心源性休克。身体在丧失多于两升血液之后，会发生失血性休克。

血管造影：一种将长导管经血管伸入心脏的一种心内科检查。这种方法可以测量各心腔内部的血压，还可以注入用于染色的造影剂以观察冠状动脉或主动脉。

血压：大动脉内部的压强。一般用臂带加听诊器测量，或是在动脉内插管。人的正常血压约为 120/80 毫米汞柱。左心室收缩时为高压，舒张时为低压。

移植前过渡 [治疗]：在找到供体心脏之前，用心室辅助装置避免病人因心力衰竭而死亡的过程。植入供体心脏时,心泵要移除，病人自己的患病心脏也要摘除。

右心房：接受从身体经静脉回流心脏的血液的心腔。血液从右心房流出后，经过三尖瓣流入右心室。参见"左心房"。

右心室：新月形的泵血心腔，将血液经过肺动脉瓣泵往肺部。参见"左心室"。

再灌注：在手术中，心脏经过停搏之后，将血液重新引入冠状动脉和心肌的过程。心脏会在这个过程中复苏，重新开始搏动。

主动脉：粗大的厚壁动脉，从左心室伸出后形成分支为全身供血。最先形成的小分支是冠状动脉，负责向心脏本身供血。

主动脉瓣狭窄：左心室出口处的瓣膜狭窄，由此减少了经主动脉送去全身的血流。原因可能是先天异常或者老年退化。

主动脉内球囊泵（IABP）：一只香肠形状的长气囊，使用时塞入主动脉。在心舒期充气，心缩期放气，以减少左心室泵血时的阻力。功能是在左心室勉力工作时提供支持。在低血压、低血量的休克状态下，会失去效果。

左心房：接受从肺部回流心脏的血液的心腔。血液从左心房流出后，经过二尖瓣流入左心室。参见"右心房"。

左心室：圆锥形的厚壁心腔，平时有力地搏动，负责将血液经过主动脉瓣泵向全身。参见"右心室"。

左心室辅助装置（LVAD）：在心脏严重衰竭时负责维持血液循环、使心室得以休息的机械血泵，经插管与心腔连接。有些是临时性的体外辅助装置，价格不高，能在急性心力衰竭时辅助几周时间，如"离心磁浮泵"或"柏林之心"。还有些是小型、可植入但价格昂贵的高速旋转式血泵，如"贾维克2000"，能在慢性心力衰竭病人身上使用十年之久。长效LVAD本身"即取即用"，可作为心脏移植手术的替代。

译名对照表

A 阿登布鲁克医院：Addenbrooke's Hospital
阿勒格尼总医院：Allegheny General
　　Hospital
胺碘酮：amiodarone

B 瓣口：valve orifice
瓣尖：cusp
瓣膜成形术：valvuloplasty
瓣叶：leaflet
泵腔：pump chamber
贝拉格瓦纳思医院：Baragwanath Hospital
闭式二尖瓣切开术：closed mitral valvoto-
　　my
闭锁综合征：locked-in syndrome
编织缝合线：braided suture
病号服：theatre gown
搏动血泵：pulsatile pump
搏动血流：pulsatile flow
补片：patch
补氧设备：oxygenating equipment

[普通] 补液：clear fluid

侧壁钳：side clamp C
侧副血管：collateral blood vessel
插管：cannula
查加斯病：Chagas disease
产科：maternity department
超声心动图：echocardiography
弛缓：flaccid
除颤器：defibrillator
喘鸣：stridor
串联心：Tandem Heart
磁共振成像：magnetic resonance imaging
　　scan, MRI
刺伤：stab wound

大奥蒙德街医院：Great Ormond Street D
　　Hospital
大学学院医院：University College Hospi-
　　tal

代谢紊乱：metabolic mayhem/derange-ment

单尖瓣膜：monocusp valve

导线：guide wire

等候室：anteroom

地高辛：digoxin

第一助手：first assistant

电极板：paddle

电心脏再同步疗法：electrical cardiac resynchronisation therapy

电兴奋性：electrical irritability

杜普伊特伦挛缩：Dupuytren's contracture

E　二尖瓣置换术：mitral valve replacement

F　反常栓塞：paradoxical embolism

房中隔：atrial septum

非卧床病人：ambulatory patient

肥厚型心肌病：condition of thick heart muscle

肺门：root of the lung

肺水肿：pulmonary oedema

分叶：frond

风湿热：rheumatic fever

缝合环：sewing ring

福尔马林［防腐］液：formaldehyde [perservative]

浮肿：swelling

复苏：resuscitation

复苏区：resuscitation area/bay

腹壁：abdominal wall

G　肝素：heparin

高速减速性损伤：high-speed deceleration injury

根治性切除：radical excision

梗阻：obstruction

股动脉：femoral artery

骨锯：bone saw

冠状动脉搭桥术（冠状动脉旁路移植术）：conorary bypass surgery, coronary artery bypass graft（CABG）

冠状动脉左前降支：left anterior descending coronary artery

灌注师：perfusionist

规培医生：trainee

滚压泵：roller pump

国民保健服务：National Health Service, NHS

国王学院医院：King's College Hospital

哈默史密斯医院：Hammersmith Hospital　H

合成氧合器：synthetic oxygenator

荷包缝合：purse-string suture

黑尔菲尔德医院：Harefield Hospital

横纹肌瘤：rhabdomyoma

喉：larynx, voice box

护士长：nursing sister

华法林：warfarin

皇家布朗普顿医院：Royal Brompton Hospital

皇家外科医师学会：Royal College of Surgeons

恢复前过渡［治疗］：brdige to recovery

基底动脉：basilar artery　　　　　　　J

机械循环辅助装置：mechanical circulatory support device

肌束：muscle band

急救护理：paramedic

集流室：collecting chamber

加护病房：high-dependency unit

加强创伤生命支持：advanced trauma life support

绞痛：colic

绞窄：strangulation

教学医院：teaching hospital

阶梯畸形：step deformity

结节性硬化症：tuberous sclerosis

解剖标志：landmark

解剖演示员：anatomy demonstrator

静脉引流管：venous drainage pipe

K　抗凝 [血] 剂：anticoagulation

科文特花园：Covent Garden

扩张：dilate

扩张型心肌病：dilated cardiomyopathy
　　特发性扩张型心肌病：idiopathic dilated cardiomyopathy

L　蓝婴 [综合征]：blue baby

离心磁浮泵：CentriMag

里瓦梅德康复中心：Rivermead Rehabilitation Centre

利尿剂：water tablet

利尿疗法：diuretic therapy

流出：outflow

流量探测器：flow probe

流入插管：inflow cannula

挛缩性疤痕：contracting scars

啰音：crackling sound

麻醉护士：anaesthetic nurse　　　　M

麻醉前用药：premedication

麻醉诱导期：anaesthetic induction

马凡氏综合征：Marfans syndrome

脉压：pulse pressure

梅奥诊所：Mayo Clinic

米德尔塞克斯医院：the Middlesex Hospital

描记线：trace

内脏反位：situs inversus　　　　　　N

黏性塑料手术巾：adherent plastic drape

黏液瘤：myxoma

黏液肉瘤：myxosarcoma

凝血因子：clotting factors

脓毒性休克（感染性休克）：septic shock

帕普沃斯医院：Papworth Hospital　　P

排气管：air vent

排气针：air needle

皮瓣：flap

皮下层：subcutaneous layer

气道：airway　　　　　　　　　　　Q

气管插管：tracheal tube，endotracheal tube
　　气管造口管：tracheostomy tube

[胸骨] 牵开器：sternal retractor

浅表性胃糜烂：superficial stomach erosion

庆大霉素：entamicin

球囊瓣膜介入治疗：balloon valve inter-